HERMANN HARRY SCHMITZ

1880 in Düsseldorf geboren, lebte dort und erschoss sich schwerkrank 1913 in einem Hotel in Bad Münster am Stein. Seit 1906 veröffentlichte er Grotesken im »Simplicissimus« und dem »Düsseldorfer General-Anzeiger«, sein erstes Buch »Der Säugling und andere Tragikomödien« erschien 1911, das »Buch der Katastrophen« erst nach seinem Tod, 1916.

DIE BRIGITTE-EDITION

ERLESEN VON ELKE HEIDENREICH

BAND XIII

HERMANN HARRY SCHMITZ

Das Buch der Katastrophen

HERMANN HARRY SCHMITZ

Das Buch der Katastrophen

Dreißig groteske Geschichten

DIE BRIGITTE-EDITION

»Der größte Mann des Jahrhunderts ist Zeppelin
und ich bin der drittgrößte. Ich habe das mündlich.«

Von Menschen und Menschen

Die Taufe

Blonde Frauen bekommen furchtbar leicht Kinder. Blonde Frauen sind ganz besonders veranlagt, gute Mütter und Juwelen von Hausfrauen zu werden.

Mein Freund Theobald Seheim mußte einen solchen Typ deutscher Fruchtbarkeit heiraten. Es ging nicht mehr anders: das Mädchen gehörte der Gesellschaft an, und der Bruder war Reserveleutnant. Theobald hatte auch seinen Roman in der Gesellschaft haben wollen; er war dabei hereingefallen.

Wenn irgend etwas Außergewöhnliches an ihn herantrat, verlor Theobald stets völlig den Kopf. Ich war einmal sehr befreundet mit ihm und hatte ihm während der kritischen Zeit getreulich zur Seite gestanden; außerdem war ich ihm noch dreihundertzwanzig Mark schuldig.

Nach seiner Verheiratung sahen wir uns selten, er hielt sich unseren Kreisen fern. Zweimal war ich bei ihm zu Tisch, das letztemal vor etwa zwei Monaten. Die blonde Frau ging mir mit ihrem aufdringlichen Embonpoint auf die Nerven. Sie verließ das Zimmer nicht einen Augenblick. Theobald hatte sich in den sechs Monaten seiner Ehe verblüffend verändert. Er war äußerst moralisch geworden und begann, je mehr ich seinem wirklich nicht schlechten Mosel zusprach, mir mein ungeregeltes, verwerfliches, drohnenhaftes Junggesellendasein im Gegensatz zu seiner nützlichen, staatserhaltenden Häuslichkeit vorzuhalten. Einteilen müsse man sich sein Leben, dozierte er, alles zur Zeit und vor allem alles mit Maß. Um die Liebe sei es etwas Heiliges, erklärte er gemessen. Gerade sittlicher Ernst fehle heutzutage den jungen Leuten. Frau Seheim hängte sich polypenhaft an ihren Gemahl und drückte ihm ihre Lippen ins Gesicht. – Ich steckte mir beschämt eine neue Importe an und hauchte tief aufseufzend: »Ja, ja!« – Als er dann auf die materiellen Vorzüge einer Ehe hinwies, in höchster Entrüstung von dem In-den-Tag-Leben der meisten Junggesellen, dem sinnlosen Geldverprassen und der notwendigen Folge eines solchen verwerflichen Lebens, dem unsinnigen Schuldenmachen sprach, wurde es mir nun doch ungemütlich; ich verabschiedete mich, zumal Theobald keine Anstalten machte, eine neue Flasche anzubrechen, mit einer gewissen Kühle und mied von diesem Tage ab die Seheimsche Häuslichkeit. –

Ich hatte während der letzten Tage schauderhaft gesumpft, zwei Tage und zwei Nächte meine engsten Lackstiefel nicht von den Füßen gehabt. Die vergangene Nacht hatte sich bis heute mittag ausgedehnt. Nun saß ich als absolute Leiche auf meiner Bude und pflückte mir ächzend und stöhnend meine Gewandung vom Leibe.

Schlafen, schlafen, schlafen, war mein einziger Wunsch. Es war Dienstag. Ich hatte meiner Wirtin strengste Order gegeben, mich vor Freitag nachmittag nicht zu wecken.

Behaglich dehnte ich mich in den Federn und streckte grunzend das zerschlagene Gebein. Ich schloß die Augen und sank sanft dem Nirwana in die Arme.

Trrring ..... trrriing .... trrrrrrrrriiiing ...

Ich warf mich stöhnend auf die andere Seite.

Trrrrrrrriing .... trrrrrrrrrrriiiiing ..... trrrrrrr-rriiiiiiing ..... trrring.

Ich fuhr im Bett auf; idiotisch versuchte ich, mir im Halbdusel darüber klar zu werden, woher das furchtbare Geräusch komme.

Trrrrrrrrrrrrrrrrriiiing ..... trrrrrrrrrrrriiing ... trrrrrrrring ....

Die Korridorklingel – Trrrrrrrrrrrrrrrrrrrrrrrrr-riing .... trrrrrrrrrrrrrrrrrrrrrrring ....

Warum öffnet die Wirtin nicht? Wirtinnen öffnen immer nur dann, wenn man aus bestimmten Gründen damit gerechnet hat, einen Besuch selbst an der Tür in Empfang zu nehmen.

Mein armer Kopf!

Ich hielt mir die Ohren zu. Vergebens!

Trrrrrrrrrring ....

Ich will nicht, da muß jemand herein.

Trrrrrrrrrrrrrrrrriiiiiiiing ... trrrrrrrrrrring .... trring .... trring ....

Endlich – Irgendeine Tür in der Wohnung wurde rabiat aufgerissen, und eine schwere Masse schluffte energisch durch den Korridor.

Aufatmend ließ ich mich in die Kissen zurücksinken. Ich war zu gebrechlich, um mich noch weiter für den Fall zu interessieren. –

Ein entsetzlicher Lärm auf dem Korridor störte mich, kaum eingeduselt, wieder auf. Lautes Stimmengewirr, aus dem ich das schrille Organ meiner Wirtin heraushörte, die gegen eine Männerstimme anredete. Die streitenden Parteien schoben sich näher und machten vor meiner Türe halt.

Ich richtete mich wütend auf und hörte, wie meine Wirtin fortgesetzt beteuerte, ich sei verreist und würde in den ersten Wochen kaum wiederkommen; man könne im übrigen gegenwärtig überhaupt nicht in das Zimmer, es sei frisch gestrichen. Dann kamen Argumente, die lediglich aus Schimpfworten bestanden.

Die Beharrlichkeit des Fremden draußen, zu mir zu gelangen, machte mir ernstlich Sorge. Ich suchte mir darüber klar zu werden, wo ich die Stimme schon gehört hatte. Ich konnte mich nicht besinnen. Ohne Zweifel irgendein feindseliger, gieriger Manichäer. Ich baute auf das Maulwerk meiner Wirtin.

Verzweifeltes, ohnmächtiges Schluffen und Stampfen; ein Drängen und Stoßen an der Tür. Eine energische Hand legte sich auf die Klinke, und rüttelnd heischte eine gebieterische Stimme, die ich jetzt als die Theobald Seheims erkannte, Einlaß.

Ich kroch unter die Decke. »Ich weiß, daß du da bist«, tönte es vor der Tür. Zögernd begann Theobald mit seinen amerikanisch Doppeltbesohlten den Anfang von Salomes Schleiertanz an meiner Tür zu produzieren. Mein armer Kopf. Die verdammten dreihundertzwanzig Mark.

Ich faßte einen Entschluß. Ich schleppte mich zur Tür und winselte durch das Schlüsselloch, ich sei todkrank, es müsse die Lepra sein oder die Pest. Es wäre unbedingt ansteckend; ich würde unter keinen Umständen öffnen; er habe aber als verheirateter Mann Pflichten seiner Frau gegenüber. Er solle mir schreiben, übrigens bekomme er sein Geld.

Er trampelte unverdrossen weiter. Ich hielt mir die Ohren zu. – Er änderte seine Taktik und rief durch die Türritze, er habe mir eine für mich höchst wichtige Mitteilung zu machen. Ich solle nur um Gottes willen öffnen. Wegen der alten Geldsache komme er nicht; das eile nicht. Es sei nichts Unangenehmes, darauf gebe er mir sein Ehrenwort.

Ich war einigermaßen beruhigt und öffnete also.

»Anziehen, sofort anziehen«, waren seine ersten Worte.

»Ja, aber …«

»Anziehen, schleunigst, ich erkläre dir alles. Schnell, schnell.«

»Unmöglich«, ächzte ich, »ich bin gerade im ersten Schlaf.«

»Anziehen, anziehen, sofort, soooofoooort!!« brüllte er wutschnaubend. Er sprang von einem Bein aufs andere, griff nach einem rostigen Beil aus der Schlacht bei Morgarten, welches ich als wertvolle Antiquität an der Wand hängen hatte, und rückte mir zu Leibe.

»Anziehen, anziehen, anziiiiiiiehen!!!«

Er ist irrsinnig, das wurde mir klar. Man muß ihm den Willen tun.

Ich brachte einen Tisch zwischen mich und Theobald und schwang mich mit einem gräßlichen Fluch in meine Hose.

»Schnell, schnell«, hetzte Theobald.

Ich hatte die Hose falsch herum angezogen. Ich riß sie wieder herunter, trat in die Waschschüssel, rannte gegen die offene Kleiderschranktür. Ein Topf Preiselbeeren, den meine Wirtin auf meinem Kleiderschrank aufzubewahren pflegte, fiel herab.

»Hier dein Rock – deine Schuhe – deine Weste – schnell, schnell!«

Meine Füße waren angeschwollen. Die kaum erkalteten Lackschuhe zu eng geworden. Ich zerrte und zerrte, der Hosenträger platzte.

»Töte mich, Theobald«, heulte ich, »oder sage mir wenigstens, was du mit mir vorhast.«

Die gymnastischen Anstrengungen, in die Schuhe zu schlüpfen, waren endlich von Erfolg gekrönt. Ich konnte nur auf den Fußspitzen auftreten. Es war fürchterlich. Das Blut stieg mir zu Kopf. Wasser lief mir im Mund zusammen. Es wurde mir schlecht. Die letzte Pulle Moët, der Ausklang einer gewaltigen Serie dieses leichtsinnigen Saftes, kam an den Tag.

Tränend, schluchzend, pustend ächzte ich: »Töte mich, Theobald.«

Ich sank in einen Sessel, auf welchem mein steifer Hut lag. – Unerbittlich hielt mir Theobald meinen Rock hin.

»Anziehen, anziehen! Es muß sein! *Es muß sein!!*«

Ganz willenlos ließ ich Theobald meine Garderobe vervollständigen. Er stülpte mir den eingesessenen Filz auf, nahm mich unter dem Arm und schleppte mich die Treppe hinab auf die Straße, wo eine Droschke wartete.

Ein naßkalter Novembertag –

Theobald und der Kutscher bauten mich im Rücksitz auf. Ich vergrub meinen todwunden Kopf in der Ecke und schlief ein. – Ein kalter Luftzug weckte mich auf. Das Fenster war heruntergefallen. Theobald zog es wieder zu und drückte mir das Ende des Fensterriemens in die Hand. Ich lehnte mich zurück, und die Augen fielen mir zu.

Der Riemen entglitt meiner Hand. Das Fenster sauste klirrend nieder. Ich schreckte auf. – »Es muß sein«, tönte mir Theobalds letztes Wort in den Ohren.

Ich döste und versuchte, mir darüber klar zu werden, warum ich in einer Droschke sitze und nicht in meinem Bett liege; warum Theobald mir gegenüber sitze in einem schwarzen Anzug und mich anstarre. – »Warum dies alles?« – »Es muß sein«, tönte es in mir. – »Was muß sein, elender Bursche?« brüllte ich plötzlich los. Ich packte Theobald an den Schultern und schüttelte ihn, geriet dabei mit dem Ellbogen in die andere Scheibe, glitt aus und fiel von der Bank. – Es war zu viel für mich; meine Kraft war endgültig gebrochen. Ich weinte und bat Theobald, er möchte doch wegen der dreihundertzwanzig Mark keine Schweinereien machen. Ich wolle Stunden geben, alten Damen vorlesen, Adressen schreiben, Konversationslexika verkaufen. Ich würde etwas zu verdienen suchen, um ihn nach und nach abzuzahlen. Tränen erstickten den Rest meiner Beteuerungen. –

Es gab einen Ruck nach vorn, es gab einen Ruck nach hinten, und der Wagen hielt. Theobald stieg zuerst aus. Es regnete heftig. Gleichgültig sah ich mich um; wir standen vor der Johanneskirche. Theobald zog, der Kutscher schob, ich stand in der Kirche. Das Dienstmädchen von Seheims, die Anna, war auch da. Sie stand mit einem weißverpackten Kind in der Nähe des Eingangs, als ob sie uns erwartete. Sie schloß sich uns an. Die Kirche war angefüllt mit Frauen, die Kinder trugen, und Männern in schwarzen Röcken und mit wichtigen Gesichtern. »Verstehe das, wer will! Was soll ich da?« – Es überlief mich kalt, mir wurde schwindlig: Theobald, – die Preiselbeeren – die Anna – der *Moët* – das Kind – der Kutscher: ein wilder Reigen vor meinen Augen. »Nimm dich zusammen, du sollst ja nur Pate bei meinem

Kinde sein«, schnauzte mir Theobald ins Ohr. Er habe das mit dem Paten nicht gewußt, flüsterte er mir zu, erst der Pastor habe ihn heute vormittag bei der Anmeldung zur Taufe darauf aufmerksam gemacht. Er habe aber keinen von seinen anderen Bekannten angetroffen. – Mein erster Gedanke bei dem Wort Pate war: »ein silberner Löffel«.

Ich war physisch zu marode, um noch länger zu stehen; ich kroch in eine Bank. Theobald setzte sich krampfhaft neben mich; an der anderen Seite von mir saß die Anna mit dem Kind. Das Kind hatte einen Gummilutscher im Mund, der immer zu Boden fiel. Ich versuchte ihn aufzuheben, es ging nicht, es war zu tief. Ich bekam einen roten Kopf, und alles schmeckte nach *Moët.* – Trotz der harten Kirchenbank, trotz des allseitigen Kindergeschreis schlief ich wieder ein. – Ein unsanfter Stoß in die Seite schreckte mich auf. »Wir sind jetzt an der Reihe«, sagte Theobald und zog mich zum Altar. Fremden Leuten mußte ich sagen, wie ich heiße. Dann kam ein Pastor und predigte. Das Stehen bekam mir nicht, ich schwankte und stieß laut auf. Theobald trat mir verstohlen gegen das Schienbein. Unser Kind begann zu schreien; Theobald wurde rot und bekam eine dicke Ader auf der Stirn.

Ich duselte stehend ein.

»Sie können gehen, Ihre Leute sind schon weg«, hörte ich wie von ferne eine milde Stimme sagen. Es war der Pastor. Ich stierte um mich, die Kirche hatte sich geleert. Theobald und die Anna mit dem Kinde waren weg. »Sie werden draußen in der Droschke auf mich warten«, dachte ich.

Ich kroch zur Tür und hatte gerade die Klinke in

der Hand, als der Küster auf mich zusprang und mir ein warmes Paket mit einem quietschenden Kind in den Arm legte. Ich versuchte, mich zu sträuben, protestierte und erklärte mit kläglicher Stimme, daß wir unser eigenes Baby hätten und daß mich die ganze Sache nichts anginge. – Ich mußte weinen. – Ich sei nur Pate bei Seheims Kind, schluchzte ich, er möge das Kind doch behalten. Der gute Mann zuckte lächelnd die Achseln und meinte, das kenne er, diese Art, sich zu drücken, ziehe bei ihm nicht. Ich beschwor, ich beteuerte, immer noch jämmerlich heulend, ich sei Junggeselle. »Gerade deswegen«, lautete seine höhnische Erwiderung. Er drängte mich durch den Ausgang, und schwer fiel die Tür hinter mir ins Schloß.

Ein Gemisch von Schnee und Regen trieb mir der Wind klatschend ins Gesicht.

Ich stand seelisch und körperlich gebrochen an der Kirchtür, mit viel zu engen Lackstiefeln und einem fremden Kind. Von Theobald und unserer Droschke war nichts mehr zu sehen.

»Der Schuft!« Ich verfluchte ihn, seine blonde Frau, die Wirtin, die Anna, den Küster und den verdammten Moëtgeschmack im Mund. Ich zermarterte mein armes Gehirn, was ich anfangen sollte. Ich wurde immer mehr durchnäßt. Ich kroch unter das Portal; hier war ich wenigstens vor dem Unwetter einigermaßen geschützt. Ich klapperte vor Frost. Mir wurde übel.

Plötzlich fühlte ich mich von einer kralligen Hand am Arm gepackt, eine keifende Weiberstimme riß mich aus meinem Sinnen.

»Hann ech Se endlich, Sie jemeine Minsch! Sie

also hann onser Traudsche verföhrt? Natürlich, nachdem et eso weit es, dröckt mer sech. Ech well et Ehne scho zeige!«

Ein übles, schmutziges Weib stand vor mir. Ich starrte sie verständnislos an und sagte zitternd: »Ich verstehe Sie nicht, gute Frau.«

»Verstehen Sie nicht? E arm Mädsche in et Onjlöck stürze, dat verstonn Se! Mettjekumme, ech well et Ehne schon klar mache!«

Sie riß mich die Kirchentreppe hinab und zog mich mit sich. Mir war nun alles gleichgültig geworden. Ich verteidigte mich nicht mehr, gab jedes Sträuben auf und stolperte hinkend, willenlos, wie im Traum neben der Alten her, das Kind noch immer auf dem Arm. Unermüdlich keifte das Weib weiter. Ihre Tochter sei von der Kirche nach Hause gekommen ohne das Kind, sie habe es auf eine Bank gelegt, und nachher sei es weggewesen – so habe sie erzählt. – Ich hätte dem armen Mädchen den Plan eingegeben, so das Kind loszuwerden. – Sie sei eine alte, ehrliche Frau und wolle keine Scherereien mit der Polizei haben. Ein Glück, daß sie mich noch erwischt habe.

Ich verstand nichts von alledem. Ich hatte nur den Wunsch, bald irgendwo zu sein.

Wir durcheilten Straßen, durch die ich nie gekommen. Endlich machten wir vor einem schmutzigen, vielstöckigen Mietshause halt. – Blöde erwartete ich, was nun vor sich gehen solle.

Die Alte riß mir das Kind aus den Armen; mit einigen kräftigen Püffen war ich im Haus. Ein Duft von schlechtem Fett, Kindern und feuchter Wäsche umfing mich. Irgend jemand rief: »Heini, die Ahl hätt em.«

Ich hörte Gejohle hinter mir und schleppte mich

wie besinnungslos die Treppe hinauf. Man stieß mich in ein qualmiges Zimmer, wo ich halbtot auf dem ersten besten Stuhl zusammenklappte.

»He es de jemeine Minsch«, hörte ich aus dem Nebel meine Begleiterin kreischen.

Klatsch-päng – bekam ich eine Ohrfeige, die mich mit dem Stuhl umwarf.

Ich machte Anstalten aufzustehen, ein Tritt von derben Stiefeln vereitelte mein Beginnen. Ich brüllte um Hilfe. Ich flehte um Gnade.

Ein Hüne mit einem brutalen, viereckigen Gesicht, in einer gestrickten Jacke schleuderte mich in die Ecke eines alten Ledersofas, setzte sich mir drohend gegenüber und paffte mir rücksichtslos den Rauch einer nichtswürdigen kurzen Pfeife ins Gesicht. Um den Tisch herum standen ungezählte, nie gewaschene Kinder, die mich neugierig und schadenfroh angrinsten.

»Also, du bes däh Kääl?« brüllte mich mein Gegenüber an.

Ich stammelte: »Nein.«

Drohend hob er die Faust.

Ich flüsterte: »Ja.«

»Du wirs also ons Traudsche hierohde?« fuhr er fort.

Ich starrte, wie hypnotisiert, auf die furchtbare Faust. Mein Kopf drohte zu zerspringen, meine Backe schmerzte, – auch hatte der Tritt eine empfindliche Stelle getroffen. Dazu stieß mir noch fortgesetzt Moët auf.

»Ja oder nein?«

»Ja, ja, ja«, stöhnte ich in meiner Angst, »alles, was Sie wollen.«

Im Nebenzimmer begann das Gör zu schreien. Das Weib keifte dazwischen. Der Mann am Tisch schimpfte weiter. Worte schlugen an mein Ohr, deren Sinn ich nicht verstand. Mein Begriffsvermögen war zu Ende. Ich sank völlig erschöpft in mich zusammen. –

»Dat es ja jar nitt der Hujoh«, hörte ich auf einmal eine fremde weibliche Stimme dicht neben mir. Man rüttelte mich auf. Ich glotzte um mich. Der Hüne stand drohend vor mir, neben ihm ein junges Mädel. Das alte Weib saß am Tisch mit dem Kind auf dem Arm.

»Dat es ja jar nitt der Hujoh«, wiederholte das Mädchen.

Ich bekam wieder Mut.

Weinerlich bestätigte ich: »Sie haben recht, ich bin wirklich nicht der Hugo.« – Obgleich ich tatsächlich nicht mehr wußte, wer ich überhaupt noch war.

Der Hüne schlug mir den Hut auf den Kopf, riß mich vom Sofa und schrie: »Wat häs du dann he verlore, du Flahbes, eraus sag ech, du hörs net en ons Famellje!«

Die Alte keifte dazwischen: »Wie kütt dä Kääl an ons Keng?«

Ich versuchte, langsam zur Tür zurückweichend, die Leute in einigen kurzen Sätzen aufzuklären, wie ich an das Kind gekommen sei, als plötzlich die junge Mutter, die sich inzwischen der Entblätterung des Kindes zugewandt hatte, gellend ausrief: »He dat es ja jar nitt onser Jösefke, he dat es e Mädsche!«

Die Alten und sämtliche Kinder drängten sich um den Säugling, um sich von dieser neuen, seltsamen Tatsache zu überzeugen.

Ich wollte die Verwirrung benutzen und mich still und anspruchslos drücken: bereits hatte ich die Klinke in der Hand, als man allgemein meiner gedachte. Brutal wurde ich gepackt und ins Zimmer zurückgerissen.

»Mer sollt zur Pollezei schicke!« schrie die Alte, die mir rücksichtslos das schlecht verpackte Kind unter den Arm schob.

Brüllen, Kreischen, Johlen. Die Faust tanzte mir vor der Nase. Von allen Seiten wurde ich gezwickt und geschoben.

Da kam mir in höchster Not ein rettender Gedanke.

Mit dem Rest meiner Kräfte begann ich einen schauerlichen, gliederverrenkenden Tanz aufzuführen, dazwischen brüllte ich:

»Huaoooh, huuuuuuuuaooooh, Kresoooooooot, Yohimbiiiiiiiiiin, huuuuuuuuaoooohh ....!!!« Schaum trat mir vor den Mund.

Man stob entsetzt auseinander und flüchtete ins Nebenzimmer.

Ich schleuderte das Balg auf das Sofa, erreichte die Tür und flog in gewaltigen Sätzen die Treppe hinunter. Ein Handbesen, geschickt geschleudert, traf mich noch ins Kreuz.

Ich gewann die Straße und raste dahin.

Ich geriet in die städtischen Anlagen, wo ich völlig erschöpft auf einer einsamen Bank trotz Regen und Wetter niedersank.

Mitten in der Nacht wurde ich vor Kälte wach. Meine Uhr war fort. Ich hatte einen außergewöhnlichen übeln Geschmack im Munde.

In der Nähe sah ich durch das Gebüsch schimmernd ein flackerndes, einsames Licht. Ich stolperte mit steifen Gliedern darauf zu und fand eine verlaufene Droschke mit einem angetrunkenen Kutscher, den ich zu meiner Freude als den trefflichen Hubert Quadpflaume erkannte. Hubert Quadpflaume war in vorgerückter Stunde mit seinem Wagen gewöhnlich vor Bols zu finden und hatte mich manches liebe Mal unter erschwerten Umständen nach Hause transportiert.

Fröhliches, gegenseitiges Erkennen. Lange habe ich an seiner Brust geweint.

Trotzdem er so betrunken war, daß er mich fortwährend Emil nannte, fand ich mich nach einiger Zeit vor meiner Wohnung.

Nachdem es unter eifrigem, unermüdlichem Klingeln, Klopfen und Johlen gelungen war, allenthalben in der Nachbarschaft Köpfe in die Fenster zu bringen, die mich reichlich mit häßlichen Schmähungen bedachten, öffnete meine Wirtin endlich und meinte gutmütig: »Ich hab' jeglaubt, es wär' nebenan!« – Ich konnte nur noch milde grinsen.

Als ich endlich in meinem Bett lag, fand ich lange keinen Schlaf. Es ging mir fortwährend der Gedanke im Kopf herum, was ich meinem Patenkind eigentlich schenken sollte.

Der Säugling

Gott, das war schon eine maßlose Aufregung und ein unglaubliches Durcheinander bei Beckers! Es wurde das erste Baby erwartet. Schon seit Wochen harrte man gespannt darauf; es hätte schon lange da sein müssen.

Tante Tine aus dem Westfälischen, Tante Meta aus Düren, Tante Hucklenbroich aus Gladbach, Barbara Tröpfeli, eine unendlich ferne Verwandte aus dem Breisgau, Mutze Mandel, die Patin von Frau Becker, sie alle hatte es auf das Gerücht von dem bei Beckers zu erwartenden Ereignis nicht länger mehr in ihrer Heimat gehalten, und sie hatten sich eine nach der anderen bei Beckers zum Logierbesuch eingefunden. Sie führten ein für einen längeren Aufenthalt vorgesehenes umfangreiches Gepäck mit sich. Außerdem brachte eine jede, mit Ausnahme von Mutze Mandel, eine monumentale Amme aus ihrer Gegend mit.

Herr Becker war im allgemeinen ein Mann von einer gewissen Energie. Er konnte heroisch werden, wenn der Bäckerjunge zu spät mit den Brötchen kam oder der Kohlenmann sich die Füße nicht abgeputzt hatte.

Aber mit jeder Tante, die bei ihm einzog, schwand sein Mannesmut mehr und mehr.

Tante Tine mit fünf großen Koffern und einer Amme hatte er als ersten Besuch harmlos, ohne Ahnung der folgenden Serie, süßsauer lächelnd, aber höflich entgegengenommen. Er erkannte den guten Willen der Tante an. Edle Beweggründe, ein schönes Menschenmitleid, ein blutsverwandtschaftliches Mitempfinden mochten sie veranlaßt haben, herbeizueilen.

Tante Meta mit acht Koffern und wieder einer Amme bekam schon einen weniger milden Empfang. Aber richtig grob und deutlich wagte Herr Becker nicht zu werden. Tante Meta war nämlich wohlhabend, und Beckers kamen als Erben in Frage.

Als Tante Hucklenbroich aber eines Tages mit einer Burg von Koffern und Körben und einer kolossalen Amme vor seinem Hause stand, war es mit seiner Selbstbeherrschung aus, und er ließ sich zu einigen häßlichen Bemerkungen hinreißen.

Da kam er aber schlecht an bei Tante Hucklenbroich.

Ob er wohl meine, man verlasse sein liebes Gladbach, sein gemütliches Gladbach und mache die anstrengende Reise zum Vergnügen oder gar seinetwegen? Da irre er sich aber gewaltig! Nur ihre Pflicht als Verwandte, als Tante habe sie dazu getrieben. Ja, ja. Wer solle sonst der armen, unwissenden Mutter beistehen und sie beraten? Und woher bekäme er hier in der Stadt eine solche Amme, wie sie eine mitgebracht? Hä. Sie bleibe hier und weiche nicht, da könne er machen, was er wolle. Außerdem habe sie das gleiche Recht hier im Hause wie die beiden anderen Tanten. Und übrigens seien bei so was nie Hände genug. So hatte den zukünftigen Vater die Tante Hucklenbroich angefahren und drohend und bestimmt mit ihrem Schirm – mit einem Storchenkopf aus Elfenbein als Griff – auf den Boden gestoßen.

Herr Becker war ganz klein geworden und hatte nur noch verzweifelt zu stöhnen gewagt. »Aber die Ammen – die Ammen! Wir haben ja auch schon eine engagiert, die bei uns wohnt!«

»Und wenn es nun Zwillinge werden? Oder gar Drillinge, hä? Was dann?« So hatte ihn Tante Hucklenbroich überlegen angeschrien. Und ihre Amme sei eine Kapitalsamme, und sie bestehe darauf, daß sie verwandt würde. Gegen ihre Amme kämen die anderen Tanten nicht an.

Herr Becker resignierte kleinlaut, und als Barbara Tröpfeli mit einer Unmasse von Koffern und mit einer Amme, die aussah wie eine Festung, eines Tages erschien, sagte er kein Wort. Apathisch stierte er den Besuch, die Koffer und die Amme an, wie ein unabänderliches, starres Prinzip.

Mutze Mandel kam nur mit vier Koffern und ohne Amme. Wie ein Irrer sah ihr Herr Becker entgegen und murmelte fragend: »Und die Amme, wo ist die Amme?«

Er schlief, ohne zu mucksen, auf dem Fensterbrett in der Küche. Alle Betten, Sofas und Chaiselongues waren in Anspruch genommen. Er schickte sich darin. Gott, so eine Geburt war eben ein außergewöhnliches Ereignis, das seine Schatten vorauswarf. Er war ein Neuling, das mußte vielleicht alles so sein. Frau Becker war ruhig und gelassen und handelte nach allen Ratschlägen – sie mochten einander noch so entgegengesetzt sein –, die ihr die Tanten und sonstigen Leute gaben.

Beckers hatten, bevor die Tanten über sie kamen, bereits alles, was nur eben für das kommende Ereignis nötig war, auf das reichlichste und sorgfältigste vorbereitet. Man hatte, wie gesagt, schon eine Amme ins Haus genommen, hatte Stöße von Tüchern, Bändern und anderem Zeug gerüstet, einen Kinderwagen, eine Wiege, eine Badewanne und eine Kinderwaage und alle möglichen anderen, nach Aussage der Leute in den Geschäften unbedingt nötigen Gegenstände gekauft. Von allen Seiten hatte man sie haufenweise mit gehäkelten Jäckchen, Mützchen und dergleichen in liebevoller Weise bedacht. Man hielt sich für alle Fälle gerüstet.

Die Tatsache des Massentantenbesuches allein war schon äußerst schlimm, aber wehe! furchtbar wurde es, als sie anfingen, sich zu betätigen. Die Anschaffungen von Beckers wurden nach eingehender Prüfung in Grund und Boden verworfen. Da hieß es eingreifen. Jede Tante hatte dabei auch wieder ihre eigene Ansicht, die denen der anderen ganz entgegengesetzt war.

Tante Tine bestand auf neuer Wäsche, da die Beckersche ganz und gar unhygienisch sei. Nur in der Gesundheitswäsche »Prinzessin Alice« aus Pflanzenfasern liege das Heil und die Gesundheit eines Säuglings. Ballenweise schleppte sie diese Wäsche ins Haus.

Tante Meta erklärte den Kinderwagen für altmodisch und unpraktisch. Sie beschaffte einen raffinierten Patentkinderwagen, der durch entsprechende Handgriffe nach der Gebrauchsanweisung in eine Wiege, eine Schaukel, ein Karussell, einen Rundlauf, einen Schlitten und in die unmöglichsten Dinge verwandelt werden konnte.

Tante Hucklenbroich war für Wolle. Nur in Kamelhaarwolle würde das Kind gedeihen können. Sie ließ eine ganze derartige Wäscheausrüstung kommen.

Barbara Tröpfeli rannte aufgeregt umher und konnte sich nicht beruhigen: Die Ammen müßten Doppelkraftmalzbier »Goliath« trinken. In großen Mengen; davon hinge viel ab. Dieses Bier wäre die Basis eines Heldengeschlechtes. Fünftausend Flaschen dieses gepriesenen Bieres wurden Beckers in den Keller gelegt.

Herr Becker sah idiotisch und ergeben dem Tun der hilfreichen Tanten zu und bezahlte eine Rechnung nach der anderen. Die Summe, die er für die Aussteuer, wenn es ein Mädchen würde, für das Studium, wenn ein Junge käme, zurückgelegt hatte, hatten die Anschaffungen der Tanten völlig verschlungen. Aber Gott ja, hier durfte man nicht knausern, da es sich doch um das Wohl und Wehe seiner Nachkommenschaft handele. Alles was getan wurde, diente doch nur diesem Zweck.

Mutze Mandel, eine begeisterte, fanatische Anhängerin von künstlicher Kinderernährung, ließ die kompliziertesten Sterilisierapparate mit Batterien von Flaschen ins Haus schaffen. Sie propagierte von früh bis spät ihre Theorie. Herr Becker hatte nichts gegen die Sterilisierapparate einzuwenden und bezahlte die erhebliche Rechnung ohne Murren, ungeachtet der fünf Ammen. Man konnte nicht wissen!

Oft saß er stundenlang vor all den fremden Dingen und sann über deren Zweck und Bestimmung nach. Aber er fand den Sinn nicht. Er tröstete sich mit dem Gedanken, daß so eine Geburt und das Drum und Dran schließlich für ihn, der das zum ersten Male mitmachte, ein notwendiges Mysterium sein mußte.

Nur das Doppelkraftmalzbier »Goliath« schien ihm verständlich. In ungeahnten Quantitäten tranken es die Ammen in sich hinein. Man sah in der Tat einen eklatanten Erfolg.

Die junge Mutter glaubte in ihrem Zustande zuversichtlich, daß alles notwendig und gut war, was um sie geschah.

Woche auf Woche verging, aber das Baby kam nicht.

Das Malzbier nahm rapide ab – die Ammen erschrecklich zu. Sie gingen zu fünft nicht mehr in ein Zimmer. Herr Becker mußte im Hause die zweite Etage mieten und jeder Amme ein Zimmer für sich geben. Er ließ für jede Amme ein vierschläfiges Bett herstellen.

Die Ammen aber tranken unentwegt das Doppelkraftmalzbier »Goliath«.

Das Baby blieb aus. Man erinnerte sich anderer Fälle aus der Bekanntschaft, wo es auch so lange gedauert hatte. Bei Bösheims gegenüber – Gott, die hatten damals jede Hoffnung aufgegeben. Das war das Gespräch von früh bis spät.

Es wurden weitere fünftausend Flaschen Kraftbier »Goliath« eingelegt. Die Ammen füllten ihre Zimmer völlig aus. Sie glichen Riesenplumeaus oder auch vorsintflutlichen Tieren.

Wochen vergingen. Man wußte schon fast nicht mehr, um was es sich handelte, und hatte das Baby schier vergessen. Da plötzlich eines Morgens um fünf Uhr war das Ereignis eingetreten. Jetzt konnte man es sich kaum erklären. So unerwartet! Gestern waren Beckers noch im Stadtgarten. Kalbfleisch mit Kartoffelsalat hatte Frau Becker gegessen. Und jetzt war ein Junge da.

Das Kind wurde natürlich für so schön und kräftig befunden, wie man noch keines bisher gesehen hatte. Herr Becker ging mit enorm herausgedrückter Brust stolz durch das Haus.

Der Junge wanderte von Hand zu Hand. Die Tanten rissen sich um ihn. Eine jede hatte die krampfhafte Sucht, etwas mit dem Baby anzustellen. Es war ein seltsames Stimmendurcheinander, ähnlich einer wilden Unterhaltung von Papuanegern oder dem Lautgewirr in einer Irrenanstalt.

»Pi, pi, pi, kleine Jung, kleine Jünke! Tö, tö, tö, püh, püh, püh, hatu Weweeke? Teine Terlche, teine Terlche, kis, kis, kis!« klang es wirr durcheinander.

Tante Meta hatte das Kind auf dem Arm und fragte es fortgesetzt: »Wo is et liebe Kerlche, wo is der kleine Jung?« Diese sinnige Frage wurde von dem Baby nur mit einem mörderischen Geschrei beantwortet.

Frau Becker hatte die fieberhafte Sorge aller jungen Mütter, horchte begierig und vertrauensvoll allen Vorschlägen und ließ die Tanten in allem gewähren.

»Gewickelt, feste gewickelt muß das Kind werden«, wurde vorgeschlagen. Der Junge wurde gewikkelt mit einer Begeisterung, daß er ein gutes Stück länger wurde. Das Kind brüllte.

»Was wickeln? Um Gottes willen!« hieß es von anderer Seite, »das Kind muß frische Luft haben, muß strampeln können.« Das Baby wurde bei 0 Grad auf die Bleiche gelegt. Das Kind brüllte.

»In die Wiege muß das Kind, es muß geschaukelt werden«, ein neuer Vorschlag. Man schaukelte das Baby mit Vehemenz, daß es im hohen Bogen hinausflog. Es brüllte.

»Es muß in den Kinderwagen und hin und her gefahren werden«, schrie eine Stimme überzeugt.

Das Kind wurde in den Kinderwagen geschleudert und wie irrsinnig durch die Wohnung gejagt.

Der Fanatismus der eifrigen Tanten, die alle hartnäckig auf ihren Theorien bestanden, wurde unheimlich und wuchs zu einer Besessenheit aus.

»In Wolle muß der Knabe gebettet werden«, tobte Tante Hucklenbroich. Sie warf die Pflanzenfasergewebe von Tante Tine beiseite.

Tante Tine riß dann den Jungen wieder aus den Umhüllungen der Hucklenbroichschen Kamelhaarwäsche und legte ihn zurück in ihre Idealwäsche »Prinzessin Alice«.

Das Baby brüllte mörderlich.

»Der Junge muß gepudert werden. – Der Junge darf nicht gepudert werden, er muß mit Fett eingerieben werden. – Nein, er muß mit Spiritus abgerieben werden. – Er muß kalt gebadet werden. – Heiß, ganz heiß muß er gebadet werden.« Alle Ratschläge wurden befolgt.

Das Baby brüllte unentwegt.

»Das Kind wird Hunger haben«, meinte der Briefträger Pempelfort. Auf die Idee war noch niemand gekommen.

Man schrie nach den Ammen.

Mit den Ammen war aber nichts mehr anzufangen, sie konnten wegen ihrer Fülle nicht aus ihren Zimmern heraus. Außerdem waren drei schon geplatzt, und die beiden anderen gingen demselben Ende entgegen.

In der Not griff man zu dem Sterilisierungsapparat der Mutze Mandel.

Die Entdeckung des Radiums war ein Kinderspiel gegen die Bemühungen der mit Vater Becker vereinigten Tanten, den Sterilisierapparat in Szene zu setzen. Gläser mit Maßstrichen und gebogene Glasröhren hatte man schon reichlich kaputtgemacht, sich auch bereits genügend die Finger verbrannt.

Das Kindchen schrie, daß es bereits blau im Gesicht war, nach Atzung. Die Nachbarn beschwerten sich. Ein Polizist kam von der Straße herein im Glauben, es würde jemand ermordet.

Man wußte nicht, was in die Flaschen kam. Das vor allem wußte man nicht.

»Milch«, schlug der Polizist vor.

»Richtig, natürlich Milch«, rief man froh und erlöst durcheinander.

Das Baby lag fast in den letzten Zügen, als man endlich die erste Pulle Milch bereitet hatte. Der Kleine sog die Milch mit Behagen. Mutze Mandel triumphierte. Der Sterilisierapparat ward anerkannt. Das Baby schlief nach seiner Pulle ein. Der Polizist ging weg.

Man müßte das Kind mal wiegen – Tante Tine kam auf die Idee. Das Kind wurde auf die Waage gelegt, wurde wach und begann natürlich wieder zu schreien. Man legte es wieder in die Wiege, da man aus der Waage doch nicht klug wurde.

Dann kam man in den nächsten Tagen endlich zum Verständnis der Waage. Man wog den Knaben vor und nach jeder Flasche und konstatierte triumphierend, daß er nachher immer schwerer war. Das war ein gutes Zeichen. Er gedieh, hurra!

Aber eines Tages bemerkte man, daß das Baby am nächsten Tage vor der Flasche gerade soviel wog, wie am Tage vorher vor der Flasche. Das war ja äußerst seltsam. Da man keinen Mathematiker zur Hand hatte, blieb diese Erscheinung unerklärt.

Dann empfahl eines Tages die Bügelfrau das Idealrapidsäuglingskraftwachsnährpulver »Koloß«.

Man gab dem Kind abends eine tüchtige Dosis, und bereits am nächsten Morgen fand man das Baby aufgeschossen zur Größe eines zehnjährigen Jungen, mit den Beinen und den Armen aus der Wiege baumelnd vor. Entsetzen packte die Tanten und die Eltern.

Und das Kind wuchs sichtbar. Die Wiege brach zusammen.

Die Tanten flüchteten in die Heimat. Die Eltern ergaben sich dem Malzbier.

Niemand wagte mehr, nach dem Kinde zu schauen.

Der Junge hatte in wenigen Tagen die Größe eines ausgewachsenen Mannes mit dem Intellekt eines Säuglings.

Er ging ins Leben hinaus, geriet in die Diplomatenkarriere und brachte es in kürzester Zeit zu einer leitenden, hohen Staatsstellung.

Niemals ist das Land so auffallend gediehen, wie unter dem Regime des jungen Becker.

Der gute Mensch

Aloys Behnewind war ein guter Mensch, ein wirklich, wahrhaft guter Mensch von einem ausgeprägten, fast krankhaften Altruismus, wie man ihn heute in der Zeit der feindlichen, räumenden Ellenbogen fast niemals mehr findet. Er war Junggeselle und hatte eine festgelegte auskömmliche Lebensrente.

Saß Aloys, der gute Mensch, bei Regenwetter in einer völlig besetzten elektrischen Bahn, so konnte er es nicht übers Herz bringen, sitzen zu bleiben, wenn sich jemand, welchen Geschlechts, Alters oder Standes er auch war, Platz suchend mit verzweifelten Gebärden in den Wagen hineindrängte. Sein gutes Gefühl, seine sensible Höflichkeit zwang ihn, sofort aufzustehen und dem überzähligen Eindringling Platz zu machen.

Eingeengt zwischen den Wällen feindlicher Beine und Knie stand er so eines Tages mitten im Wagen und wurde bei jeder Kurve, bei jedem plötzlichen Halten oder Abfahren durch den Ruck des Wagens hin und her gestoßen. Er trat dabei den Leuten auf die Füße, stieß aus Versehen mit seinem nassen Regenschirm jemanden in den Mund, setzte sich an einer besonders scharfen Kurve unfreiwillig auf den Schoß einer dicken Dame, wo sich bereits ein kleines Mopperl befand, sprang erschreckt und beschämt auf, um sich, von einem neuen Ruck gestoßen, in eine Pflaumentorte, die ein Konditorlehrling vorsichtig auf seinen Beinen hielt, zu setzen. Allgemeines spöttisches Lächeln auf den Mienen der Mitpassagiere. »Tölpel«, brummte ein alter Herr, dem er beim unfreiwilligen Voltigieren durch den Wagen mit seinem nach einem Stützpunkt suchenden krampfhaften Armgeschlage den Hut vom Kopfe hieb. Die alte Dame mit dem Hund schimpfte in häßlichen Ausdrücken, rief nach der Polizei und dem Schaffner. Der Konditorjunge weinte, und alle im Wagen nahmen seine Partei und sagten, Aloys müsse unbedingt die Torte bezahlen. Der Schaffner verwies ihn in strengem Ton, in der Mitte des Wagens zu stehen; er solle sich an die Vordertür stellen. Da war auch ein Ledergurt an der Decke angebracht, an dem man sich hätte halten können, wenn er nicht so schmierig und glitschig gewesen wäre.

Die Stellung an der Vordertür war äußerst quälend. Fortgesetzt mußte Aloys unter Gefahr einer Darmverschlingung den Rumpf im rechten Winkel zur Seite wenden, weil jeden Augenblick der Schaffner durch ein kleines Fensterchen mit einer Klappe, wie sie an Zellentüren in Gefängnissen angebracht sind, den Leuten auf dem Vorderperron Billetts reichte. Jetzt war einer an der letzten Haltestelle eingestiegenen alten Frau mit einem Korbe ihr 50-Pfennig-Stück, das sie krampfhaft zwischen den runzeligen, gichtknotigen Fingern hielt, gefallen und zwischen die Latten des Bodenbelages geraten. Natürlich war Aloys Behnewind mit seiner guten Seele der erste, der sich bückte, um das entfallene Geldstück zwischen den Latten hervorzuholen. Er bückte sich zu tief und fiel bei einer Kurve vornüber; dabei rutschten ihm seine Zigarren, seine Briefschaften, sein Notizbuch aus den Taschen und verstreuten sich auf dem schmutzigen Boden des Wagens. Auch der Kneifer fiel ihm von der Nase. Dann klemmte er sich, als er mit den Fingern zwischen die Latten faßte, den Zeigefinger und den Daumen ein. Niemand hatte Mitleid mit ihm, im Gegenteil, die meisten feixten höhnisch. Da kam der Kontrolleur in den Wagen, um die Fahrkarten zu revidieren. Aloys konnte natürlich seine Karte nicht finden, sie war ihm bei der Suche nach dem 50-Pfennig-Stück entfallen. Der Kontrolleur forderte mit drohender Ader auf der Stirn die Lösung einer neuen Karte. Aloys hatte dem Konditorjungen seine letzten drei Mark gegeben und war ohne einen Groschen. Er mußte seinen Namen nennen, den der Kontrolleur mit strengem, vorwurfsvollem Gesicht in ein fettiges Notizbuch schrieb. Danach ließ der scharfe Beamte den Wagen auf offener Strecke halten und befahl ihm mit unerbittlicher Miene, sofort auszusteigen, sonst würde er ihm Beine machen. Auf den Gesichtern der anderen Passagiere lag ein Schimmer von vollkommener Befriedigung. »Das geschieht dem Tölpel recht«, sagte jemand.

Es regnete und stürmte, daß es schwer war, voranzukommen. Regen und Hagel schlugen einem um die Ohren. Aloys machte sich entschlossen auf in der Richtung seiner Wohnung, die eine gute Stunde entfernt lag. Einem Herrn, der vor ihm ging, riß ein plötzlicher Windstoß den Hut vom Kopf und zauste den aufgespannten Schirm, daß er umschnappte und im Nu das Aussehen eines verunglückten, abgestürzten Aeroplans bekam. Der Hut rollte in der entgegengesetzten Richtung von Aloysens Wohnung wie ein flüchtiger Hase durch den Straßendreck und die

Gossen. Schon faßte unwiderstehlich, mit Allgewalt den guten Menschen Aloys die altruistische Manie, und in gewaltigen Sprüngen setzte er dem Hut des fremden Mannes nach. Seine Pelerine schlug sich bei dieser wilden Jagd um seinen Kopf. Er lief mit aller Kraft gegen eine Gaslaterne, daß die Laterne oben abbrach. Eine grünblaue Beule war die Folge dieses Zusammenstoßes. Er befreite seinen Kopf von der Pelerine und rannte weiter dem fremden Hut nach. Tükkisch verschlangen sich die Bänder der Pelerine um seine Beine. Er kam im vollen Lauf zu Fall und stieß sich mit dem Schienbein erheblich an dem granitenen Rand des Bürgersteiges. Sei eigener Hut wurde von der Windsbraut gleichfalls entführt. Er stieg wie ein Windvogel in die Luft und blieb an der Dachrinne eines Kirchturmes hängen. Was kümmerte ihn sein Hut? Sein gutes Herz gab ihm ein, zuerst den fremden Hut zu retten. Bald hätte er ihn erwischt, als im selben Moment ein dahersausendes Auto den Hut überfuhr und ihn in ein völlig zerfetztes Filzernes verwandelte. Es stach Aloys weh ins Herz, als er sah, daß seine Aufopferung vergeblich war. Traurig trottete er ohne Hut, mit der Beule als Kopfbedeckung, durch dieses Schweinewetter nach Hause.

Seine Bereitwilligkeit, aller Welt zu helfen, war sein Fluch und brachte ihn fortgesetzt in äußerst unangenehme und peinliche Situationen. Jeden Tag hatte er irgendeine kleinere oder größere Schererei durch seine Hilfsbereitschaft. Niemand dankte ihm; er war immer der Blamierte. Er sah nicht ein, daß der gute Mensch eben ganz und gar nicht mehr in unsere heutige Zeit paßt.

Aloys hatte einen Bekannten namens Oskar

Knieß, ein krasser Egoist, der es nur darauf absah, den guten Aloys auszunutzen. Eines Tages besuchte Oskar den guten Aloys. Natürlich kam er mit einer Bitte. Oskar sprach von einem Mädchen, welches er in Dungheim am letzten Sonntag kennengelernt habe. Genau konnte er sich nun nicht so recht mehr erinnern, wie sie aussah, ob sie hübsch war und was sie anhatte, er war nämlich an dem Tage erheblich betrunken gewesen und erinnerte sich nur unklar der Maid. Nur das eine wußte er, daß er sie für den nächsten Sonntag eingeladen hatte, um ihr die Stadt zu zeigen. Sie sollte mit dem Zug um elf Uhr kommen und Aloys müsse mit von der Partie sein.

Um elf Uhr Sonntagvormittag standen Oskar und Aloys auf dem Bahnhof, um die Donna aus Dungheim abzuholen. Und sie kam. Starr schauten die beiden auf eine dicke Weibsperson mit einem knalligen Papierblumengarten auf dem Fettkopf und einer grün und rot karierten Bluse aus Flanell. Es war ein grotesker Aufzug, der die beiden Dschentlemän lähmte. Die Holde näherte sich watschelnd wie ein Auto mit kaputten Pneus, ein breites, schmunzelndes Lachen auf dem sommersprossigen Gesicht, und ehe Oskar wußte, wie ihm geschah, lag sie ihm an der Brust. Der Anprall warf ihn beinahe zu Boden. Ein unendliches Mitleid erfaßte Aloys für Oskar. Mußte der betrunken gewesen sein, als er dieses entzückende Geschöpf kennengelernt hatte! Apathisch ließ Oskar alles geschehen. Er war völlig zerquetscht und aus der Form, als die Schöne vom Lande von ihm abließ. Jetzt hing sie sich bei Aloys ein. Oskar kam wieder zu sich und versuchte abzurücken, daß es so aussah, als ob er überhaupt gar nicht zu dieser Person gehöre. Wie peinlich war ihm dieser Aufzug! Er legte Wert darauf, in der feinen Gesellschaft zu verkehren, und nahm sich höllisch in acht, gegen die feinen Manieren zu verstoßen. Aloys war weniger penibel, aber daß ihn diese Lady vom Lande mit selbstverständlicher Intimität einhakte, auf offener Straße, gerade zur Promenadenzeit, wo alles unterwegs war, ging ihm doch ein wenig gegen den Strich.

Oskar Knieß ging bereits drei Meter vor dem Paar und überließ Aloys den spöttischen Blicken der Passanten. Er war mehr tot als lebendig. Flucht, rücksichtslose Flucht, das war die einzige Rettung. Aber wie? Scheu und verstohlen ließ er seine Augen herumschweifen, wo war eine Rettung? Aloys trottete schweigend neben dem Mädchen her. Sein verzeihendes Gütegefühl begann sich in seinem guten Herzen zu regen. Es war doch tragisch, wenn eine sogenannte Krone der Schöpfung so aussah wie diese Dungheimer Vertreterin des schönen Geschlechts. Ein Gefühl des Wohlwollens und eines herzlichen Mitleids wegen dieses tragischen Dilemmas begann sich in seinem guten Herzen zu regen. Oskar Knieß sah plötzlich scharf die Straße hinunter. Sein verdrossenes Gesicht erhellte sich sichtbar. Hoffnung lag auf seinen Zügen. Dort, etwa hundert Schritte weiter, klapperten an einem Schild zwei Messingbecken, das Zunftzeichen der Friseure. Eine glänzende Idee! »Ich muß mich eben rasieren lassen«, stieß Oskar Knieß plötzlich, kaum eine Erleichterung verbergend, hervor, »bitte, wartet eine Weile hier draußen; Aloys, du bist so gut und leistest meiner Freundin Gesellschaft. Es wird nicht lange dauern.« Schon war er in dem Friseurgeschäft verschwunden. Die Messingbecken schlugen zusammen, als applaudierten sie. –

Aloys und die Dungheimerin standen am Schaufenster und beschauten die Auslagen des Friseurs. Seifenstücke, ein Gnom mit Wattebart inmitten einer sinnvollen Girlande von Zahnbürsten und Kämmen, bunte Flaschen waren mit künstlerischem Geschmack aufgebaut. Verstohlen ruhten die guten Augen des gütigen Aloys auf der anvertrauten Freundin Oskars. Die Auslage des Friseurs war auch nicht länger als eine halbe Stunde imstande, die Dame zu fesseln. Eigentlich konnte man sich in dieser Zeit unzählige Male rasieren lassen. Der Friseur wohnte an der Hauptstraße, wo sonntags die Crème der Gesellschaft promenierte. Das Paar erregte allgemeines Aufsehen. Bekannte schnitten Aloys ostentativ. Die Blume vom Lande bekam mehr und mehr Zutrauen zu Aloys und hing sich wieder bei ihm ein. So wälzten sie sich auf und ab vor dem Friseurladen. Wer nicht wiederkam, war Oskar Knieß; man hätte sich in der Zeit, die er in dem Laden war, einen langen Bart und lange Locken wachsen lassen können.

Zuweilen stieg in Aloysens Hirn der Gedanke auf: wenn Oskar nun überhaupt nicht zurückkäme? Aber dann fiel sein Blick auf die Prinzessin der Kartoffelgegend. Ein unbedingtes, unwiderstehliches Gefühl der Zuneigung zu dieser Blume vom Lande, die angehäufte Fülle seines monumentalen Altruismus brach mit kosmischer Allgewalt hervor. Er umschlang die Freundin aus der Fremde und küßte sie vor aller Welt auf die Wange.

Die beiden Liebesleute warteten noch bis Donnerstag auf Oskar Knieß. Er kam nicht.

Aloys Behnewind heiratete den Koloß vom Niederrhein. Sie erschien ihm als eine unergründliche Talsperre für den Strom seines Altruismus.

Acht Tage war friedliche Stille im Heim der Jungvermählten. Eines Tages aber hörte man lautes Geschimpfe aus der Wohnung Behnewinds. Gegen eine gellende Frauenstimme versuchte vergebens eine Männerstimme anzuschreien. Die Keiferei nahm Tag für Tag zu. Bis auf die Straße hörte man den Radau. Passanten blieben stehen. Dann flogen eines Tages Stocheisen, Kohlenstücke, Stiefelknechte, leere Flaschen, Stiefel, Bügelbolzen und sonstige harte Gegenstände klirrend durch die Fenster auf die Straße. Revolverschüsse, Schmähworte, die die elektrische Bahn entgleisen ließen, Droschkenpferde wild machten, sprangen aus den zerschlagenen Fenstern der Wohnung Aloysens.

Aloys, der gute Mensch, war ein Menschenfeind geworden. Seinen Altruismus und seine Herzensgüte hatten die Flitterwochen völlig vernichtet, und seine Herzlichkeit war in einen Menschenhaß, der sich auf seine Dungheimer Gattin konzentrierte, umgeschlagen.

Teuflisch lockte er sie eines Tages in einen Freiballon und drückte ihr eine Höllenmaschine in die Hand. Sie ist gottergeben in die Luft geflogen.

Die Bluse

Ich hätte nein sagen sollen oder daß ich etwas vorhätte, als mich meine Tante Dorchen Faßbender am Eingang des amerikanischen Riesen-Warenhauses mit Beschlag belegte und mich bat, sie zu begleiten: sie müßte sich nur eben eine Bluse kaufen, erklärte sie obenhin.

Eine Bluse kaufen, das war ja schließlich eine einfache und schnell erledigte Sache, dachte ich mir und ging mit. Außerdem hatte die Tante mir schon häufiger Rechnungen meines Schneiders bezahlt, das war entsprechend zu beachten.

Der Scharfsinn eines Indianers gehört dazu, um sich in einem modernen Warenhaus zurechtzufinden und noch zu Lebzeiten den begehrten Gegenstand zu kaufen. Die Tante sagte, sie wisse Bescheid, und drängte sich durch die Menge, die sich in den Gängen zwischen den Verkaufsständen hin- und herschob. Sie trat energisch auf sie hindernde Füße und stieß Langsame mit der Krücke ihres Zanellaschirmes verstohlen in den Rücken.

»Da drüben bekommen wir das Gewünschte«, sagte sie mit Bestimmtheit. Ich vertraute der Tante. Wir schoben nach drüben.

Wir blieben einen Augenblick am Verkaufsstand für Emaillegeschirr stehen. »Was darf's sein?« fragte verbindlich ein rotbackiges Fräulein.

»Oh, wo finde ich Blusen?« erkundigte sich die Tante, die scheinbar doch nicht so ganz Bescheid wußte.

»Bitte, erste Etage, Aufzug«, war die Antwort. Die Tante zog vor, die Treppe zu benutzen, aus Vorsicht. Es sei einmal ein junger Mann im Aufzug zerquetscht worden. Diese Legende geht von jedem Aufzug.

»Blusen – bitte rechts und dann links«, wies uns ein Herr in mittleren Jahren, den man Herr Markuse nannte und der scheinbar eine Rolle spielte. Wir waren geschmeichelt und gingen in die bezeichnete Richtung.

»Nein, nein, nein«, schrie die Tante plötzlich unwillig, als sie an dem gesuchten Stand von Blusen ankam und die Auslagen musterte. »Ich will keine fertige Bluse, ich will Stoff für eine Bluse, im Haus zu nähen. Da steht man sich billiger«, raunte sie mir erklärend zu.

Ich fand das sehr unangebracht, so eine Bluse erst mal mit großen Umständen zu nähen, wo man sie doch hier fix und fertig zum Anziehen kaufen konnte. Überhaupt bereute ich ein wenig meine Bereitwilligkeit, die Tante zu diesem Blusenkauf zu begleiten.

»Ah, Stoff für eine Bluse für die Dame?« sagte verstehend Herr Markuse, der uns gefolgt war. »Bitte, bemühen sich die Herrschaften nach der vierten Etage, dort finden Sie, was Sie wünschen.«

Wieder mühselige Treppen, trotz des Asthmas der Tante. Solche Aufzüge bleiben schon mal stekken, dann verhungern die Insassen. Das ist auch so eine Legende, die man sich von jedem Aufzug erzählt.

Natürlich entsprach der Stoff, den man der Tante auf der vierten Etage vorlegte, keineswegs ihren Wünschen und Absichten. Was man ihr da zeigte, war doch Wolle, was für Dienstboten zu Weihnachten, aber nicht für eine Staatsbluse der gnädigen Frau zu gebrauchen war.

»Wolle hält aber doch warm«, meinte ich schüchtern.

»Ist aber nicht schick«, strafte mich die Tante. »Ich will die Bluse für das Zoologische-Garten-Konzert; Frau Bender soll die Platze kriegen«, lachte sie hämisch.

Jetzt kam es heraus; die Tante wollte eine seidene Bluse bzw. den Stoff dazu.

»Da müssen Sie sich nach unten bemühen, dort rechts vom Haupteingang, etwa vierzig Minuten weit, ist die Seidenabteilung«, klärte man sie auf. »Dort ist der Aufzug.« Sie begann von der 150 Meter hohen Vierten-Etagen-Treppe den mühevollen Abstieg. Das Seil konnte reißen und der Aufzug herunterrasen und zerschmettern. Das war auch so eine Legende, die die Tante bewog, das gefährliche Vehikel nicht zu benutzen.

Ich sagte leise das kleine Einmaleins auf und berechnete aus dem Wachsen meines Bartes, wie lange wir uns bereits hier in dem Warenhause befanden. Durch das Treppensteigen bekam ich ein müdes Gefühl in den Kniekehlen, wie wenn ich dreimal hintereinander das Matterhorn bestiegen hätte, ein Klavier mit Lehrer im Rucksack.

Tante Dorchen war von der stillen Resignation eines Menschen, der weiß, was er will.

Ich war so zerstreut, daß ich der blondlockigen Verkäuferin der Parfümerieabteilung, wo ich immer meine Seife kaufte, in Gedanken auf das Ohrläppchen küßte.

»Seide dort, Blusenseide dort«, zeigte ein anderer Herr Markuse, der Cohn genannt wurde, auf eine lange Reihe Theken, hinter welchen himmelhohe Regale standen, wie in einer Bibliothek. Die Fächer waren angefüllt mit Stößen von flachen Paketen. Zwischen den Regalen und den Theken waren Fräuleins in Schwarz, nette und weniger nette, mit Scheren an Bändern um den Hals und an der Seite einen baumelnden Abreißblock, eingesperrt. Manche aßen verstohlen aus einem verborgenen Butterbrotpaket.

Das durfte Herr Cohn nicht sehen.

Aus dem Gesicht der Tante entnahm ich, daß wir nun endlich am Ziel angekommen waren. Meine Lethargie wich ein wenig. Es war aber noch nicht aller Tage Abend! Oh, ich Kleingläubiger!

Sobald die Tante kurz den Wunsch nach Blusenseide geäußert hatte, kletterten – husch, husch! – entzückende Lackfüßchen auf gelben Leitern an den Bibliotheksregalen hinauf. Oft blieb der Rock an einer Sprosse hängen, welches Malheurchen ein graziöses Beinchen mir entgegenkommend dekolletierte. Die Tante setzte sich ihre Brille auf, die sie aus einem Lederetui hervorzog. Das Etui machte beim Abziehen des Deckels »pff«, die Tante setzte die Brille auf, nicht der Beinchen wegen, sondern um den Stoff zu prüfen. Ich putzte meinen Kneifer – hm, hm, ich mußte doch der Tante behilflich sein!

Stöße von flachen Paketen warfen die Fräuleins in Schwarz klatschend auf die Theke und entrollten sie zu Streifen Seide in allen möglichen Farben. Dabei priesen sie in überschwenglicher Weise die Ware: »Prima, prima, das beste auf dem Markt, leitest Fäschen, englisch, fabelhafte Verarbeitung, Frau Bankier Safe (sprich: Säw) nahm zehn Meter für eine Robe, doppelte Breite, mit Selfkante (ich kannte nur den Selfmademan, aber keine Kante, die sich selbst machte, aber höchstens die Wasserkante), gut zu verarbeiten und haltbar, Sie glauben es nicht, gnädige Frau!« Immer neue Pakete wurden aufgerollt. Ein Meer von Farben ergoß sich über die Theke. Die Tante war in fieberhafter Tätigkeit, ihr sonst bleiches Gesicht war hektisch gerötet, die Warze an der Nase war zu einem Apfel angeschwollen, mit zitternden Händen wühlte sie in der Seide, prüfte den Stoff und die Farbe, bat das Fräulein in Schwarz, mit dem betreffenden Stück auf die Straße zu gehen, um die Farben bei Tageslicht beurteilen zu können. Etwa 1200mal lief sie, begleitet von einer Verkäuferin, die immer durch eine neue ersetzt werden mußte, da sie haufenweise vor Ermattung zusammenbrachen, die Strecke von der Seidenabteilung bis zum Ausgang. Ich rannte im Anfang getreu als Sachverständiger für Farben mit (ich bin Mitglied des Sonderbundes, Beitrag 10 Mark, war zur Untersuchung im Irrenhaus, weil ich aus mir selber geraten habe, wo auf einem futuristischen Gemälde von Marinetti der Gärtner war), verlor dann aber die Lust zu rennen, nahm mir ein Auto und fuhr neben der Tante hin und her.

Die Tante konnte sich nicht schlüssig werden. Wie unter einem unerbittlichen Schicksal raste sie hin und her, den armen Verkäuferinnen zum Verderben. Die Haarnadeln der Tante waren weißglühend.

Alle Farben der Welt zogen vorbei, nur kein Blau, was die Tante von vornherein nicht wünschte. Nun fiel ihr ein, daß es ein bestimmtes Blau gebe, was ihr sehr gut zu Gesicht stände. Ob man dieses Blau habe? Einige der Verkäuferinnen, die aus den Strapazen der Rennerei ihr schwaches Leben gerettet hatten, schleppten sich an die Regale und erklärten mit müden Stimmen, blaue Stoffe seien auf der zehnten Etage. Die Herrschaften möchten sich hinauf bemühen. Ich habe mit dem Nordpolforscher Cook den Mount MacKinley in Lackschuhen bestiegen; jetzt schauderte mir vor der zehnten Etage. Die Tante war nicht zu bewegen, den Lift zu benutzen. Sie machte sich, trotz ihrer geschwollenen Ballen, an den Treppenaufstieg zur zehnten Etage. Ich drückte mich in den Aufzug und war schnell und mühelos bald oben. Drei Wochen später kam die Tante an, die alte eiserne Energie, Stoff für eine Bluse zu kaufen, in den Zügen. Sie erinnerte an Bismarck, wenn er etwas durchsetzen wollte.

Pfadfinder wiesen uns den Weg zum blauen Stoff. Der Stand befand sich 21 Kilometer von der Treppe und dem Lift. Ja, dieses Warenhaus war von enormen Dimensionen; es stellte in seiner bebauten Fläche Elsaß-Lothringen in den Schatten.

Es gab etwa zehn verschiedene Blau. Natürlich mußten diese Stücke auch wieder dem Tageslicht ausgesetzt werden. Das hätte Monate gedauert, wenn die Tante die zehn Treppen hin- und hergestiegen wäre. Sie wurde chloroformiert und mit dem Aufzug befördert.

Endlich, es war eine Erlösung, etwa wie der Friedensschluß zu Münster nach dem 30jährigen Krieg um 1648, als die Tante das Blau fand, was ihr so gut zu Gesicht stand. Sie prüfte glättend den Stoff »Taft bricht leicht.« – »Er ist aber doch so dick«, murmelte ich blöde, »der Präsident der Vereinigten Staaten?«

Sie brauchte zwei Meter fünfzig. Eilfertig nahm ein Fräulein in Schwarz einen Zollstock, um dieses Quantum abzumessen. Natürlich war das vorhandene Stück (vom Fachmann Coupon genannt) etwa achtzig Zentimeter zu kurz.

Die Tante stach dem Fräulein eine lange Hutnadel, der Zorn der Elektrischenbahn-Schaffner, in das linke blaue Auge. Aber es schadete nichts, denn das Auge war aus Glas – Gott sei Dank!

Ich kniete, als das endlich gefundene Stück von der blauen Seide, deren Blau die Tante so gut kleidete, zu kurz war, nieder und bat den Himmel und alle Götter, sie möchten doch die fehlenden achtzig Zentimeter blauer Seide beschaffen. »Nehmen Sie Grün anstatt Blau, Grün ist der Frühling und die Au«, sagte eine belegte Stimme von oben ziemlich gereimt.

Die Tante war, weil es wie eine Offenbarung war, mit Grün nunmehr einverstanden. Man stieg hinab in das Unterhaus, wo die bunten Seiden waren. Nach einem dreiwöchigen Suchen und Prüfen entschloß sie sich für Spinatgrün. Zwanzig Verkäuferinnen lagen tot am Boden, vier Ressortchefs waren völlig pathologisch geworden. Ein Elektrotechniker fraß Glühbirnen.

Die Tante forderte noch rote Seide als Besatz. Tableau! Ich legte mich auf den Boden und biß in die Blasen, die sich im Linoleum des Bodenbelags gebildet hatten. Die Verkäuferinnen flüchteten mit Grauen vor dem Wunsche der Tante.

Ich machte mein Testament.

Man probierte. Das Rot paßte nicht auf das Grün. Zehn Browningschüsse. Zwei Verkäuferinnen tot.

Vier Jahre später fand man ein passendes Stück roter Seide. Die Verkäuferin, die das Stück fand, war eine Waise. Die Tante schenkte ihr aufgeweichten Lakritz aus der warmen Tasche.

Meine Augen hingen sehnsüchtig an den Lippen der Tante: Der Blusenkauf war beendet, mußte sein Ende gefunden haben. Ich Tor. Ich war ein alter Mann geworden, und ein langer Bart hing mir über die Brust. Die Fräuleins, die die durch die Tante heraufbeschworene Katastrophe überlebt hatten, waren teilweise Urgroßmutter, andere Großmutter.

Der Schlag soll mich treffen! Die Tante öffnete ihr karätiges Gebiß und stieß das eine kurze, knallende Wort wie einen gellen Flintenschuß hervor: »Knöpfe!«

Der Schlag traf mich nicht. Ich war verblödet und erwartete nichts anderes. Mein Bart wuchs mir in die Stiefel.

Knöpfe waren auf der achten Etage. Nach zwei Wochen krochen 400 Angestellte des amerikanischen Warenhauses auf dem Boden der achten Etage wie Ameisen, auch unter die Schränke, um die wie Konfetti auf der ganzen Etage fußhoch durch das hysterische Herumwerfen der Kartons und durch das Platzen der Böden auf die Erde gefallenen Knöpfe aufzulesen.

Die Tante trieb Nägel durch die Ösen bestimmter Knöpfe und nagelte sie auf die stramme Uniformbrust eines Liftboys fest. So konnte sie sehen, wie die Knöpfe wirkten.

Ich war so alt geworden, daß ich von einer Yoghurtfabrik als Reklamegreis zu Propagandazwecken photographiert wurde.

Die Tante konnte den gewählten Knopf nicht nehmen, es fehlten vier am Dutzend. Sie spuckte ihr Gebiß aus. Der Boy fand einen mühelosen Tod. Die Liftführer, zehn an der Zahl, verloren den Verstand und ließen sinnlos die Aufzüge auf- und niederrasen, daß die Splitter flogen. Mechanische Spielwerke drehten sich selbst auf und liefen verhetzt herum. Angestellte kletterten verstört auf die Regale und die Säulen. Andere fraßen in ihrer seelischen Not Pottasche.

Als die Tante nun noch Schweißblätter verlangte, die gerade ausgegangen waren, weil es eisiger Winter geworden war, erhob sich ein wildes Tohuwabohu, das elektrische Licht ging aus. Alles stürzte zu der immensen vierteiligen Drehtür des Haupteinganges, und ein wildes Rasen und Drehen, in das ich auch gerissen wurde, begann. Mit einer furchtbaren Schnelligkeit drehte sich die Tür, Ohren und Finger wurden von der Zentrifugalkraft abgerissen. Mir flogen die Rippen weg, das war mein Tod.

Das letzte Wort der Tante gellte mir in den Ohren: »Häkchen für hinten muß ich noch haben!«

Das amerikanische Riesenwarenhaus ist eingefallen. Nur die rasende Drehtür mit Klumpen unzähliger Menschenleiber dreht sich noch in ihrer wilden Fahrt, und unaufhörlich gleiten in gefährlicher Schnelle in ihren eisernen Führungen, die wie Türme aus dem Schutt emporragen, unzählige Aufzüge sinnlos auf und nieder.

Frau Bender konnte die Platze wegen der neuen Bluse von Tante Dorchen nicht kriegen; sie ist in der Zwischenzeit an einer Bauchfellentzündung gestorben.

Lillichens Verlobung
Eine wahrhaft brave Geschichte

»Papächen, Papächen, Mutti, Mutti!« klang eine helle Stimme aus dem Parke herüber zur Terrasse, wo Graf Eberhard Unstrut von Felsenhorst mit seiner Gattin, der Gräfin Hildegard, beim Frühstück saß.

Es war ein wunderbarer Frühlingsmorgen. Die Vöglein zwitscherten, daß es nur so eine Freude war. »Pipipipipi«, klang es von allen Seiten. »Päng, päng«, machte der Buntspecht.

Die altehrwürdige Sandsteinfassade des gewaltigen Baus des Stammschlosses der Felsenhorst erschien in den Strahlen der Morgensonne wie in Gold getaucht.

Es war das erstemal nach den langen Winterwochen, daß das gräfliche Paar auf der Terrasse frühstückte. Das erstemal, ja, ja. Man hatte eine schwere, recht schwere Zeit hinter sich. Gräfin Hildegard hatte wohl an drei Monate an einem furchtbaren Brustübel auf den Tod daniedergelegen. Der alte, treue Hausarzt, Doktor Bimstein, war nicht von ihrer Seite gewichen. Das waren graue Tage gewesen, wie ein Alb hatte es auf dem Schloß gelegen.

Mit dem Scheiden des Winters verzog sich das Leiden mehr und mehr. Die kräftige Natur der Gräfin und warme Flanellunterkleidung trugen den Sieg davon. Nun saß sie zum ersten Mal nach langer Zimmerhaft, noch bleich und abgehärmt, aber wieder dreihundert Pfund schwer in ihrem Lehnstuhl, der mit dem gräflichen Wappen geschmückt war, auf der Terrasse.

Sie war eingehüllt in einen roten Plüschmantel mit Pelzbesatz. Über ihre Knie war ein Eisbärfell, was sonst im Salon vor dem Klavier lag, gebreitet. Die linke Hand, deren bleiches Aussehen noch von den überstandenen Leiden kündete, streichelte den auf ihrem Knie ruhenden Kopf ihres Lieblings-Neufundländers Benno. Die feine, geäderte rechte Hand hielt ein Butterbrot mit Servelatwurst belegt.

Graf Eberhard Unstrut von Felsenhorst war eine herrliche Reckengestalt und stand da in seinem knapp sitzenden Reitanzug mit langen Stiefeln als der echte Sproß der von Felsenhorst.

»Hö, hö, hö hö«, lachte er frisch und klar in den Morgen, daß es nur so von allen Seiten widerhallte.

Dann riß er plötzlich in tollem Übermut, in aller Sonnenfreude seine genesende Gattin aus dem Lehnstuhl und wirbelte sie laut jauchzend in der Luft herum. Sie verlor dabei einen mit Perlen bestickten Plüschpantoffel, den Kneifer und das Servelatwurstbrot. Auch rutschte der rechte Strumpf herunter.

»Hö, hö, hö, hö«, schrie der herkulische Graf und schleuderte die Gräfin wieder in den Lehnstuhl.

»Oh, du Lieber, Guter! Noch immer der Alte, Wilde! Oh, du mein Gemahl!« stieß die Gräfin nach Atem ringend hervor.

»Man muß sich doch Bewegung machen, alte Schraube«, brüllte der Graf und setzte sich wieder an den Frühstückstisch, um im unterbrochenen Frühstück fortzufahren.

Es war schon eine Pracht, diese beiden Menschen in ihrer Harmonie und Liebe, die sich durch die vielen Jahre der Ehe so fest erhalten hatte, zu sehen.

»Nun, Johann, was hat Er?« rief der Graf einem alten, klapperigen Mann in grüner Livree, der langsam herangehumpelt kam, entgegen. Es war Johann, das alte Faktotum des Hauses. Bereits unter dem Vater des jetzigen Grafen diente er im Schloß. Er hatte Graf Eberhard als Kind auf den Knien geschaukelt, ihm Pfeilbogen und Weidenpfeifen geschnitzt. Er war mit dem Schlosse so verwachsen wie der alte Efeustock an der Westseite des Turmes.

Er brachte auf einer silbernen Platte, die das Wappen der Felsenhorst trug, einen Brief.

Gespannt schaute die Gräfin zu ihrem Gatten hinüber und wetzte erwartungsvoll auf ihrem Sitz hin und her.

»Graf Bodo will uns morgen besuchen«, löste Graf Eberhard die Erwartung seiner Gattin.

»Graf Bodo!« wiederholte die Gräfin freudig erregt. »O Gott, mein liebstes Goldlillichen, was würde ich mich freuen, wenn das etwas würde mit dem Grafen!«

»Du denkst an eine Heirat? Topp, das ist ein guter Gedanke!« Der Graf klatschte mit den flachen Händen auf seine Beine. »Graf Bodo ist, wie mir Baron Fettfleck von Deutz, damals in Baden-Baden bei der Vorstellung Bodos versicherte, von sehr altem Adel. Das genügt mir!« Der Graf trat an die Gräfin heran und schlug ihr vor Freude über den gefaßten Plan mit der geballten Faust auf die Achsel, daß es nur so krachte. »Topp, topp, das wird gemacht!« schrie er laut.

»Du Lieber, Guter«, stöhnte Gräfin Hildegard, die durch den Schlag tief in den Lehnstuhl hineingetrieben worden war.

»Papächen, Papächen, Mutti, Mutti!« klang es

jetzt wieder, aber deutlicher als zuerst, aus dem Park herüber, und plötzlich sprang aus dem Schatten der Bäume, wie ein junges Reh, ein mild-liebliches Mädchen von etwa achtzehn Jahren, mit Grübchen in den Wangen und mit einem weißen Hängekleide angetan. Sie stürmte in graziösen Sprüngen über den Rasen zur Terrasse. In der einen Hand schwang sie einen Strauß würziger Waldblumen, in der anderen hielt sie sorgsam ein mit Wasser gefülltes Einmachglas mit lebenden Kaulquappen.

Es war ein liebreizendes Bild voller Charme und natürlicher Grazie.

Die Eltern schauten sich gegenseitig bewundernd an. Der Mutter lief schleunigst eine Zähre über die Wange auf den Plüschmantel.

»Hier, Papächen, bringe ich dir liebe, kleine Kaulquappen für unser Aquarium«, begrüßte das Mädchen stürmisch den Vater und stellte das Glas vor ihn hin. »Und dir, liebe Mutter, zu deiner Genesung diese Blumen.« Sie legte der Gräfin den Strauß in den Schoß und drückte ihr einen schallenden Kuß auf den Mund. Sie bekam von der Mutter, die noch ein Honigbrot gegessen hatte, ein wenig Klebriges an das Kinn. Aber was kümmert das, wenn sich Menschen liebhaben.

»Nun zugegriffen, du Wildfang. Du wirst Appetit haben nach dem Morgenspaziergang«, meinte die Mutter sorgend. Das ließ sich Lillichen nicht zweimal sagen. Hei, wie lockte der würzige Kaffee, die goldgelbe Butter, die blutroten Wurstscheiben, die duftenden Scheiben frischen Brotes, süßer Honigseim, alles auf blitzblanken Tellern, der Tisch mit weißem köstlichem Linnen überzogen.

Mit Wohlgefallen und Stolz schauten die Eltern auf ihr Kind, das eine Schnitte nach der anderen mit einer außergewöhnlichen Schnelligkeit verschwinden ließ.

Nachdem Lillichen noch ungefähr die ganze Servelatwurst gegessen hatte, wurde sie auf einmal ernst und nachdenklich. Das lustige Lachen schwand von ihren Zügen. Ihre Augen verschleierten sich, nur ab und zu schaute sie mit einem Blick starker Sehnsucht zum Park hinüber.

»Weißt du, wer morgen kommt?« mischte sich die Gräfin, der die plötzliche, merkwürdige Veränderung nicht entgangen war, in das Sinnen ihrer Tochter.

Ja, Mutterauge sieht scharf, sieht verdammt scharf!

Lilli fuhr, wie aus einem Traum geweckt, empor: »Was, wer soll kommen?« fragte sie apathisch.

»Graf Bodo, Graf Bodo!« schrieen die Eltern auf sie ein mit einer Begeisterung, die man bei einem »Hoch« aufzuwenden pflegt.

»Warum sagt ihr das so laut?« Lillis große, runde Augen starrten verwundert die Eltern an.

»Weil dieser Besuch seine Bedeutung, eine ganz enorme Bedeutung hat. In diesem Besuch liegt dein Glück, deine Zukunft«, deklamierten Vater und Mutter.

»Was aber hat mein Glück mit dem Grafen Bodo zu tun?« meinte Lilli.

»Wir, deine treusorgenden Eltern, haben Graf Bodo, Sproß eines uralten Geschlechtes, dir zum Gatten ausgewählt. Du wirst nächsten Dienstag achtzehn Jahre. Nach dem Felsenhorstschen Hausgesetz müssen die Töchter spätestens mit dem achtzehnten

Jahre verlobt sein. Du wirst dich also mit dem Grafen Bodo verloben, wie wir das wünschen!« Die Stimme des Vaters, die vorher so fröhlich geklungen, nahm jetzt einen scharfen, befehlenden Ton an. Wenn es sich um Dinge handelte, die die Tradition seiner Familie berührten, kannte er keinen Spaß. Er war eben dann ein echter Unstrut von Felsenhorst: Herz wie Stahl, Herz wie Stahl.

Wie ein Blitz aus heiterem Himmel traf Lilli diese Eröffnung. Als wohlerzogenes Kind verzichtete sie auf Widerreden, stand verstört vom Tisch auf, nahm ihr Glas mit den Kaulquappen und ging laut schluchzend in das Schloß. Sie sagte fast erstickt von Tränen nur einmal: »Theobald!«

Graf Eberhard packte der Zorn, jener Zorn, der von alters her im Blute der Felsenhorst gärte, schlug mit der Faust auf den Tisch, daß das Kaffeeservice durcheinanderflog und an der Milchkanne der Ausguß abbrach. »Wer hat hier zu bestimmen? Ich bin der Vater, der Vater. Wer ist der Vater? Ich, ich, ich!« schrie er mit aller Kraft. Da das niemand bezweifelte, wurde er noch wütender.

»Was sagte sie noch – Theobald?« Der Vater bekam einen Wutkrampf.

»Laß sie sich ruhig erst mal sammeln, laß sie zu sich kommen. Das ist doch für ein junges Mädchen ein Schritt fürs Leben. Sie wird schon zur richtigen Erkenntnis kommen«, suchte Gräfin Hildegard ihren Gatten zitternd zu beruhigen. »Außerdem ist von der Milchkanne die Schnute abgebrochen. Die wird man vielleicht mit Syntetikon wieder kitten können«, fügte sie zaghaft hinzu.

»Es heißt nicht Schnute, es heißt Ausguß«, brüllte

sinnlos vor Wut der Graf. Dann blickte er seiner Gattin starr in die Augen, gab dem Neufundländer einen Tritt in die Weichen und ging mit wuchtigen Schritten, scharf vor sich hin pfeifend, in den Park.

Lilli von Felsenhorst war verliebt, grenzenlos verliebt. Im Walde hatte sie ihn getroffen, den jungen Maler Theobald Rüstig, fast täglich. An schönen Blicken baute er seine Staffelei auf und lag fleißig seiner Kunst ob. Er glich einem Südländer mit seiner braunen Gesichtsfarbe und seinen herrlichen schwarzen Augen. Schwere dichte Locken fielen ihm bis an die Waden. Er trug einen kleidsamen schwarzen Samtanzug, der sehr prall saß. Um den Hals hatte er einen buntfarbigen, verwegen flatternden Schlips.

Erst war Lilli bei diesen zufälligen Zusammentreffen stolz wie eben eine echte Felsenhorst an ihm vorübergegangen, kaum seinen höflichen, aber zurückhaltenden Gruß erwidernd. Dann aber konnte sie ein liebes Lächeln in ihrem Gegengruß nicht mehr zurückhalten. Und eines Tages sprachen sie miteinander. Wie es denn mit jungem Liebesvolk zu gehen pflegt, so geschah es auch hier. Gott, ja. Erst wechselte man nur einige flüchtige Worte, dann setzte man von Tag zu Tag einige Minuten zu, bis man zuletzt manches Stündchen im Wald versteckt plauderte.

Der Maler Theobald Rüstig war ein Ehrenmann durch und durch. Nur ein einziges Mal ließ er sich hinreißen, Lilli einen Kuß auf die Hand zu geben. Sonst blieben ihre Liebkosungen auf einen Händedruck beim Abschied beschränkt. Er war, wie gesagt, ein Ehrenmann vom Scheitel bis zur Sohle. Er hatte seine strengen Grundsätze und hätte sich nie unterfangen, die junge Komtesse ohne Einwilligung der Eltern oder eine offizielle Legitimation auf den Mund zu küssen.

Die beiden liebten sich maßlos und waren sich klar, daß sie füreinander fürs Leben bestimmt waren.

Zwar war der Maler arm wie eine Kirchenmaus, und es fiel ihm schwer, das bißchen für seinen bescheidenen Unterhalt zu erwerben. Dazu kam noch, daß er aus seinen knappen Mitteln die frühere Waschfrau seiner verstorbenen Mutter, die Witwe Bunke, und ihre Kinder unterstützte. Er ließ ihre Jungen studieren, die Witwe alljährlich nach Ostende oder Biarritz zu ihrer Erholung gehen und kaufte den Töchtern Karten für Bayreuth. Ja, er war ein Ehrenmann, die Seele von einem Menschen. Lilli und Theobald waren übereingekommen, daß Theobald, sobald er sein großes Gemälde »Rübezahl« verkauft hätte, beim alten Grafen um die Hand seiner Tochter anhalten sollte.

An jenem Morgen, an dem sich die Szene auf der Terrasse abspielte, saß Theobald, nachdem ihn Lilli verlassen hatte, stundenlang grübelnd, den Kopf in die Hände vergraben, vor seiner Staffelei. Plötzlich schreckte ihn ein Lärmen und Geschrei in der dichtesten Nähe aus seinen Sinnereien auf. Ein Schuß fiel. Es wurde um Hilfe gerufen. Es fiel noch ein Schuß.

Er sprang auf, packte seine Palette, stürzte durch das Gebüsch und fand nach wenigen Sätzen den Grafen Eberhard, überwältigt von zwei Räubern, am

Boden liegen, die gerade dabei waren, ihn zu berauben. Theobald, nicht faul, schleuderte seine Palette und traf den einen Räuber mitten ins Gesicht. Infolge der dick aufgesetzten Farben blieb die Palette fest im Gesicht des Räubers kleben. Seinen Spießgesellen brachte der junge wackere Mann mit einem Jiu-Jitsu-Schlag zu Fall. Er band die Mordbuben mit ihren Hosenträgern und legte sie nebeneinander.

Er wandte sich nun dem Überfallenen zu, der mit geschlossenen Augen, schwer atmend, auf dem Boden lag. Er hatte eine blutige Wunde an der Stirn. Sein Hut war durchlöchert. Theobald legte ihm sein zufällig nasses Taschentuch auf den Kopf, was zur Folge hatte, daß Graf Eberhard die Augen aufschlug und sich mit aller Energie aufrichtete. Der eine Räuber knirschte vor Wut. Der mit der Palette war an Gummigutt erstickt.

»Seien Sie bedankt, junger Freund«, sagte der Graf sehr edel; »Sie haben den Grafen Felsenhorst gerettet. Wissen Sie das zu würdigen? Es war ja nicht schwer, da ich diese Räuber bereits fast kampfunfähig gemacht hatte. Wie soll ich Sie belohnen? Hier haben Sie meine Pfeife und vier Mark. Dem Samtanzug nach scheinen Sie Maler zu sein. Ich kaufe Ihnen gelegentlich ein Bild ab. Schreiben Sie mir Ihre Adresse auf.«

Völlig fassungslos reichte ihm Theobald seine Visitenkarte.

Gendarmen haben feine Ohren. Sie hörten die Schüsse, folgten zu viert ihrem Schall und tauchten bald an der Stelle der Untat auf. Sie schrieben vor allen Dingen die Namen aller Beteiligten in dicke Bücher, die sie zwischen dem siebenten und zehnten

Knopf vorne im Rocke stecken hatten. Dann bemächtigten sie sich der Unholde und zogen ab. Der Erstickte eignete sich nicht zum Marschieren. Er mußte getragen werden. Der andere Räuber knirschte. Jeder der Gendarmen bekam von dem Grafen eine Zigarre und achtzig Pfennig.

Der Graf schaute flüchtig auf die Karte, die ihm Theobald gab. Seine Augen traten aus dem Kopf, die Ader auf der Stirn schwoll an. Er trat mit wutverzerrten Zügen auf den Maler zu und brüllte ihm ins Gesicht: »Theobald? Hüten Sie sich, Mensch!« Dann drehte er sich um und verschwand im Gebüsch.

Theobald stellte sich an einen Baum und weinte bitterlich.

Graf Bodo war auf dem Schloß Felsenhorst angekommen. Er wurde mit dem größten Aufwand empfangen. Man legte bis zum Automobil rote Läufer, und Lorbeerbäume flankierten den Aufgang. Die Knechte und Mägde in Tirolerkostümen bildeten teilweise Spalier, und teilweise erfreuten sie den hohen Gast durch Reigen und Gesang. Es wurde rotes bengalisches Feuer abgebrannt, obgleich es so am hellen Tag seinen Effekt einbüßte.

Die markige Natur des Grafen Eberhard hatte die Folgen des gestrigen Überfalls schon völlig überwunden.

Lilli fügte sich in den Befehl des Vaters und die Vorstellungen der Mutter und begrüßte in einem weißen, oben durchlochten Batistkleid, einen radgroßen Blumenkranz auf dem Kopf, in jeder Hand einen Geranientopf, mit einem entzückenden Begrüßungsspruch, der anfing: »Willkomm, Willkomm«, den

Gast. Sie tat alles mechanisch und schaute in jedem unbewachten Augenblick sehnsüchtig zum Walde hinüber.

Dieser Graf Bodo, in roter Husarenuniform, machte einen wenig Vertrauen erweckenden Eindruck mit seinen unsteten Augen und einem Zug von Brutalität und Verschlagenheit um den Mund. Sein forciert liebenswürdiges Benehmen konnte nicht das Unbehagen, das man in seiner Gegenwart empfand, verscheuchen.

Der Widerwillen und das Mißtrauen gegen den Grafen Bodo wuchs mit jedem Augenblick bei Lilli.

Graf Eberhard nahm nach der Empfangszeremonie seinen Besuch in sein Privatkontor, um die geschäftliche Seite der Verbindung Bodos mit seiner Tochter zu besprechen.

Lilli benutzte diesen Augenblick, um mit ihrem Einmachglas in den Wald zu verschwinden. Es waren wohl nicht die Kaulquappen allein, die sie in den Wald trieben.

Es war ein prächtiges Mahl gerichtet auf Schloß Felsenhorst. Ein Mahl von üppiger Fülle und Verschwendung. Acht Gänge, ohne den Hausgang. Ein Fanfarenstoß zeigte den Beginn an. Man versammelte sich in dem Speisesaal im Stile Pipins des Kleinen.

Es war bereits seit dem Fanfarenstoß eine halbe Stunde vergangen. Lilli war noch nicht erschienen. Die Eltern wurden unruhig. Im Grafen Eberhard gärte es. Man sandte Boten im Schloß und im Garten herum. Graf Bodo kaute an seinem schwarzen, gewichsten Schnurrbart. Das Roastbeef bekam eine Kruste.

Man fand Lilli nicht, die Sendboten kamen erfolglos zurück.

Die Stimmung wurde gespannt und unheimlich. Graf Eberhard glich einem Vulkan. Graf Bodo war käsebleich. Gräfin Hildegard dachte an das Roastbeef.

Plötzlich öffnete sich die Tür, und herein traten anstatt der Erwarteten die vier Gendarmen aus dem Wald. Zwei postierten sich mit gezogenem Säbel und Revolvern an der Tür, während die anderen mit drohenden Waffen auf den Grafen Bodo zugingen und ihn im Namen des Gesetzes verhafteten.

Die Hand Graf Bodos zuckte nach einer Waffe in der Tasche, aber schon packten ihn die kräftigen Fäuste der Diener des Gesetzes, und im Augenblick war er gefesselt.

Graf Eberhard war erst völlig fassungslos. Dann tobte er wie ein wildes Tier und verlangte die Freilassung seines Gastes, für den er sich verbürgte.

Einer der Gendarmen reichte ihm ein Schriftstück, den Haftbefehl: Graf Bodo war kein Graf. Er war seines Berufes Kellner. Er war ein gefährlicher Hochstapler und Raubmörder. Die Morde an der Gemüsehändlerin Muffke, an dem Rotundenfräulein Mieze Pflaum und an dem Almosenempfänger Peter Blömmel wurden ihm zugeschrieben. Durch diese Untaten war er in den Besitz enormer Vermögen gekommen. Er war Anführer einer Verbrechergesellschaft.

Der von dem Überfall im Wald übriggebliebene Räuber, der zu Bodos Bande gehörte, hatte ihn bei seiner Vernehmung verraten.

Graf Eberhard schleuderte dem Gefesselten einen

verachtungsvollen Blick zu und sagte lediglich: »Pfui, bah! Hinaus Gezücht, Gezüüüücht!«

Die Gräfin Hildegard war eigentlich in Ohnmacht gefallen, aber, da niemand sich um sie kümmerte, wieder wach geworden. Sie litt unter der Sorge um das schöne Roastbeef.

Der Graf Eberhard alarmierte das ganze Schloß zur Suche nach Lilli. Er voran mit seinen guten Schweißhunden. Zu einem Tümpel führte die Spur der Gesuchten, in welchem sie die Kaulquappen zu fangen pflegte.

O schreckliches Bild! Zwei Menschen in dem Tümpel von zum mindesten einem Meter Tiefe, Theobald und Lilli. Sie war beim Quappenfang in den Tümpel gerutscht. Er, der junge Maler, nicht faul, sofort ihr nach. Er hielt sie fest in seinen Armen, konnte aber nicht loskommen, da er sich in Schlinggewächsen verwickelt hatte. Seine Kräfte drohten zu erlahmen. Lilli benutzte die Gelegenheit, ihn abzuküssen.

Man reichte ihnen Stangen und warf ihnen Seile zu, und es gelang, die beiden aufs Trockene zu ziehen.

»Mein Sohn, mein lieber Schwiegersohn«, sagte der alte Graf mit von Tränen fast erstickter Stimme und umarmte Theobald. Alle Härte war von ihm gewichen. Eine schöne Elternmilde war über ihn gekommen.

»Mein Sohn, mein lieber Schwiegersohn. Mir rettetest du das Leben, meine Tochter bewahrtest du vor dem gräßlichen Tod in dem Tümpel. Werdet Mann und Frau!« Er führte die beiden völlig mit Schlamm bedeckten Liebesleute zusammen und legte ihre Hände ineinander.

Die Knechte und Mägde sangen: »Wer hat dich, du schöner Wald, aufgebaut.«

Das Roastbeef war schon ziemlich verbraten, als man ins Schloß zurückkam, aber die Wiener Schnitzel waren noch zu essen. Gott, was fragen auch glückliche Menschen nach so etwas. –

So wurde aus Theobald und Lilli doch ein Paar. Die Liebe siegte über die Tücken des Schicksals und den harten Sinn adelsstolzer Eltern.

Das Denkmal Noahs

Und es geschah, daß uralte Männer zusammensaßen und tagten. Sie tagten schon viele lange Jahre, und ihre Bärte waren durch den Tisch, sogar bereits durch den Fußboden in den Keller gewachsen (sie saßen nämlich Parterre).

Urgroßväter hatten bereits in ihrer Jugend in vergilbten Chroniken gelesen von diesen uralten Männern, wie sie von alters her tagten, wie Generationen kamen und gingen, Geschlechter ins Grab sanken, doch die uralten Männer blieben und tagten.

Und wenn das Volk von den uralten Männern sprach, so wurden die Stimmen leise vor Ehrfurcht, und ein heiliges Schaudern überlief die Gesichter.

Und niemand wußte, von wannen die uralten Männer, und was ihre Verrichtung und Bestimmung, und darum nannte man sie das Komitee.

Vor dem Gebäude aber, in welchem die uralten Männer tagten, standen viele Reihen knorriger Bäume. Und an jedem Baum hing ein gebleichtes Skelett, und am Fuße fast jeden Baumes kauerten andere Skelette, große und kleine. Hier vier, dort sechs, an einem andern Baum gar zwölf. Je nachdem. Nur an einzelnen, wenigen Bäumen kauerte nichts.

Und in den gekrampften Händen der aufgehangenen Skelette hatte man vergilbte, beschriebene Papierfetzen gefunden, die von klugen Schriftgelehrten als Pfändungsprotokolle wegen unbezahlter Gipsrechnungen erkannt wurden. Weise Deuter der Kranioskopie hatten die Schädel als die von Bildhauern und Architekten erklärt.

So hatten die Urgroßväter in ihren Chroniken gelesen und es ihren staunenden Urenkeln an manchem Winterabend, wenn der Sturm um das Haus heulte und mit den Fensterläden und den Dachziegeln spielte, erzählt.

»Selbstmörder, Selbstmörder, klapper, klapper! Ließen Weib und Kind und Eltern im Stich, mußten verhungern, mußten verhungern, klapper, klapper!« sang es, wenn der Wind die Knochen aneinanderschlug. Und das Volk floh voller Entsetzen diesen gräßlichen Ort.

Die uralten Männer aber tagten unentwegt, unentwegt.

Und über der Zeiten Lauf war der Sekt trocken und wieder süß und wieder trocken geworden vor Langeweile.

Neben dem Raum aber, wo die uralten Männer tagten, war ein großer, weiter Saal, wohl etwa fünfhundert Meter im Geviert. Darinnen standen gar seltsame Dinge. Einen überaus eigenartigen Anblick bot dieser Saal.

Aha, ah so, Fachausstellung des Konditorei- und Zuckerbäckergewerbes! würde der oberflächliche Laie sofort gesagt haben. Und nicht mit Unrecht, denn die Gebilde, die hier in Reihen aufgestellt waren, mochten wohl auf den ersten Blick wie große bizarre Torten aus weißem Zuckerguß, wie sie die Festtafel des reichen Mannes zieren, erscheinen.

Aber, o Laie, o Tor! Mitnichten war dieses eine Fachausstellung dieser Art, sondern eine Ausstellung von Denkmalsentwürfen in Gips, Gips, Gips, Duliöh. Es hieß ein Denkmal zu errichten: das war der uralten Männer Zweck und Sinn.

Aber die Erkenntnis über Zweck und Sinn ihres Sitzens hatte der Strom der Zeiten verwischt.

»Warum sitzen wir uralten Männer hier? Ich weiß nimmermehr, warum ich hier sitze und meinen Bart durch den Tisch wachsen lasse. Ich weiß es nicht!« So hub einer der uralten Männer, nachdem während der letzten hundert Jahre alle brütend geschwiegen hatten, zu klagen an, und eine Träne rann ihm aus dem linken Augenwinkel auf den Gehrockaufschlag.

»Ja, warum sitzen wir hier unentwegt, unentwegt, wir uralten Männer?« jammerte ein anderer.

»Wir beraten, wir beschließen, wir entscheiden«, klang es dumpf und schwer vom Kopfende des Tisches.

»Wir beraten, wir beschließen, wir entscheiden«, echote das Gemurmel der Versammelten.

Dann tiefes Schweigen wiederum wohl an die hundert Jahr.

»Worüber wollen wir beraten, beschließen, entscheiden?« konnte sich der vorlaute uralte Mann von vorhin nicht enthalten zu fragen. »Worüüüüber?« Der Arme wand sich in schrecklichen Qualen einer geängstigten Seele.

Keine Antwort. Und weitere hundert Jahre fraß Kronos.

»Noch immer gab mir keiner Antwort auf meine Frage: worüber wir beraten, beschließen, entscheiden wollen!« ließ sich wieder die Stimme des grübelnden, uralten Mannes vernehmen.

»Wir sind das Komitee«, rang es sich einstimmig aus der Runde Mund, und wieder tiefe Stille wie zuvor. Abermals sanken viele, viele Jahre in das Meer der Ewigkeit.

»Man sollte in den Zeitungen nachschauen, warum wir hier sitzen. In den Zeitungen, den Zeituuuungen!« Eine hohe zirpende Stimme stach urplötzlich in das dumpfe Grau der Lethargie. Fast wie eine Erlösung war es.

»In den Zeitungen, Zeit… Zeit… Zeit…ungen…ungen…ungen…ungen, Z… Z… Z…«, wisperte, zischte, flüsterte, raunte es durch den Raum.

Aber oh, die Unwissenden, die Unklugen! Die uralten Männer wußten nicht, daß in der Welt da draußen, in den chaotischen Umwälzungen des Werdens und Vergehens die Kenntnis der Buchdruckerkunst wieder verlorengegangen war. (Gutenberg hatte also doch umsonst gelebt.) Wußten nicht, daß der letzte Journalist, natürlich ein Berliner, im britischen Museum in Spiritus aufbewahrt wurde.

Ja, ja, das waren andere Zeiten damals, was, ihr uralten Männer? Als ihr noch Springinsfelde waret, zu beraten begannet und wußtet noch, worüber. Was, ihr uralten Männer?

799658317212 Journalisten hatten ihre Lebensarbeit der hehren Tätigkeit des Komitees gewidmet und viele weise Worte, die Zeile à 30 Pfennig zum Lobe, etliche indessen auch zum Unlobe der uralten Männer und ihres Beginnens geschrieben.

»Es müßte einer auf die elektrische Schelle drükken, damit man Zeitungen herbeischafft, schafft, schafft … afft … fft … t«, meinte einer uraltklug.

»Wir sind angewachsen. Niemand von uns kann auf den Knopf drücken«, klang es wie ein hoffnungsloser Jammer aus aller Mund.

Und abermals kroch ein hundertjähriges Schweigen über die uralten Männer.

»Ich muß austreten, austreten«, stöhnte es plötzlich vom unteren Ende des Tisches, und die uralten Männer schreckten auf und schauten ihn an, der also gesprochen und nun verlegen vor sich hin sah. Und wie ein Blitz kam die Erkenntnis über alle, daß sie alle austreten müßten, und es war eine große Not unter den uralten Männern.

Da aber geschah es, daß Genoveva aus Schneidemühl der Verzweiflung der uralten Männer gewahr wurde, und sie kam spornstracks herbei und befreite mit mildem Augenaufschlag und einer Schere, ritsche, ratsch, die Unglücklichen.

Und sie gelangten von ungefähr in den Saal von etwa fünfhundert Metern im Geviert, darinnen die seltsamen Dinge aufgestellt, und sie fürchteten sich sehr und gingen scheu wieder zurück und setzen sich an ihren Tisch.

Und der uralte Mann, der zu Häupten des Tisches saß, blätterte verloren in den leeren Konzeptpapierbogen, die vor ihm lagen; doch plötzlich weitete sich sein Blick, seine Brust hob und senkte sich voller Erregung, und er wies stumm in heiligem Schaudern auf ein Blatt, auf dem die vorgedruckten Carreaus mit Bleistift nachgefahren waren, das mit wirren Bleistiftschnörkeln bedeckt war und auf welchem in gesuchter Schönschrift viele Male das Wort »Denkmal« geschrieben stand.

»Wir wissen, warum wir sind und was unser Zweck, unsere Bestimmung ist. Das Denkmal, das Denkmal!« schrieen wie aus einem Munde die uralten Männer. Und ihre Augen leuchteten, und ihre Gebärden frohlockten.

»Wer war es nun wieder, dessen Gedenken das steinerne Mal geweiht war?« sagte irgend jemand, wie so obenhin. Und alle schauten sich an, und die Gesichter bekamen starre Falten, und sie klappten alle wieder zusammen. Jedoch der, der zu Häupten des Tisches saß, reckte sich plötzlich auf und kehrte zurück in den Saal. Und die anderen uralten Männer folgten ihm nach. Sie zogen umher im Saal und beschauten die Dinge aus Gips und wurden nur wirrer, und die Augen traten ihnen stielförmig vor die Köpfe. Dem einen mehr, dem anderen weniger. Aber niemand wußte, wessen Ruhm das Monument verkünden sollte.

Einer der uralten Männer blieb wie gebannt vor einer gipsernen Festung stehen, streichelte diese ununterbrochen, zärtlich lallend: »Gips, den gibt's, Gips, den gibt's.«

Ein anderer stammelte unsicher: »War es nicht Roda Roda, den wir ehren wollten?«

Ein wirres Stimmendurcheinander erhob sich.

»Schäfer Ast, Hauptmann von Köpenick, Kufeke, der Erfinder des Kindermehles«, wurde wild geraten.

»Antonie Bender, die glorreiche Erfinderin der Suppennudeln, war die es nicht, die wir feiern wollten?« reflektierte einer vor einer merkwürdigen Gipstorte.

»Schaut her, ich hab's«, regte sich eine andere Stimme, »das Denkmal ist für Schweppermann, den braven Schweppermann!«

Und alle schlurften herbei. Aber wie immer schüttelten sie nach längerer Betrachtung des betreffenden Entwurfes die Häupter, stierten umher auf die Anhäufung von Gips, und je mehr sie stierten, um so verwirrter wurden sie.

Nur der uralte Mann mit der Schweppermanndiagnose war auf den Denkmalsentwurf geklettert und brummte fortgesetzt vor sich hin: »Dem braven Schweppermann zwei!«

Sonst war eine tiefe, unheimliche Stille im Saal. Der Krampf des Stumpfsinns hatte die uralten Männer erfaßt.«

»Oah, oah«, fiel plötzlich, wie ein Tropfen Schleim, ein tiefes, entsetzliches Stöhnen durch den Saal.

»Oah, oah«, antwortete ein anderer.

Und von allen Seiten erhob sich dieses Japsen und Ächzen: »Oah, oah, oah!«

Und der uralte Mann, der zu Häupten des Tisches gesessen hatte und mit schlaffen Gesichtszügen, apathisch vor einer Gipsburg stand, reckte sich urplötzlich auf, ein Leuchten kam in seinen Blick, und er schrie gleich einer Fanfare in den Saal: »Richtig, meine Herren, richtig, Noah war es, dem wir ein Denkmal bauen wollten. Schauet alle her. Wer anders ist dieser nackte Jüngling, der vor dem Gewässer hier steht? Noah, vom Künstler in der Glorie der Jugend dargestellt (nach einem Bild kurz nach der Versetzung in Obersekunda), der Wassersnot glücklich entgangen. Dort jener Künstler zeigt ihn als bärtigen Alten. Andere Bildner schufen nur die Arche. Wieder andere nur Tempel zu seinem Preis!«

Und alle uralten Männer hoben die Hände hoch und jubelten: »Ja, Noahn, Noahn wollten wir ein Mal errichten!« Dann gingen sie zurück in den Raum neben dem Saal, um des Rats zu pflegen.

Und der uralte Mann, der zu Häupten des Tisches saß, hub an zu reden: »Meine Herren, wir haben, nachdem wir nun wissen, daß es sich um eine

Ehrung des bekannten Noah handelt (bravo, bravo! Ein uralter Mann erhob sich und sang: *God save the queen*), jetzt darüber zu entscheiden, wohin mit dem Denkmal und welcher Ausführung der Lorbeer zuzuerkennen ist. Ich glaube, die Platzfrage ist schnell gelöst. Es kann nur ein Platz meines Erachtens in Frage kommen, und das ist der Ort, wo Noahs Arche landete, wo er nach der Sündflut zuerst den Boden betrat, der Ararat. Ich glaube, meine Herren, Sie sind mit mir in diesem Punkte der gleichen Ansicht. (Beifall und Zustimmung) Dann können wir zum zweiten Punkte übergehen. Daß Denkmal und Landschaft eine rein künstlerische Einheit, ein harmonisches Ganzes bilden, das ist meines Erachtens der Urzweck eines Denkmals. (Stürmischer Beifall. Der uralte Mann mit der Schweppermanndiagnose rief dazwischen: »Dem braven Schweppermann zwei!«) Es ist nun die Frage, paßt man die Landschaft dem Denkmal an oder das Denkmal der Landschaft? Wie Sie, meine Herren, wohl eben alle während der Besichtigung der ausgestellten Entwürfe zur Überzeugung gekommen sein werden, werden diese sämtlich die altehrwürdige Silhouette des Ararats erheblich verändern, was natürlich aus Gründen der Pietät unbedingt vermieden werden muß. Ich mache daher den Vorschlag, den Ararat abzutragen und ihn vielleicht in einer Entfernung von einer englischen Meile wieder aufzubauen und dann auf dem historischen Fleck, wo er gestanden, Noahs Denkmal zu errichten. Auf diese Weise ist die Gefahr, daß der Ararat durch seine aufdringliche Monumentalität die Wirkung des Denkmals beeinflußt, auf jeden Fall behoben. Für uns käme also nur Anpassung der Landschaft an das Denkmal in Frage.«

Der uralte Mann, der zuerst hatte austreten müssen, unterbrach den Redner und bat dringend ums Wort, erhob sich, setzte sich aber wieder nach einer Weile, da er vergessen hatte, was er sagen wollte.

Der Redner fuhr fort: »Jetzt käme noch als wesentlichstes in Frage, welchem Projekt der Vorzug zu geben wäre. Ich bin, offen gestanden, der Ansicht, Denkmal ist Denkmal. Ich möchte aber, um allen Teilen gerecht zu werden, dem Schicksal die Entscheidung anheimgeben und schlage vor, einen von uns durch das Los zu bestimmen, als Werkzeug des Fatums zu wirken, und zwar in folgender Weise: Der, auf welchen das Los fällt, wird nach Genuß von zwei Flaschen Kognak, zwei Flaschen Boonekamp, zwei Flaschen Sekt und einer Flasche Chablis auf ein Fahrrad gesetzt und in den Saal gelassen. Dem Modell, welches er zuerst umfährt, soll der Lorbeer zuerkannt werden. Wir lassen auf diese Weise die Vorsehung entscheiden!«

Die uralten Männer, die während der Rede gedöst und erst, als das Wort »Fahrrad« fiel, aufgemerkt hatten, unterbrachen den Redner unter Protestrufen.

Als sich der Lärm ein wenig gelegt hatte, erhob sich der uralte Mann, der schon vorher aufgestanden war, aber nicht gewußt hatte, was er sagen wollte, und hub nun wirklich also an: »Man soll gütig sein, liebe Freunde, gegen sich und gegen andere. Man soll uns uralte Männer nicht auf ein Fahrrad setzen. Nein, das soll man nicht. Und auch, warum wollen wir Mißgunst säen? Warum soll nur einer den Preis haben? Wir wollen alle bedenken, darum bitte ich Euch, meine lieben Freunde, lassen wir doch alle

Entwürfe, die eingelaufen sind, zur Ausführung bringen. Dann ist die Welt mit Denkmälern für lange Jahre gesegnet, und wir können ruhig von hinnen fahren!«

Und die uralten Männer, die alle nichts mehr vom Fahrradfahren hielten, beschlossen, obgleich der, der zu Häupten des Tisches saß, anfangs noch einige Einwendungen gemacht hatte, alle Entwürfe ausführen zu lassen.

Und so geschah es. Und da für die Menschen kein Platz mehr blieb auf der Erde, zogen sie alle zum Mars.

Von öffentlichen Dingen

Die Bahnhofsmission

Unsere gute Tante Berta trug stets Zeugstiefel und war sehr fromm. Außerdem war sie nicht unvermögend, aus welchem Grunde sie in unserer Familie ein erhebliches Ansehen genoß. Sie hatte sich seit Jahren angewöhnt, die Sonntage bei uns, ihren Lieblingsverwandten, zu verbringen, teils weil bei uns nicht schlecht gekocht wurde, teils weil sie ihrem Dienstmädchen keine Sonntagsarbeit zumutete. Im übrigen widersprachen wir ihr nie. Mein Vater sagte stets: »Erbtanten haben immer recht, wenigstens solange sie leben, und müssen gut, sogar direkt üppig gefüttert werden.« –

Es gab keine Missions-, Kirchenbau- oder dergleichen Vereine, die ihre ersprießliche Tätigkeit in der Hauptsache in Kaffeekränzchen zu entfalten pflegen, in dem sie nicht eine führende Rolle spielte.

Eines Sonntags eröffnete sie uns nun bei Tisch, daß ihr das Stricken von Pulswärmern und Jacken für die unglücklichen Ureinwohner von Borneo als Ausdruck einer aktiven Frömmigkeit keine vollkommene Befriedigung mehr gewähre. Mein Vater erbleichte; das Wort »Stiftung« durchzuckte sein Hirn; meine Mutter stellte das Eingemachte weg. – Sie habe mit einigen gleichdenkenden Damen einen Verein zur Rettung gefährdeter Mädchen, verbunden mit einem Asyl, gegründet. Ein besonderes Augenmerk sollte auf den Schutz allein reisender Mädchen geworfen werden, zu welchem Zwecke sich abwechselnd ein Vereinsmitglied, mit einer gelben Rosette geschmückt, am Bahnhofe aufzuhalten hatte.

Da die Geldfrage durch die Stiftung einer anderen Dame, deren Verwandte vielleicht nicht gut kochten oder widersprachen, erledigt wurde, beruhigte sich mein Vater und legte der Tante zwei saftige Bruststücke eines idealen Kapauns auf den Teller.

Der Verein hatte nun schon seit drei Wochen seine Tätigkeit aufgenommen, und die blütenweißen Bettchen des Asyls standen immer noch unberührt.

Man war erstaunt, so wenig Unsittlichkeit in der Welt vorzufinden.

Am meisten versprach man sich von der Bahnhofsmission, und allabendlich versammelte sich der Verein im Asyl, um die Damen des Bahnhofsdienstes zu erwarten, in der sehnlichsten Hoffnung, nun endlich die bereits gezückten Fittiche der christlichen Liebe über dem ersten Schützling ausbreiten zu können.

Aber jeden Abend die gleiche Enttäuschung. Ausgefroren, staubbedeckt, mit müden Beinen und verdrossen erschien dann zu später Stunde die Erwartete. Allein. Man hörte resigniert den Bericht über die Erlebnisse des Tages, der so ganz jeder in das Gebiet des eigentlichen Vereinszweckes fallenden, interessanten Note entbehrte.

Einige abgestandene Mädchen vorgeschrittenen Jahrgangs, die leider auch nicht mehr die geringste Aussicht hatten, moralisch gefährdet zu werden, wandten sich wohl ab und zu Auskunft heischend an die Rosettengeschmückte und wurden auch in den meisten Fällen mit großer Geschicklichkeit in die falschen Züge oder auf einen unrichtigen Bahnsteig gewiesen. Man war enttäuscht und im Inneren wütend über die herrschende Sittlichkeit. Man bereute bereits die Gründung, von der man sich erheblich mehr versprochen hatte. Die Erwartung, so mancherlei Pikantes im Namen der christlichen Liebe zu erleben, hatte sich nicht erfüllt.

Es herrschte allgemeine Verdrossenheit und Amtsmüdigkeit, um so mehr, da einigen Damen in Ausübung des Bahnhofdienstes mancherlei Mißgeschick widerfahren war.

Der Stifterin des Vereins war gleich zu Anfang im dichten Gedränge, in welches sie sich mit einem Fanatismus für die gute Sache gestürzt hatte, das Portemonnaie gestohlen worden. Eine andere Dame wollte einer alten Frau, die zwar sittlich nicht in Gefahr war, es jedoch durchsetzen wollte, ihren mit Messing beschlagenen Koffer quer durch die Coupétür zu schaffen, behilflich sein. Hierbei war ihr das ziemlich schwere Gepäckstück natürlich mit einer Messingecke auf den Fuß gefallen, was ihren Enthusiasmus immerhin um Erhebliches dämpfte.

Ein besonders eifriges und vor allem äußerst sittenstrenges Mitglied – die betreffende Dame, eine Witwe, war durch ihren studierenden Sohn binnen kurzer Frist dreifache Großmutter geworden, woran sie allmonatlich durch drei Postanweisungen, die sie an drei verschiedene Adressen losließ, unangenehm erinnert wurde – wäre bald eine Märtyrerin der guten Sache geworden. Sie bemerkte eines Abends ein nettes, sauber gekleidetes Mädchen, welches auf dem Bahnhof umherirrte und scheinbar seine Mutter suchte. Ein Herr ging fortgesetzt vor ihm her. Die gelbe Rosette witterte Gefahr und stellte sich dem sauber gekleideten Mädchen als Mitglied des Vereins zum Schutze allein reisender Mädchen vor, was seitens der reizenden Person mit einem »Olle Missionsunke, kümmern Sie sich um Ihren Dreck; ich rett' mir alleene«, beantwortet wurde. Sprach's und verschwand mit dem Herrn.

Meine Tante Berta war die einzige, welche trotz alledem stets mit ganzer Seele bei der Sache war. Sie hatte die Hoffnung noch nicht aufgegeben, und ihrem Einfluß war es zuzuschreiben, daß sich das an der herrschenden Moral krankende Unternehmen noch nicht aufgelöst hatte.

Ihrem Eifer hatte sie die Krone aufgesetzt, indem sie für die streikenden Mitglieder den Bahnhofsdienst fast täglich versah.

Zu jener Zeit war ich Referendar am Amtsgericht eines Landstädtchens, etwa anderthalb Stunden Eisenbahnfahrt von meiner Vaterstadt D. entfernt. Ich hatte wieder einmal das Bedürfnis, meine kleine Änne wiederzusehen.

Änne nannte sich euphemistisch Schauspielerin; sie war auch tatsächlich gegen 60 Mark Gage am Stadttheater in K. angestellt. Zwar verdankte sie ihre Karriere weniger ihrem schauspielerischen Talente als ihren wohlgeformten Beinen. Sämtliche Höschenrollen bis zu dreißig Worten lagen in ihrer Hand.

Sie war ein fesches, kluges Kerlchen, stets im Dalles und mir sehr zugetan.

Offiziell kam ich nur sonntags nach Hause, pflegte jedoch mit Rücksicht auf meine Lokalkenntnis auch meine »Kleinen-Mädchen-Betriebe« in meiner Vaterstadt vor sich gehen zu lassen.

So hatte ich also mit meiner Änne nach umständlichem Briefwechsel wieder mal in D. ein Rendezvous vereinbart. Da Änne noch im ersten Akte mitzuwirken hatte und ich in den meisten Fällen, namentlich wenn ich was vorhatte, bis in die Abendstunden durch einen allzu eifrigen Amtsrichter festgehalten wurde, so wollten wir uns erst um 10 Uhr abends auf dem Bahnhof in D. treffen. Änne kam einige Minuten vor mir von K. an und sollte mich an meinem Zuge, der punkt 10 Uhr einlief, erwarten.

Ich hatte mich wahnsinnig auf den Abend gefreut und langer Hand ein kalifornisches Freudenfest mit einigen trefflichen Gespielen und deren Gespielinnen bereitet.

Der bewußte Tag kam heran.

Natürlich dauerte die Gerichtssitzung, in der ich als Protokollführer fungierte, bis nach sieben. Es blieben mir immerhin noch anderthalb Stunden bis zur Abfahrt des Zuges, Zeit genug, um mich umzuziehen und mich noch in köstlicher Weise zu verschönern.

Ich stürmte in Eilmärschen meiner Wohnung zu.

Ich weiß nicht, was das Schicksal gegen mich hat. Ich brauche nur den Entschluß zu fassen, irgend etwas zu unternehmen, schon stellt sich eine Kette von fortgesetzten Widrigkeiten ein, die die Ausführung in den meisten Fällen unmöglich macht oder doch bedeutend erschwert.

An jenem denkwürdigen Tage begann der Reigen damit, daß mir, als ich noch etwa fünf Minuten von meiner Wohnung entfernt war, eine kleine Mücke ins Auge flog und sich in ihrer Todesangst unter dem Augendeckel verkroch. Ich tastete mich unter einem furchtbaren Tränenerguß an den Häusern vorbei meiner Wohnung zu. Leute, die mir begegneten, mußten unbedingt annehmen, meine sämtlichen Verwandten und lieben Bekannten wären alle auf einmal einer tückischen Seuche zum Opfer gefallen.

Mit Mühe und Not, nicht ohne daß ich mir vorher an der Treppe das Schienbein gestoßen hatte, gelangte ich in mein Zimmer. Nach halbstündiger Tätigkeit gelang es mir, die Mücke, wenn auch tot, zu bergen.

8.30 fuhr mein Zug. Fünf Minuten rechnete man bis zum Bahnhof. –

Schreckliche Entdeckung! Die Stärkewäsche ist noch nicht da. Ich stürze zur Wirtin. Es werden Boten ausgesandt. 8.05. Ich entledige mich vorsichtig des alten Kragens und rasiere mich. Schneide einen ausgewachsenen Pickel an. Furchtbare Blutung, die erst 8.15 gestillt ist. 8.18 erscheint endlich die Waschfrau; zum Überfluß mit der Quittung über Waschgeld für die letzten Monate. Triefend freundliche, längere Klarlegung der Umstände unter Hinweis auf den Ersten. 8.20. Die Waschfrau zieht ab. Ein Kragen mag an den Stellen, die aus dem Rocke hervorragen, noch so weich sein, an den Knopflöchern ist er immer steinhart. Anlegen des Kragens unter groteskem Indianertanz. Endlich ist er zu, aber bereits zerdrückt. Er fliegt in die Ecke. Neuer Indianertanz. Das Hemdenknöpfchen zerspringt. 8.26. Wutanfall. Suche Ersatz in allen Schubladen. 8.28. Kragenfrage erledigt. Der Zug hat gewöhnlich Verspätung. Schnell in die Schuhe. Der Schuhriemen reißt. 8.30 stürze ich aus dem Hause und komme noch gerade früh genug zur Bahn, um die bunten Endlichter des Zuges in der

Ferne verschwinden zu sehen. Es war der letzte Zug nach D. – Arme Änne! Adieu, schönes Fest! Änne wußte, daß für mich nur dieser Zug in Frage kam. Was blieb ihr anderes übrig, als, wütend über mein Ausbleiben, mit dem nächsten Zug nach K. zurückzukehren. So nahm ich an.

Ich setzte sie noch durch eine Karte von meinem Mißgeschick in Kenntnis und betrank mich dann gräßlich.

Zwei Tage später erhielt ich von Änne folgenden Brief:

Mein lieber Stropp!

Du bist ein ekelhaftes Scheusal. Ich hatte extra die durchbrochenen Strümpfe angezogen und die netten Brüsseler Höschen von Dir. Ich hätte mich ja an dem Abend so gerne gerächt für Deine Tappigkeit. Wenn ich nur jemanden gehabt hätte mit wem. Aus Deiner Karte sehe ich, daß Du wieder einmal Deinen verkorksten Tag hattest, vielleicht ist es noch ganz gut, daß Du den Zug verpaßt hast; wer weiß, was sonst noch alles passiert wäre.

Höre, was ich Merkwürdiges erlebt habe.

Ich hatte mir mit Ach und Krach das Fahrgeld für eine einfache Karte dritter Klasse zusammengepumpt; zehn Pfennig hatte ich noch übrig. Die Rückreise solltest Du mir schmeißen. In D. angekommen, habe ich mich sofort an unserer Ecke aufgebaut. Pünktlich lief Dein Zug ein, wie ich bald heraus hatte, ohne Dich. – Ich hatte eine blöde Wut auf Dich. Kein Fahrgeld zur Rückfahrt! Keine Bekannten in D.! Ich rannte auf dem Perron auf und ab und hatte mir fest vorgenommen, mir sofort einen netten

Kerl aufzutun. Natürlich der ganze Bahnhof wie ausgestorben. Nur ein Herr, weißt Du, so einer, dem immer die Beine unter dem Bauch wegfliegen, schlurfte über den Perron. Ich ging einige Male an ihm vorbei und ließ meine durchbrochenen Waden sehen. Er schlurfte ruhig weiter. Pfui, was gibt es doch für gemeine Menschen! Verzweifelt habe ich mich auf eine Bank gesetzt, als plötzlich eine Hand meine Schulter berührte, und vor mir stand eine ziemlich verfehlt angezogene, alte Tante mit einer mächtigen gelben Rosette auf der Brust, weißt Du, von so einem Verein, über den Du immer schimpfst und behauptest, die Damen sähen Dich immer so vorwurfsvoll an. Also die gute Frau frug mich mit milder Stimme, ob sie mir helfen könnte. Ich schluchzte einigemal in kläglicher Weise, machte mein Madonnengesicht und stammelte irgend etwas von einer Tante, die mir im Gedränge abhanden gekommen, daß mir das Portemonnaie gestohlen worden wäre; daß ich nicht wüßte, wo ich die Nacht bleiben sollte, und daß mich der Herr immer verfolgte: warum wüßte ich nicht. Die Dame war erdrückend lieb und sagte, ich solle mir nur keine Sorgen machen und meine Tränen trocknen, ich sei in guten Händen. Sie sagte, es wäre selbstverständlich, daß ich für die Nacht ihr Gast sein müßte. Ohne daß ich noch weiter zu Wort kam, legte sie mütterlich den Arm um mich und zog mich mit sich. Wir kamen in ein gemütlich eingerichtetes Haus, wo ein ganzes Rudel alter Damen mich wie einen lieben, lang erwarteten Besuch mit ausgesuchter Liebenswürdigkeit empfing. Ich war einfach platt. Man nahm mir meinen Schirm und das Jackett ab, frug, ob ich keine nassen oder kalten Füße habe.

Man brachte mir zu essen, kalten Kalbsbraten und Eier. Man saß um mich herum und bestaunte mich wie ein Wundertier. Dann wurde man auch neugierig und wollte wissen, wer ich wäre. Ich habe nur gemurmelt, es wäre so traurig, und angefangen zu schluchzen. Von Tränen erstickt, habe ich einige Male »armes Mütterlein« gesagt. Dann sagte die Dame, die mich mitgebracht hatte, man solle mich in Ruhe lassen, ich sei noch durch die Ereignisse des Abends zu erregt, man wolle jetzt die Abendandacht abhalten und mich dann zur Ruhe bringen. Die Geschichte begann mit einem Choral. Die Damen frugen mich nach meinem Lieblingschoral. Ich wußte bei Gott nicht, was ich sagen sollte. Alle die Lieder, die ich kenne, sind eigentlich keine Kirchenlieder, und als ich das einzige einigermaßen fromme Lied, welches mir einfiel, »Gott erhalte Franz den Kaiser«, nannte, sagten sie, das sei kein Choral oder stehe wenigstens nicht in ihrem Gesangbuch. Ich sagte leise, bei mir hätte es drin gestanden. Dann haben sie endlich ein anderes frommes Lied gesungen, von dem sie behaupteten, daß ich es sicher kennen würde. Ich habe ja gesagt, und weil die anderen so furchtbar brüllten, haben sie nicht gemerkt, daß ich nur so mitgebrummt und nur den Mund auf- und zugemacht habe. Ich war heidenmäßig froh, als beschlossen wurde, mich nunmehr zu Bett zu bringen. Die ganze Gesellschaft gab mir das Geleite. Ich bekam auch eine Wärmflasche. Meine schönen Höschen und Strümpfchen wurden beguckt. Ich schämte mich und sagte, das hätte ich in einem Missionsverein gewonnen. Die Damen gaben sich zufrieden und ließen mich dann endlich in Ruhe. Ich schlief wie ein Dachs. Als ich am anderen Morgen gegen 10 Uhr wach wurde, saß schon eine Dame an meinem Bette und frug, ob ich lieber im Bett frühstücken wollte. Natürlich sagte ich ja; – das hat man nicht alle Tage. Als ich dann nachher in das Zimmer kam, waren fast alle Damen vom vorherigen Abend versammelt. Alle schüttelten mir die Hand; eine gütige Matrone legte mir auch die Hände auf den Kopf und verkorkste meine Frisur. Alle erkundigten sich, ob ich auch gut geschlafen hätte. Dann war wieder Andacht. Zuerst wurde gebetet; ich kam immer in die zehn Gebote. Darauf gesungen, wie am Abend. Ich habe wieder gepfuscht; niemand hat es gemerkt. Man wollte mich erst nicht weglassen. Ich habe gesagt, ich müsse unbedingt schleunigst nach K. zurück, mein Mütterlein wäre sicher in großer Sorge. Ich bekam noch Butterbrote eingepackt, und man schenkte mir noch einen Stoß Missionsblätter, Traktätchen und fromme Blättlein, die ich Dir zur Strafe schenken werde. Das war ein ergreifender Abschied. Drei Damen brachten mich zur Bahn, die anderen haben an der Haustür gestanden und mir nachgeschaut. Es war einfach rührend. Nun erst der Abschied am Bahnhof. Die Damen lösten mir ein Billett, gaben mir noch für alle Fälle fünf Mark mit und steckten mich unter Segenswünschen und Bibelsprüchen in ein Frauencoupé zweiter Klasse, was mir weniger gefiel, da in dem Nebencoupé, wo nur ein junger Herr saß, bedeutend mehr Platz war. Die guten Damen haben noch lange dem Zuge nachgewinkt. Unterstehe Dich noch einmal und schimpfe über so einen Verein. So gute Leute und so fromm. Ich will jetzt auch fromm werden. Schreibe, ob ich Dich nächste Woche bestimmt treffen kann. Setze Dich dann aber zur Vorsicht schon mittags auf den Bahnhof. Dies ist der längste Brief, den der brave Steuermann je geschrieben hat.

Es küßt Dich

Dein Pusselchen.

Acht Tage später erzählte Tante Berta stolz am Familientisch von der ersten Rettung eines sittlich gefährdeten Mädchens.

Ich mußte furchtbar husten.

Die Promenade

Paris hat sein Bois, London seinen Hyde-Park, wo sich die elegante Welt zu bestimmten Stunden zu treffen pflegt. Banausingen hatte »die Kastanienallee«, auf der sich der Bürger, der etwas auf sich hielt und das *Savoir vivre* erfaßt hatte, zwischen 12 und 1 Uhr mittags erging.

Auf und ab pendelte man zu dieser Stunde auf der Kastanienallee, auf und ab.

Sobald man die Promenade betrat, verschwand das Alltagsgesicht; man setzte eine feierliche Miene auf und schritt ernst und gemessen wie ein Ereignis daher. Der Größe des Augenblicks war man sich voll und ganz bewußt, voll und ganz.

Man kannte einander, oder zum wenigsten wußte man, wer der andere war. Man äugte krampfhaft umher, und sobald man einen Bekannten erblickte, grüßte man tief und auffallend. Vor Leuten, mit denen man per »Du« war, denen man am Stammtisch respektlos zurief: »Altes Rindvieh, bist du auch da, wie geht's?« schwenkte man, wenn man sie zur offiziellen Stunde auf der Allee traf, mit der gequälten Grandezza eines Hidalgo den Hut.

Mußte man viel grüßen, so wurde man beneidet und blähte sich in dem Bewußtsein, eine bekannte Persönlichkeit zu sein.

Hatte man einen neuen Anzug oder sonst ein neues Kleidungsstück an, hatte man zum Namenstag einen Pelzkragen, einen Stock mit silberner Krücke oder eine feine Meerschaumzigarrenspitze bekommen, versäumte man nicht, diese Kostbarkeiten, geschwollen vor Einbildung, seinen staunenden, neidischen Mitbürgern vorzuführen.

Frisch Verlobte schoben, ostentativ aneinandergehangen, mit enormem Selbstbewußtsein über die Allee.

Eine bedeutende, außerordentliche Rolle spielte auf der Promenade »der Leutnant« – der Leutnant vom Bezirkskommando, an welchem außer ihm noch ein überreifer Major als Kommandant und ein Feldwebel wirkten. Sonst lag kein Militär in der Stadt. Die Bürger sprachen mit maßlosem Stolz von »der Garnison«.

Die ungeteilte Bewunderung und das ehrfurchtsvolle Interesse der Bürger war auf die Person des Leutnants konzentriert, als dem Idealrepräsentanten des militärischen Gedankens.

Es war die Sehnsucht jedes Bürgers, einmal in seinem Leben mit dem Leutnant auf der Promenade auf und ab zu gehen, auf und ab. –

Anatol Brustkorb hatte irgendwie den Leutnant kennengelernt.

Eines Sonntags sah man Anatol, violett im Gesicht vor heiliger Erregung, Seite an Seite mit dem Leutnant auf der Promenade. Seite an Seite, angeregt plaudernd. Anatol sprach forciert laut in der Perspektive auf die anderen Leute.

»Weibäh, Weibäh«, schnarrte er. Der gute Anatol mit dem Gesicht voller Mitesser. »Weibäh, Weibäh! Färdäh, Färdäh!« vernahm der horchende, staunende Bürger aus Anatols Munde.

Als nun noch der Leutnant im Laufe des Gesprächs seinen Arm in den Anatols schob, wurde es zu viel für Anatol. Sein Kopf schwoll an zur Größe eines Sofapuffs. Ein Ohr sprang ab. Er barst. –

Die Bürger fanden es begreiflich. Es war ein erhabener Tod. –

Ein ehrfurchtsvolles Schauern und Raunen durchlief die Promenade, wenn »die Partie«, Uhda Kammillenbritsch, die Tochter des Kommerzienrates, mit hocherhobener Nase und läppischem Geschwenk daherkam. Die Mitgifthyänen schnupperten und reckten die Hälse. –

»Wie die das anstellen? Jeden Augenblick einen neuen Hut, jetzt wieder ein neues Jackettkleid. Ich kann das nicht«, meinte Frau Apotheker Meta Schnurze und schaute haßerfüllt Frau Krammelhust und Tochter nach. »Ich kann das nicht, weiß Gott!«

»Jetzt kommt der junge Doktor Löschkarton schon zum zweiten Mal mit Cilly Scherzhaft auf die Promenade. Sind die denn verlobt? Arm in Arm gehen sie nicht. Ich weiß nicht, ich würde es nicht dulden, wenn es mein Kind wäre«, erregte sich Frau Bullerwurst.

»Der Leutnant hat Absichten auf Uhda Kammillenbritsch«, zitterten die heiratsfähigen Bürgersöhne, wenn der Leutnant beim Gruß die Hand länger als sonst an der Mütze behielt und besonders ostentativ die Brust herausdrückte. »Weiß Gott, er hat Absichten.«

»Der junge Hinterkopf hat sich den Schnurrbart englisch schneiden lassen, der Fatzke, der will was Besonderes rausbeißen«, meinte der Rat Schnödelkrum.

»Jetzt trägt die kleine Selma Suppenzapf einen

Nerzpelz. Einen Nerz! Der fehlte der noch«, kopfschüttelte Frau Bruthitz.

»Mitkriegen tut die auch keinen mehr, wenn sie sich noch so viele Straußenfedern auf den Hut macht«, meinte Frau Mina Quellzisch und guckte sich nach Frieda Robbenzahm um.

So konstatierten flüsternd die feinsinnigen Bürger und Bürgerinnen und nickten im gleichen Augenblick den also Apostrophierten grüßend zu. Es waren feine, wohlerzogene Leute, die die Tradition liebten und jede Überraschung als taktlos verschrien.

Die Promenade galt ihnen als eine heilige Institution, deren Erhabenheit unantastbar dastand. Ein ernstes, würdevolles Hin und Her feierlicher Marionetten.

Toni Schamlos war ein Rüpel, ein richtiger Rüpel, alle Leute waren dieser Ansicht.

Eines Tages war er dagewesen. Niemand wußte so recht, woher er gekommen war und wovon er lebte. Er mußte sein Auskommen haben, denn er lebte nicht schlecht. Irgend jemand hatte in Erfahrung gebracht, daß sein Vater Regierungsrat und sein Bruder Leutnant war. Er war also ein Mensch, mit dem man verkehren konnte. Man wunderte sich sehr, daß er nirgendwo Besuche machte. Nicht bei Kommerzienrats, nicht bei Amtsrichters, bei Assessors und Doktors. Nirgendwo. Er lebte ganz für sich und kümmerte sich um niemand. Das verdroß die Bürger. Er hatte stets ein maliziöses Lächeln um den Mund, wenn er durch die Straßen kam. Er schaute vor sich hin und lächelte. –

Dann kam der Sonntag, an dem sich das Entsetzliche ereignete.

Rat Schnödelkrum war immer einer der ersten auf der Promenade. Er ging sehr stramm, drückte die Knie bedeutend durch und hustete tief von unten herauf. Exakt setzte er die Fußspitzen nach auswärts, trat immer mitten auf die Trottoirplatten und vermied es peinlich, auf den Strich zu treten, wo die Platten aneinanderstießen.

Assessor Bleffke, der auch immer recht zeitig auf der Allee war, versuchte den Rat zu überholen, um ihn zu grüßen. Seine Beine waren zu kurz; er kam ihm nicht bei. Dazu kam, daß ihm das Schuhbändel an einem Schuh losgegangen war und am Fuß herumbaumelte. Er tat, als ob er es nicht bemerkte, mußte aber aufpassen, daß er nicht auf das Bändel trat und hinschlug. –

Was hatte Rat Schnödelkrum auf einmal? Er mochte etwa die Mitte der Allee erreicht haben, als er plötzlich haltmachte und mit dem größten Interesse nach irgend etwas scharf schaute, nach irgend etwas am Fuß einer dicken Kastanie. Dann hustete er tief von unten herauf und schaute sich wie suchend um.

Seltsames Gebaren! Nun schüttelte er einigemal den Kopf und ging sinnend, langsam, mit schleppenden, nachdenklichen Schritten weiter, nur wenige Schritte, machte kehrt und ging zum Baum zurück.

Assessor Bleffke hatte mit ansehnlichem Erstaunen das Gebaren Schnödelkrums verfolgt und beeilte sich seinerseits, zu sehen, was das Interesse des Rats in solchem Maß in Anspruch nahm. *Nil admirari,* war sonst der Wahlspruch Bleffkes, der den Leutnant nicht mochte. Es mußte etwas Außergewöhnliches sein, was ihn nun gleichfalls wie Schnödelkrum an dem Baum festhielt. Erst stutzte er, dann verlangsamten sich seine Schritte, schließlich blieb er stehen und schaute gespannt nach dem Baum hinüber. Erst versuchte er verzeihend zu grinsen, dann aber wurde er ernst, und sein Gesicht bekam einen seltsamen, nervösen, fast angstvollen Ausdruck. Er machte einen Schritt nach vorne, trat auf das Schuhbändel und fiel platt auf das Gesicht: wie tot blieb er liegen. –

Es war ein schöner Tag. Die ganze Stadt war auf den Beinen. Mehr und mehr füllte sich die Promenade.

Was hatten nur die Leute? Ernst und würdig, wie sonst, schob der Strom der Bürger und Bürgerinnen über die Allee – bis zu jener Stelle, die Rat Schnödelkrum und Assessor Bleffke bereits festgehalten.

Kamen die Leute in die Nähe der geheimnisvollen Kastanie, verlangsamten sich ihre Schritte, ihre Gesichter nahmen einen verblüfften Ausdruck an, der dann bald einer seltsamen Starre wich, sowie man dicht am Baum angelangt war. Krampfhaft waren alle Augen auf etwas am Fuße der Kastanie gerichtet. Den umgefallenen Assessor beachtete niemand.

Eine furchtbare Spannung sprach aus aller Augen.

Dichter und dichter wurde der Kreis um den Baum. Die neu ankamen, befragten flüsternd die zunächst Stehenden. Einige hastig zugeraunte Worte ließ sie in die gleiche, unheimliche rätselhafte Starre verfallen.

Wie ein Bann lag es auf den tüchtigen Leuten von Banausingen.

Was ging vor sich?

Schnödelkrum stand noch immer an der gleichen Stelle vor dem Baum. Hypnotisiert stierte er immer auf einen Punkt. Sein Gesicht war hektisch gerötet. Seine Brust hob und senkte sich in entsetzlicher Weise. Ein furchtbares Ringen in seinem Innern, und keuchend, ächzend stieß er hervor: »Weum, weum gehört düses Stöckerl? Weum, frage ich, weum?« –

An dem dicken Kastanienbaum stand schlicht und bescheiden ein dünnes Spazierstöckchen, mutterseelenallein, als ob es jemand soeben dort hingestellt hätte, um es gleich wieder abzuholen.

»Weum gehört düses Stöckerl?« schrie, stöhnte Schnödelkrum qualvoll. –

Der Besitzer der Stöckchens war nirgendwo zu sehen.

»Bubenspääähhße«, quetschte jemand grimmig hervor.

»Weum, weum?« Dringender, flehender klang des Rates Stimme, – »weum ...«

Und plötzlich, mit einem gräßlichen Aufschrei, mit einem gigantischen Schwung stellte sich Schnödelkrum auf den Kopf und tanzte ruckweise emporschnellend in dieser unwürdigen Lage einen entsetzlichen Tanz; dröhnend schlug der Kopf auf dem Pflaster auf. Höher, höher flog die Gestalt. Ovaler, ovaler wurde der Kopf. Die ganze Gestalt nahm eine ovale Form an, drückte sich zusammen, sackte sich. Noch ein grandioser Sprung und Schnödelkrum hing mit einem Knie hoch oben in der Kastanie.

Bescheiden, schlicht lehnte das Stöckchen noch immer am Baum.

Die Starre der Menge war einer furchtbaren Raserei gewichen.

Mit den Schirmen stachen sich die Bürger selbst in die Augen. Andere krochen am Trottoirrand herum und versuchten von den Basaltsteinen Stücke abzubeißen, wieder andere hackten sich mit rostigen Beilen die Finger ab, manche zogen die Schuhe aus und ließen sich Siegellack auf die nackten Füße tropfen.

Ein Delirium hatte die Leute ergriffen.

Bescheiden, schlicht lehnte das dünne Stöckchen noch immer am Baum, mutterseelenallein – –

Niemand blieb verschont; keiner konnte es verwinden. Alle gingen an Nervenzerrüttung zugrunde. Nur dem Leutnant war es gelungen, sich nach Hause zu retten, als ihm aber plötzlich die erleuchtende Idee kam, man hätte doch einfach die Feuerwehr alarmieren sollen, trank er vierzehn Flaschen Likör und fünf Flaschen englische Sauce und starb auch. Es war schade um ihn, er hätte es sicher zum Hauptmann gebracht.

Zwei Bürger, die an diesem Tage nicht auf der Promenade waren – der eine hatte die Influenza, der andere Blinddarmentzündung –, erlagen ihren Leiden.

Über die einsame, menschenleere, grasbewachsene Allee spazierte still vor sich hin lächelnd Toni Schamlos. –

Von Männern, die an Schaltern sitzen

Vor nichts in der Welt habe ich einen so gewaltigen Respekt wie vor jenen Männern, die hinter Schaltern thronen.

Es ist merkwürdig damit! Solche Männer mögen uns in der elektrischen Bahn gegenübersitzen, oder am gleichen Tisch ihr Bier trinken, oder im Dampfbad neben uns schwitzen – ihre harmlosen Gesichter werden uns nicht beunruhigen oder auch nur den geringsten Eindruck auf uns machen. Wir werden ihnen vielleicht mit den Ellenbogen in die Seite rennen, oder ihnen auf die Füße treten, oder ihnen mit der brennenden Zigarre in das Gesicht laufen und uns nur matt entschuldigen. Unsere Ehrfurcht ist gering.

Aber es wird anders, wenn diese Menschen hinter ihrem Schalter sitzen.

Sie erscheinen uns jetzt wie die Priester eines starren Prinzips, einer kosmischen Institution, die hinter der Schalterwand wie in heiligen Tempelnischen sitzen, abgesondert von der Welt. Nach ihrem ewigweisen Dünken lüpfen sie ab und zu ein wenig den Vorhang, der sie den fürwitzigen Augen der profanen Menge entzieht, um der Herde Begehr, die sich an dem geweihten Orte drängt, zu erkünden.

Es gibt trotzige Menschen, die selbst vor Assessoren und Leutnants keine unbedingte Hochachtung haben, sich der Autorität der Schaltermänner aber demütig beugen.

Es ist eine Tatsache, daß das einfältigste, unbedeutendste Gesicht unter der Suggestion der *splendid Isolation*, hinter einem Schalter aufgebaut, einen Zug von starrer Größe und Ehrfurcht heischender Überlegenheit erhält. Aus Herrn Patriz Mönkmöller wird Napoleon, aus Herrn Tobias Sodbrand Cäsar, die nichtssagenden Züge Clemens Bartliebs straffen sich zu der Monumentalität Friedrichs des Großen.

Man hat vor dem Schalter das unbedingte Gefühl: Gnade, Gnade, Gnade ist es, wenn dieser Mann deiner Bitte willfährt.

Ich habe alles Mögliche getan – trotz der größten Anstrengungen und vernünftigen Reflexionen bringe ich es nicht fertig, meine außerordentliche, direkt krampfhafte Beklommenheit vor jedem Schaltermenschen zu überwinden.

Ich muß ehrlich sagen, ich mache lieber noch einmal mein Einjähriges, oder lasse mich impfen, oder spiele mit einem eingewachsenen Nagel am großen Zeh Fußball, als gezwungen zu sein, mich zur Erledigung einer Angelegenheit an einen Schalter begeben zu müssen.

Wer die schreckliche Tragödie meines Lebens kennt – und ich muß sie verkünden –, wird meine Schalterbeamtenidiosynkrasie verstehen und auch verzeihen.

Ich hatte die Bekanntschaft einer sehr schönen Dame gemacht – in der Hundeausstellung vor einem preisgekrönten Wurf deutscher Doggen. Die Dame war sehr fein angezogen und trug einen Topfhut von einem halben Meter Höhe mit langen wallenden Straußenfedern. Sie konnte mit dem Hut in vieles nicht hinein oder höchstens in der Kniebeuge. Sie sagte, sie wäre eine Gräfin.

Ich war stolz auf meine Bekanntschaft. Ich meine wohl, daß man das sein konnte. Außerdem war ich verlobt mit der höchst uninteressanten, schon bejahrten, dafür aber um so unerfreulicheren Tochter eines recht wohlhabenden Mannes, eines Herrn Pröbster, der eine vorzüglich gehende Gießkannenfabrik betrieb.

Ich war mit der Gräfin übereingekommen, postlagernd zu korrespondieren. Sie hatte betont, daß sie mir ihre Adresse nicht geben könnte und etwas von einem alten Grafen gemurmelt. Ich wagte auch nicht, verdächtige Briefe zu Hause zu empfangen. Ich wohnte bei meiner Tante Selma Huckepack, die die Sache mit der Gießkannenfabrikantentochter eingeleitet hatte und sich heftig darum sorgte, daß ich mir diese gute Partie nicht verdarb.

Beim Abschied in der Hundeausstellung stellte die Gräfin mit Entsetzen und Tränen fest, daß ihr ihre Börse (sie sagte mit spitzen Lippen: »Böööhrse«) abhanden gekommen wäre. Ich wagte, ihr zwanzig Mark anzubieten, welche die scharmante Frau errötend und sich ein wenig sträubend annahm.

Ich sollte ihr unter: O. D. M. Sch. 48 (das hieß »O du mein Schnukelchen« – 48 war der Gräfin Schuhnummer) schreiben, während ich ihre Briefe unter N. K. N. K. 72645 (»Na Kleener, na Kleener« war das Lieblingslied der feingeistigen Schönen und 72645 die Nummer ihres Badeabonnements) abholen sollte.

Ich hatte bereits zwei Briefe unter den angegebenen Buchstaben losgelassen und nahm an, daß nun mittlerweile auch eine Antwort der Gräfin meiner harrte.

Ich war im Grunde doch ein ekelhaft biederer Mensch, und die Schalen abgestandener, philisterhafter Moralbegriffe hingen mir noch an. Eine starke Anwandlung eines Moralischen befiel mich plötzlich auf dem Wege zur Post, gepaart mit einer unheimlichen Unruhe, mein loses Tun würde herauskommen. Nur einer meiner Bekannten brauchte mich auf der Post zu beobachten! Postlagernd zu korrespondieren hatte immer einen verdächtigen Beigeschmack! Es war das erstemal in meinem Leben, daß ich es tat.

Je mehr ich über alle Möglichkeiten nachdachte, die mir aus meinem Leichtsinn erwachsen konnten, um so nervöser und verhetzter wurde ich.

Zitternd und bebend wie ein Verbrecherdilettant drückte ich mich in die Post. Jetzt nur schnell, schnell, damit ich wieder fortkam. Ich drängte mich kopflos in eine dichte Ansammlung von Menschen, die ein Schalterfenster umlagerten. Viele dieser Leute hatten lange, schmale Bücher in der Hand, in welchen Packen rosafarbener Karten steckten. Sie warteten ergeben, und ihre Mienen waren ohne Hast.

Anders wurde es, als ich mich in blindem Drängen in die Menge schob. Das verdroß die Leute, und ein unwilliges Murren erhob sich. Ein Mann mit einem Athletenvereinsabzeichen am Rock trat mir auf die Füße, schlug mir mit der Faust meinen steifen Hut unendlich tief in den Kopf, obgleich der Hut wirklich gut saß, und versprach, mir auch noch in den Bauch zu treten. Da ich das nicht so sehr gerne mochte, ließ ich mich von feindselig harten Ellenbogen zurückschubsen. Da stand ich nun dösig von dem erhaltenen Schlag und stierte auf den Rücken eines vor mir stehenden Mannes, dem der Rockaufhänger heraushing und die Krawatte munter zu Kopf stieg.

Warum stand ich nun eigentlich hier und vor mir ein Mann mit dem Aufhänger am Hals und der klimmenden Krawatte? Was hatte das zu bedeuten?

Langsam schob sich die Menge vor, unendlich langsam. Ab und zu löste sich jemand von der Schar, der sein Geschäft erledigt hatte. Schauerlich langsam. So stand ich still und ergeben drei Wochen. Von Zeit zu Zeit wurde das Schalterfenster aufgeschoben und wieder zugeknallt. Man hörte das Geräusch von Geldzählen, ergebenes Murmeln, dann eine sehr laute, herrische Stimme, die unfreundlich und scharf sagte: »Können Sie nicht lesen?« oder »Glauben Sie, wir hätten unsere Zeit gestohlen?« Dann schlich sich immer jemand klein und bescheiden beschämt von hinnen, sichtbar gealtert.

Ich stand völlig im Bann einer unglaublichen Schüchternheit. Ich wagte gar nicht, zu protestieren, wenn sich neu Ankommende einfach vor mich stellten. Ich war geduldig und wartete – mein Bart und Haupthaar wuchs. Und es vergingen weitere drei Wochen.

Jetzt erst fing ich an, Obacht zu geben, und ließ niemand mehr vor mich. Ich kam dem Schalter langsam näher.

Ich hatte mit der Resignation eines Philosophen um mich gestiert und zu meiner Freude plötzlich bemerkt, daß neben dem so bedrängten Schalter sich eine Reihe anderer Schalter anschloß, an denen niemand stand.

Schnell hatte ich meinen Platz verlassen und war zum ersten besten dieser Schalter geeilt. Er war mittels einer gerippten Glasscheibe geschlossen. Man sah, wie sich jemand dahinter bewegte, den Arm in Kopfhöhe hob und senkte. Ich stellte mich dicht an das Fenster und bewegte mich hin und her. Dann begann ich nach einiger Zeit laut zu husten und mich zu räuspern. Nach zwei Wochen nahm ich mir endlich ein Herz und klopfte an das Fenster, erst leise, dann heftiger und ging schließlich mutvoll in ein kräftiges Cakewalk-Tempo über. Räng, päng! Das Fenster flog nach oben, und ein wutverzerrtes, schlecht rasiertes Antlitz, mit dem lähmenden Blick der Medusa und Brotkrumen am Kinn ließ mich zusammenklappen, und eine metallene Stimme drang schauerlich auf mich ein: »Können Sie nicht lesen?« Räng, päng! Das Fenster wurde wieder zugefeuert.

Es dauerte lange, bis ich wieder zu mir gekommen war. Wäre ich nur an dem ersten Schalter geblieben, ich wäre längst darangekommen! Ich versuchte mein Heil an den anderen, ebenfalls freien Schaltern, wagte aber nur durch Husten meine Anwesenheit auszudrücken. Aber ohne Erfolg, kein Fenster tat sich auf. Verzweifelt war ich von Fenster zu Fenster geeilt, etwa acht Tage lang, als endlich ein Mann mit einer Beamtenmütze und einem Uniformrock, der offenstand und eine Zivilweste aus Cheviot und eine Deckkrawatte sehen ließ, von irgendwoher zu mir kam, mich streng anguckte, einen Rotstift hinter dem Ohr wegnahm und mich anschrie: »Können Sie nicht lesen?« Noch ein strenger Blick traf mich, und der Mann verschwand wieder.

Nachdem ich mich halbwegs gesammelt hatte, bin

ich dann reumütig zu dem ersten Schalter geschlichen und habe geduldig gewartet, bis etwa vierzig Menschen vor mir erledigt waren. Darüber vergingen zwei Wochen.

Je mehr ich mich dem Schalterfenster näherte, um so nervöser und aufgeregter wurde ich. Ich wiederholte krampfhaft für mich fortgesetzt die Chiffre.

Eine alte Frau, die vor mir stand und eine Marke kaufen wollte, hatte ihren Groschen fallen lassen und suchte ihn verzweifelt zwischen den Füßen der Leute. Die Stimme aus dem Schalter schrie befehlend: »Der Nächste!« Das war ich. Ich stotterte los: »En Ka, En Ka, En Ka 72645.« Scharfe, fragende Augen trafen mich. »En Ka, En, Ka, Ka, Ka«, ich stotterte, vergaß die Zahl – hinter mir sagte jemand mitleidig: »Ein armer Taubstummer« – und ich stieß in meiner Not hervor: »postlagernder Brief!«

»Können Sie nicht lesen?« ertönte das metallene Organ des Mannes am Schalter. Des Mannes Augen quollen aus dem Kopf, die Adern schwollen an zu Würsten, in der Ecke fiel ein Schirm um, irgendwo spielte jemand falsch Klavier, und der Schaltermann brüllte wieder los: »Können Sie nicht lesen? Der Nächste!« Ich wurde fortgeschoben und stand da wie ein gebrochener Mann.

Da kam eine gute Seele, ein Greis, seines Zeichens Hühneraugenoperateur und Warzenentferner, der mich damals, in meiner Jugend gesehen hatte, wie ich an dem Schalter wartete. Der hat mich auf den Schoß genommen und hat mich getröstet und mich belehrt, postlagernde Briefe holte man am Postamt vier. Das könnte ich auf einem klitzekleinen Plakat dort hinter der Tür lesen. Ich aber sah in diesem

Ungemach auf der Post eine Strafe des Himmels ob meines lasterhaften, nichtswürdigen Benehmens und schwor bei allen Heiligen, mich um die Gräfin und diese unsaubere Korrespondenz nicht mehr zu kümmern.

Auf der Straße wurde ich von der Polizei aufgegriffen, die mich im Auftrage meiner Tante und des Gießkannenfabrikanten forgesetzt suchte, und nach Hause geschafft. Ich bin ein guter Mensch, zu gutmütig. Ich würde ein friedliches Leben leben, wenn ich mich nun nicht zu solch unmöglichen Kommissionen hätte bestimmen lassen.

Der Gießkannenfabrikant bat mich eines Tages, 124 Mark bei der Versicherungsgesellschaft »Volldampf« für ihn einzukassieren und dann noch Theaterbilletts für seine Familie zu besorgen. Für die Versicherungsgesellschaft bekam ich einen Ausweis.

Ich ging. Ich rannte zu meinem Unglück noch meinem Freund Engerling Daumentrost in den Hals. Seine Frau hatte soeben ein Kind gekriegt; er bat mich dringend, die Anmeldung bei dem Geburtsamt zu übernehmen. Dabei drückte er mir die entsprechenden Dokumente in die Hand und raste, Dankesworte ausstoßend, weg. Ich war eben ein gutes Luder! Na, dann auch noch zum Meldeamt.

An der Kasse der Versicherungsgesellschaft mußte ich lange warten. Es war ein großer Schalter und Gitterwände in dem Kassenraum. Ich konnte sehen, wie viele Männer an hohen Pulten saßen, sich die Nase bohrten, oder sich die Nägel schnitten, oder Apfelsinen schälten, oder einfach dösten. Sie guckten mich alle streng und vorwurfsvoll an.

Als es mir zu lange wurde, habe ich mit dem Papier, welches mir Herr Pröbster mitgegeben hatte, auf dem Schalterbrett geraschelt und mich geräuspert. Dann kam schließlich ein Herr in einer Lüsterjoppe und fragte mich, wie ich hieße, und verschwand dann. Er ging zu dem, der in der Nase bohrte, und zeigte ihm das Blatt. Der ließ das Bohren und kam langsam zum Schalter. Er wollte auch wissen, wie ich hieße, und verschwand dann. Irgend jemand rief: »Herr Feger.« Der Mann, der Apfelsinen aß, kroch von seinem Pult unwillig und verdrossen zum Schalter. »Sie müssen Ihren Namen angeben, Vor- und Nachnamen, Geburtsjahr, Geburtsort«, brummte er mich an. Er hatte etwas von der Apfelsine zwischen den Zähnen, er saugte zischend, es loszubekommen. Dann bohrte er sich mit einem gespitzten Bleistift im Mund. Er ging darüber wieder an seinen Drehstuhl, bohrte und bohrte und besah sich ab und zu die Bleistiftspitze, ob seine Bohrung erfolgreich war. Dabei machte er mit der Zunge klatschende Geräusche. Plötzlich schlug eine Uhr. Der Mann, der das Papier genommen hatte, kam zurück und sagte, jetzt wäre Kassenschluß, und Herr Kohlrabi wäre an der Unterschrift, und ich möchte wiederkommen, und sie hätten sich meinen Namen notiert.

Ich bin kopfschüttelnd und verwirrt weggegangen und zum Meldeamt geeilt. Ich hätte das wirklich lieber lassen sollen, denn wenn man nichts weiß über ein Kind – ob Junge oder Mädchen –, wenn man nicht die allergeringsten Angaben machen kann, da einem der Vater versehentlich anstatt der richtigen Papiere Metzger- und Gasrechnungen und ein altes Mietbuch in die Hand gedrückt hat, so ist man für diese Mission ziemlich ungeeignet. Erst wurde ich von Schalter zu Schalter gehetzt von »für Sterbefälle« zu »für Wasserleitung«, von »für Straßenreinigung« zu »für Armenpflege«, bis ich endlich an den Schalter »für Geburten« kam und mich entsprechend blamierte, Schmähreden und Anschnauzer einheimste und bald, wie mit einem Brett vor den Schädel geschlagen, draußen stand.

Und dennoch hatte ich nach allen diesen Enttäuschungen noch die Courage, zur Theaterkasse zu gehen. Die Theaterkasse war schwer bedrängt von Menschen. Mein Schalterkoller befiel mich wieder prompt und verwirrte mein Denken. Der Verkehr an dem Schalter war so geregelt, daß sich die Leute vor der Kasse durch einen komplizierten Gang von eisernen Spiralen winden mußten. Auf diese Weise konnte sich niemand vordrängen. Von dem Zickzack-Gehen war ich völlig blöde im Kopf geworden und, als ich endlich am Schalter stand, faselte ich dem Mann etwas vor von dem Kind meines Freundes Engerling – und der Brief läge unter En Ka, En Ka, und Herr Pröbster bekäme 124 Mark. Der Mann wurde ungehalten, machte mit der Hand eine auffordernde Bewegung, ich möchte mich fortscheren, rollte auch mit den Augen und runzelte die Stirn. Als er mich noch anschnauzte, wie ich hieße und ob ich verrückt sei, kam eine maßlose Wut über mich. Ich packte den Mann beim Kopf, zog ihn durch das Fensterchen und riß den Schieber herunter. Pfitsch, ein Blutstrahl, der Kopf rollte zu Boden. Mit gräßlichem Blick schauten mich die Augen noch einmal an, und eine furchtbare Angst, ein qualvolles Entsetzen packte mich. Flucht, Flucht, war mein einziger Gedanke. Ich stürzte los, aber die Geländer der Verkehrsspiralen hemmten meinen Weg. Im Zickzack raste ich auf und ab, die Geländer lang und wieder zurück, und ich fand mich nicht heraus. Und ich rase noch immer auf und ab und werde wohl von der Feuerwehr abgeschossen werden müssen.*

* Peinlichen Lesern mit einer zu großen Dosis praktischen Menschenverstandes noch zur Erläuterung, daß ich dieses merkwürdige Erlebnis im Laufen diktiert habe. Es spielt außerdem in einem anderen Land.

Die geteerte Straße

Da waren eines Morgens in aller Frühe um sechs Uhr Männer angekommen, die einen vollgepackten Karren und einen auf Rädern laufenden, schwarz verrauchten großen Ofen mit sich führten.

Sie gebärdeten sich laut, klirrten bedeutsam mit ihren Werkzeugen, scheuchten die Bewohner der stillen Straße aus den Betten und ließen sie erschreckt ob des ungewohnten Lärms zu so früher Stunde an die Fenster eilen.

Auch Herr Bender war aufgesprungen, um zu schauen, was da draußen vor sich ginge. Er hatte sich in der Hast am Nachtschränkchen den Zeh gestoßen, was seine Laune über die frühe Störung keineswegs verbesserte. Wütend hatte er gebrummt: »Geht denn diese Malefizbuddelei wieder los? Soll man nie zur Ruhe kommen? Was soll denn das jetzt schon wieder? Kanal, Gas, Wasser, Telephon und elektrische Lichtleitung: das liegt doch alles schon!«

Vater Bender hatte schon recht. Es war in den letzten Jahren ein ununterbrochenes Aufreißen und Zuwerfen und immer wieder Aufreißen und immer wieder Zuwerfen gewesen, bis alle Leitungen, die in eine moderne Stadt gehören, endlich untergebracht waren.

Wie manches unschuldige Kind, wie mancher gebrechliche Greis oder Greisin waren dabei zu Schaden gekommen und waren wie reife Pflaumen jach in die Gräben gestürzt. Wie mancher Versonnene, der abends heimkehrte, hat sich in dem Gewirr von Balken, Geräten und Erdwällen verlaufen und wurde dann verhungert oder an Körper und Geist gebrochen aufgefunden.

Ja, das waren immer schlimme Zeiten, an die die Anwohner mit Schrecken zurückdachten.

Und jetzt sollte es wieder losgehen?

Gerade vor der Wohnung von Benders machten die Männer halt. Sie redeten laut durcheinander und gestikulierten wild mit den Armen. Sie konnten nicht darüber einig werden, wo sie sich mit ihrem Kram aufbauen sollten. Erst nachdem sie einige Male mit dem Karren und dem Ofen die Straße auf und ab gefahren waren, entschlossen sie sich für den Platz vor der Wohnung von Benders. Natürlich sah das Herr Bender höchst ungern, er krakeelte in häßlicher Weise im Hause herum.

Eine enorme Truhe ohne jeden Altertumswert, mehrere Kisten, Fässer, schwarz und weiß gestreifte Holzblöcke und zwei Gestelle wie Marterl wurden von den Männern von dem Karren geladen und auf der Straße aufgebaut. Gemächlich, ohne Hast.

Dann wurde aus der Truhe mit der ernsten Gebärde der Tat ein Kochkessel hervorgeholt, unter dem fahrbaren Ofen Feuer gemacht und Kaffee gekocht, den einer der Männer, er schien der Anführer zu sein, jedem in seine emaillierte Blechkanne zuteilte. Pakete in fettigem Zeitungspapier zerklafften zu monumentalen Butterbroten. Man lagerte sich und frühstückte gründlich mit dem heiligen Ernst und Eifer einer rituellen Verrichtung.

Mittlerweile war es halb neun geworden, als man begann, sich entschlossen zu recken und laut von

»anfangen« zu reden. Der Ofen wurde geschürt mit dem Erfolg, daß bald dicke, ätzende Rauchwolken die Straße füllten und in die Häuser drangen.

Vater Benders Stimmung wurde lebensgefährlich.

Die Männer holten die Werkzeuge aus der Truhe und klirrten damit. Die Marterl, auf deren Votivtafel »gesperrt« stand, und die Holzböcke wurden an das Straßenende geschleppt und dort mitten auf dem Fahrdamm aufgestellt. Alles taten die Männer mit großen, wichtigen Gesten, ohne Überstürzung.

Dann erschien plötzlich ein dicker Mann mit einer Beamtenmütze und einer Pelerine. Er zog gleich ein dickes Notizbuch und einen gelben Maßstab hervor und tat sehr wichtig. Mit seinem gebogenen Spazierstock aus Natureiche, den er vorher am Arm eingehakt getragen hatte, zeigte er auf der Straße herum. Auf sein Geheiß wurde dann alles zusammengepackt, auf den Karren geladen, fünf Häuser weitergefahren und dort wieder aufgebaut.

Der dicke Mann leitete den Transport mit Feldherrngebärde, steckte sich, als die Tat geschehen, aus einer zerknüllten Papiertüte eine Zigarre an und ging, einen letzten Blick über die Männer und ihr Gerät werfend, hoch erhobenen Hauptes von dannen.

Die Männer standen beratend zusammen und kritisierten die Anordnung des dicken Mannes mit der Beamtenmütze. Dann wurde der Kaffeekessel aufgesetzt, neue Butterbrotpakete geöffnet und vor allen Dingen mal gründlich gefrühstückt.

Darüber war es halb elf geworden.

Man hatte sich Zeit genommen mit dem Frühstück, aber schließlich hatte man sich gereckt und allen Ernstes wieder von »anfangen« geredet. Die Männer erhoben sich, machten sich an den Werkzeugen zu schaffen, liefen geschäftig hin und her. Die Marterl und die Holzböcke wurden von dort, wohin man sie zuerst hingestellt hatte, fortgeholt und am entgegengesetzten Ende der Straße aufgebaut.

Unbedingt, auf den Männern lag jetzt der Wille zur ernsten Arbeit.

Plötzlich waren sie dann auf einen Zuruf des Anführers zusammengelaufen. Es wurde laut durcheinander geredet, zwischen den Kisten und den Geräten suchend herumgestöbert und immer wieder kopfschüttelnd der Ofen angeschaut. Es schien etwas zu fehlen.

Nach einer Weile begannen die Männer die Werkzeuge in die Truhe zu räumen und die Sachen zusammenzurücken. Nachdem dies geschehen war, zogen sie sich die Röcke an und gingen weg.

An diesem Tage sah man die Männer nicht mehr. Aber die Marterl und die Böcke ließen sie stehen. Der Milchmann, der Eismann, der Biermann, der Bäcker und der Doktor, alle schimpften, daß sie mit ihren Wagen nicht in die Straße fahren konnten.

Vater Bender ging auf der Straße auf und ab und inspizierte racheschnaubend das Gerät der Männer.

Am nächsten Tag in aller Frühe um sechs kündete lautes Stimmengewirr die Rückkehr der Männer an. Zwei Säcke mit Kohlen brachten sie auf dem Karren mit. Die hatte man am Tage vorher vergessen.

Umständlich wurden die Werkzeuge ausgepackt, es wurde gestikuliert und vor allen Dingen gründlich gefrühstückt. Dann wurde von »anfangen« gesprochen, aber nicht so recht Ernst damit gemacht. Man müsse auf den Inspektor warten. Das war der dicke Mann mit dem gelben Maßstab. Gegen zehn Uhr begann es zu regnen. Die Männer zogen ihre Röcke an, räumten die Werkzeuge in die Truhe, stellten das Gerät zusammen und gingen weg.

Es regnete zwei Tage, und die Männer ließen sich nicht sehen. Nur bei Anbruch der Dunkelheit kam ein Mann und stellte eine Laterne auf die Truhe.

Dann eines Morgens wieder in aller Frühe kamen die Männer zurück. Und an diesem Tage sollten die geängstigten und mit Spannung wartenden Anwohner den Zweck und die Absicht der Männer erfahren.

Fässer wurden zerschlagen, aus denen eine zähe schwarze Masse hervorquoll, der Ofen wurde geschürt, ein großer Kessel aufgesetzt und aus der schwarzen Masse ein Brei gekocht. Ein blauer, undurchdringlicher Rauchnebel lag in der Straße. Bei Kuhlenkamps, gegenüber von Benders, erstickten eine alte Frau und ein Dackel. Herr Ignaz Windlicht riet, man müsse Watte essen.

Vater Bender rannte mit dem Gewehr durch das Haus und schrie und schwor, er werde die Männer, einen nach dem andern, abschießen. Und man möge ihn halten. Die Familie zitterte, klammerte sich an ihn und hielt ihn zurück. Es wäre aber nicht nötig gewesen, denn Vater Bender hätte nie geschossen, er war viel zu bang.

Der Männer Zweck und Sinn aber war, die Straße zu teeren. Und sie taten es mit großen Besen und mit unvergleichlichem Ernst. Mancher versuchte, durch einen individuellen Pinselstrich seiner Arbeit eine persönliche Note zu geben. Drei Wochen haben die

Männer an der Straße gestrichen, bis die ganze Straße dalag im Spiegelglanz ihres staubtötenden Teerüberzuges.

Es war sieben Uhr abends, als die Männer fortzogen. Die Straße wurde dem Verkehr übergeben.

Vater Bender, der während der letzten Wochen aus seinem Verdrußkoller nicht herausgekommen war, hatte den Abzug der Männer mit Freuden begrüßt und die Lina weggeschickt, drei Liter Bier zu holen. Sie holte das Bier gleich um die Ecke. Es verging eine Stunde, und die Lina war noch nicht da mit dem Bier. Der Vater wurde ungemütlich. Adam, der Älteste, wurde ausgeschickt, zu schauen, wo die Person bliebe. Auch Adam kam nicht wieder. Das war ja äußerst seltsam. Jetzt mußte das Finchen los, darin der Hubert, der Döres, der Karlemann und schließlich selbst Tante Firlefinzchen. Aber niemand kam zurück. Dann mußte Mutter Bender, die schon im Bett lag, und die Gicht in den Beinen hatte, heraus auf die Jagd nach der Lina. Auch sie kam nicht wieder.

Was ging da vor sich?

Schließlich war es Vater Bender zu dumm geworden. Da mußte er selber mal nachschauen.

Ein entsetzliches Schauspiel bot sich ihm dar. Im fahlgrünen Mondlicht ein Gezappel und Armwerfen von Gestalten, die alle am Boden gebannt schienen. Hilfloses Recken qualvoller Leiber. Unkluge, die die frisch geteerte Straße betreten hatten und wie Fliegen an einer Leimtüte kleben geblieben waren.

Es war ein schauerlicher Anblick.

Seine ganze Familie fand Vater Bender hier, zappelnd, um Hilfe wimmernd. Noch viele Bewohner der Straße waren von dem gleichen Malheur betroffen. Selbst der Revierschutzmann war unter den Geleimten.

Alle Versuche, die Unglücklichen zu befreien, waren erfolglos. Mehreren Festgeklebten hatte man bei den Befreiungsversuchen die Arme ausgerissen.

Schließlich wurde in der Stadtverordneten-Versammlung beschlossen, die armen Menschen absägen zu lassen. Die Arbeit wurde auf dem Submissionswege dem Schreinermeister Klabau übertragen.

Der Fremde wundert sich über die vielen Leute ohne Füße in jener ruhigen, aber geteerten Straße.

Die feine Gesellschaft – die feine Gesellschaft

Das war also die ergötzliche Provinzstadt Stumpfsinnshausen, in der Eusebius Nöll seine juristische Laufbahn als Referendar am Amtsgericht begann. Nach dem bestimmten Entschluß seiner Familie sollte er eigentlich Theologie studieren. Der Urgroßvater, der Großvater und zwei Onkel waren Pastoren. Natürlich lag es nahe und im Sinn der Tradition, daß nun Eusebius ebenfalls Theologe werden sollte. Aber als seine Schwester Dora einen Bankier mit Namen Maurus Isidor Baldower ehelichte, ließ man den Plan fallen, und Eusebius Nöll studierte Jura.

Er bemühte sich nun acht Jahre lang, in die Geheimnisse der Jurisprudenz einzudringen, und nach wiederholten Versuchen ließ ihn ein gütiges Geschick, ein gerissener Nachhilfeassessor und ein wohlwollendes Prüfungskollegium das Referendarexamen bestehen.

Eusebius Nöll hatte sich während seiner Berliner und Münchener Studienepoche im Verkehr mit lokkerem Künstlergesindel und Bohemiens mit ausgefransten Hosen und Maximen, die für einen Absinth feil waren, eine gewisse Respektlosigkeit vor der gesetzten Bürgerlichkeit und der weisen Gesetzmäßigkeit und Ordnung aller Dinge angewöhnt. Er konnte es nicht unterlassen, bei jeder kommenden Gelegenheit Menschen, denen die gesellschaftlichen Bräuche und die bestehende Konvention eine wichtige Sache dünkte, zu verhohnepiepelen und die auf eine unfreie Norm gezwungene Feierlichkeit mit vorgeschriebenen Gesten als läppisches Marionettenspiel zu veralbern. Sagte man von jemand: »Er verkehrt« oder: »Er macht Besuche«, so nannte er ihn einen dressierten Papagei oder einen Fatzke.

Mit dem Tag aber, an welchem er Referendar wurde, änderte er entschieden sofort seine bisherigen destruktiven Anschauungen. Die geschmähte und bisher verachtete gesetzte Bürgerlichkeit, die gesellschaftliche Konvention, die geachtete anerkannte Stellung in der Gesellschaft wurde ihm zum heiligen Gesetz. Er war geschwollen im Gefühl der großen Wichtigkeit und der großen Verantwortung, die auf ihm lag nach seiner Berufung zum Referendar.

Seine Münchener und Berliner Sauffreunde schickten ihm Bierkarten mit Schmähungen und Spott und stießen ihn als größte Schmach aus ihrer Runde aus, als sie von seiner Läuterung und Rückkehr in die gesetzte Bürgerlichkeit erfuhren.

Wie die Wassertropfen an den Federn der Ente abprallen, so prallten die Schmähungen dieser nichtswürdigen Gesellen an Eusebius Nöll ab. Auch wiederholte Briefe eines Wassermädels Zenzi in München und einer Telephonistin Dorchen in Berlin waren ohne Eindruck auf Eusebius. Das waren *tempi passati* für ihn. Gott sei Dank! Sein Ziel war jetzt die gute Partie und die gesellschaftliche Position.

So kam er eines Tages als wohlbestallter Referendar an das Amtsgericht der Provinzstadt Stumpfsinnshausen, wohlversehen mit Empfehlungen seiner theologischen Verwandtschaft an einige wichtige Honoratioren von Stumpfsinnshausen.

Er wußte genau, was er zu tun hatte. Vor allen

Dingen durfte er nicht säumen, sofort bei den Spitzen der Stadt seine Antrittsvisiten zu machen. Die wichtigste Spitze war natürlich der Bürgermeister Emanuel Leberthran. Dann waren da noch andere Spitzen, die auch für Eusebius sehr zu beachten waren, wie der Amtsgerichtsrat Möbus Flöte, der Amtsrichter Streng, der Platzmajor von Schnitzel, der Sanitätsrat Bullemann, der Direktor Schienenstrang von der Lokalbahn, der Notar Finnig, der Rechtsanwalt August Korrupt, der Bankier Moritz Kientopp und noch andere Männer in öffentlichen Ämtern, die als Konnexionen für ihn in Frage kamen.

Eusebius Nöll machte ordnungsgemäß seine Besuche. Wo er auch seine Antrittsvisite machte, immer war der Empfangssalon mit roten Plüschsesseln, mit einem Mahagonitisch, auf dem ein kunstgepunztes Photographiealbum lag, möbliert. Überall mußte er eine Viertelstunde warten. Überall empfing man ihn mit den gleichen Phrasen und neugierigen Fragen. Das fiel ihm auf.

Beim Apotheker, beim Tierarzt, beim Katasterkontrolleur und noch anderen Leuten, die keine Konnexionen für ihn waren, gab er nur die Karte ab.

Es kam die Saison des geselligen Verkehrs. Auf seine Besuche folgten prompt die Einladungen.

Die erste Einladung führte ihn in das Haus des Bürgermeisters Leberthran. Über das Trottoir war ein festlicher roter Makoläufer gelegt für die mit Droschken ankommende Elite. Zwei künstliche Palmen, die versuchten, Bordighera vorzutäuschen, flankierten stimmungsvoll den Eingang. Ein alter Lakai mit einer haarigen, haselnußgroßen Warze auf seiner eingedrückten Tomatennase und in den treuen triefenden Augen den sehnsüchtigen Blick nach dem Taler Trinkgeld, empfing die Gäste. Er nahm ihre Garderobe mit schmutzig-weißen Wollhänden entgegen. Er verstand es, die abgelegten Kleidungsstücke sinnvoll durcheinander zu hängen, Hüte an wildfremde Haken zu stülpen und Gummischuhe zu entpaaren.

An den Wänden eines der hellerleuchteten Festräume verrieten weniger verschossene Stellen auf der Tapete, daß hier sonst, den Umrißsilhouetten nach, Betten, Waschtisch und andere Möbelstücke zu stehen pflegten.

Eusebius Nöll betrat den festlichen Raum mit der Sicherheit eines routinierten Gesellschaftslöwen. Er begrüßte das Ehepaar Leberthran mit einer tiefen Verbeugung und dankte devot für die ehrende Einladung.

»Kennen uns, kennen uns«, sagte die Spitze der Stadt und schlug Eusebius Nöll jovial auf die Schultern. »Ihr Onkel, der Dompropst Meier, hat mir Erfreuliches über Sie gesagt, mein junger Freund!« Eusebius' Onkel hießen Nöll, und beide waren Pastoren. Leberthran hielt ihn für jemand anders.

In das Stimmengewirr hörte man ein fortgesetztes kurzes Klatschen. Das waren drei Einjährige von auswärts, die bei ihren Verbeugungen und wenn sie sich vorstellten krampfhaft die Hacken aneinanderschlugen.

Der Platzmajor, zwei Bezirksleutnants und die drei Einjährigen stachen erfreulich ab von der Eintönigkeit der schwarzbefrackten Zivilisten.

Man ging umher von einem zum andern und stellte sich einander vor, murmelte dabei, niemandem verständlich, seinen Namen. Man hätte gerade so gut einfach: wöwöwö sagen können. Das hätte genügt.

Leute, die sich seit Jahren kannten wie Zwillinge, stellten sich gegenseitig immer wieder aufs neue vor, wo sie sich nur trafen. Das schien in der guten Gesellschaft von Stumpfsinnshausen Sitte zu sein. Das fiel Eusebius Nöll auf.

Das Menü begann in lieber alter Weise mit Bouillon in Tassen mit Markklößchen, dann folgte Rheinsalm mit *sauce hollandaise*, Roastbeef *à la jardinière*, Poularde mit Salat und Kompott, Vanilleeis, diverse Käse, Kaffee, Knallbonbons. An Wein gab es die beliebten Marken »Der Ressource«. Dieses Menü bekam man, wo man auch eingeladen war, mit unerschütterlicher Sicherheit; es war das Normalmenü des einzig maßgebenden Traiteurs der Stadt, der auch den roten Läufer, die künstlichen Palmen und den Lakai mit der Tomatennase mitlieferte. Das Bouillongeschlürfe war fast gerade so interessant und ersetzte fast die quälend beginnende Unterhaltung dieser Gesellschaft, die auf der Wiese der Gemeinplätze graste und den Rheinsalm und den Braten und den Poulardenvogel mit der Brühe langweiliger Phrasen benetzte.

Es lag ein seltsamer Stumpfsinn über dieser Veranstaltung. Das war also die Elite von Stumpfsinnshausen, die Spitzen der Gesellschaft, dachte sich Eusebius Nöll mit einer gewissen Unruhe.

Das seichte Gerede wurde plötzlich unterbrochen von dem als Witzbold bekannten Platzmajor von Schnitzel, der bei keiner Gesellschaft versäumte, in launiger Weise zu konstatieren, daß die anwesende

Gesellschaft die Farben der deutschen Flagge repräsentiere. Denn schwarz die Fräcke! Weiß die Toiletten der Damen! Rot die Aufschläge der Uniformen!

Eine schallende Lachsalve lohnte diese scherzhafte Feststellung des launigen Militärs.

Eusebius Nöll sagte vor sich hin, um den Bann zu brechen, der sich um ihn legte: »Grüne Weihnachten, rote Radler, weiße Pfingsten!« Damit hatte er in ein Wespennest gestoßen. Das war gegen die Regel.

Man äußerte sich allgemein, daß das Benehmen dieses jungen Mannes zu tadeln sei. Der Platzmajor war besonders aufgebracht. Wer war dieser vorlaute Mensch? Als man nun erfuhr, daß es der neue Referendar und der Neffe eines Dompropstes sei, so entging er der Schmach, von dem Tisch gewiesen zu werden. Unerbittlich und streng waren die Regeln hier in dieser Stadt.

Das Gespräch graste nach diesem peinlichen Zwischenfall weiter auf den Wiesen aller Gemeinplätze, ohne von dem Vanilleeis belebt zu werden. Zum Glück war immer der Assessor Herzkirsch zur Stelle, der dem Gerede stets eine neue Wendung zu geben verstand. Für die Gründung eines Tennisklubs machte er Propaganda und erklärte sich für den geeignetsten Arrangeur eines solchen Klubs. Er stellte sich in das beste Licht. An seinem letzten Aufenthaltsort habe ein genial florierender Tennisklub ihm sein Entstehen zu verdanken. Die Idee fand allgemein Anklang. Nun wurde hin und her geredet über die sorgfältige Auswahl der Mitglieder. Es gingen Stimmen, daß man den Tierarzt nicht auffordern dürfe. Manche hatten Bedenken, den Apotheker Albert Rizinus aufzunehmen. Sein Schwiegervater soll früher Bierkutscher gewesen sein.

So hatte man ergiebigen Stoff zur anregenden Plauderei, und man verließ befriedigt das gastliche Haus.

Trotz des Fauxpas wurde Eusebius Nöll fast jeden Abend eingeladen. Überall traf er aber mit einer unheimlichen Konsequenz das gleiche Arrangement, den roten Läufer, die künstlichen Palmen, den alten Lakai, das ewiggleiche Normalmenü des maßgebenden Traiteurs dieser komischen Stadt, welches ihm täglich mehr zuwider wurde, die gleichen Menschen, die sich immer und immer wieder neu vorstellten, die gleiche seichte Unterhaltung, den Witz des Platzmajors und das endlose Geschwätz über die Gründung des Tennisklubs.

Eines Tages wurde der Assessor versetzt. Ohne diese Anregung versiegte der Gesprächsstoff über den Tennisklub, und seichtes Gerede schlich um den Tisch.

Eusebius Nöll abonnierte sich, als Gegengewicht für den Stumpfsinn, der ihn in dieser Stadt umgab, auf den »Simplizissimus«. Auch sah man ihn bisweilen am Büfett des Lokalbahn-Bahnhofes mit dem Schankmädel, einer kleinen Berlinerin, Fiffi Pölsterchen, scherzen.

Natürlich kam das bald heraus, und der Stumpfsinn der feinen Gesellschaft trieb Giftblasen. Frau Oberkontrolleur Heimtück hatte es verbreitet, weil er nur die Karte bei ihnen abgegeben hatte.

Aber da er der Neffe eines Dompropstes war, schimpfte man nur heimlich über ihn. Um den Schein zu wahren und sich seine Karriere nicht zu verderben, folgte er getreulich, wenn zwar mit einem gewissen Widerwillen, noch immer allen Einladungen. Oft war es ihm aber auch so, als ob die Verblödung, eine gewisse Anpassung an das irre Getue dieser Stumpfsinnshausener Elite auch von ihm Besitz nehme. Er ertappte sich unlängst dabei, daß er herzlich bei dem schwarz-weiß-roten Scherz des Platzmajors mitlachte.

Zu seinem Glück bekam er einen Darmkatarrh, er verdankte ihn dem wochenlang täglich gleichen Normalmenü dieses teuflischen Traiteurs. Ein Ekel überkam ihn, und es gärte ihm im Bauch, wenn man von Rheinsalm, Roastbeef und Poularde sprach.

Das war eine Läuterung. Er wurde sich klar, daß er möglichst bald dieses Nest verlassen müsse. Eigentlich waren die Maximen seiner Sturm-und-Drangperiode mit der Verachtung allen gesellschaftlichen Schwindels doch die richtigen.

Eines Tages war Platzmajor von Schnitzel einem Herzschlagerl erlegen, mit ihm der letzte frische Impuls auf den Stumpfsinnshausener Gesellschaften, die nun in riesenhaftem Stumpfsinn dahinschlichen.

Es war Gesellschaft beim Amtsgerichtsrat Möbus Flöte, der am Marktplatz wohnte. Natürlich war alles wie immer, vom roten Läufer ab bis zum Vanilleeis. Aber Eusebius Nöll wollte nicht absagen, da Flöte sein Vorgesetzter war.

Man war bis zur Poularde vorgedrungen, als ein verspäteter Gast, der Direktor Schienenstrang von der Lokalbahn, erregt hereinstürzte, die Fenster aufriß und der aus ihrem Stumpfsinn aufgeschreckten Gesellschaft draußen eine seltsame Erscheinung wies. Auf dem Dache des gegenüberliegenden Berliner Warenhauses war eine Lichtreklame unbemerkt von einem auswärtigen Ingenieur montiert worden. Kein Stumpfsinnshausener hatte je so etwas gesehen. Das war ein Ereignis für die Stadt. Die Gäste bei Flötes drängten sich an den Fenstern und stierten zitternd hinauf, wo am nächtlichen Himmel ein glühender Finger Worte schrieb.

Menschenmassen, selbst Krüppel und Lahme, Greisinnen und Greise, arm und reich, schoben sich auf dem Marktplatz zusammen. Kinder und Foxterrier wurden zertreten. Alle stierten nach dieser Zauberschrift am Himmel, die wie Teufelsspuk über das Dach kroch und ein unlösbares Rätsel war.

Eusebius Nöll blieb unberührt von dieser Aufregung. In der Großstadt machte man sich lächerlich, wenn man zu den Lichtreklamen hinaufschaute. Onkel vom Lande führte man wohl vor diese Reklamen, als billige Unterhaltung.

Eine Unruhe packte auch die Gesellschaft Flötes. Immer wieder lief der eine oder andere an das Fenster und starrte wie gebannt hinüber, wo die Worte Zigarette, Seife und andere Worte in die Nacht schrieen. Keiner fand eine Erklärung. Man grübelte und diskutierte. Alle empfanden eine gewisse Furcht über die unheimliche Sensation.

Plötzlich, um die Mitternachtsstunde, wischte ein unsichtbarer Schwamm die Buchstaben aus.

Mit Grausen und bebenden Beinen flüchteten die Stumpfsinnshausener Bürger in ihre Häuser.

Abend für Abend stand der Marktplatz gedrängt voll Menschen, die hinaufstarrten nach diesem Unerklärlichen. Die Folge zeigte sich bald, die Fälle von Starrkrampf wurden immer häufiger, und es war ein furchtbarer Starrkrampf, der die Köpfe in den Nakken drückte, so daß der Scheitel des Hinterkopfes mit dem Rückgrat einen rechten Winkel bildete. Es hieß, Sanitätsrat Bullemann habe ein Mittel, den Starrkrampf zu lösen. Seine Therapie war folgende: Er pinselte den Hals der Betroffenen mit Jod ein und spritzte mit der Pravazschen Spritze Schmieröl zwischen die Halswirbel. Der Krampf löste sich, und jeder bezahlte gern seine dreißig Mark. Weniger Anklang fand die besonders konstruierte Art von Scheuklappen, die Tierarzt Nüster empfahl.

Aber neben dem Starrkrampf stellte sich noch eine weitere, viel schlimmere Folge ein. Eines Abends blieb das i in den Worten »Zigarette« und »Seife« aus. Das war nun wieder eine ganz neue Sensation, und ganz Stumpfsinnshausen beschäftigte sich mit der Erscheinung, die sie erschreckte und nicht losließ. Nach einer Woche versagten sogar die Vokale in der Feuerschrift gänzlich: Sf, Kgnk, Zgrrn, Zgrtt, Fhrrdr, Krrph, Apllthtr – so schrieb der glühende Finger an den nächtlichen Himmel. Und wie unter einem hypnotischen Zwang, einem kosmischen Muß begannen die Stumpfsinnshausener diese fremden, seltsamen Worte zu buchstabieren. Auf einer Gesellschaft bei Leberthrans fing es dann an: jenes entzückende Scherzspiel, in der Weise der defekten Feuerschrift zu reden. Es brachte anfangs auch eine höchst willkommene und angenehme Abwechselung in die Unterhaltung, aber allmählich wurde aus dem Spiele Ernst, bitterer Ernst. Ein Irres kam über die Leute. In etwa einem Monat sprach man nur noch diese Sprache ohne Vokale, die niemand verstand.

Seitdem meidet die Nachbarschaft Stumpfsinnshausen. Denn Stumpfsinnshausen ist eine Krankheit und steckt an.

Eusebius Nöll übrigens verließ, als der letzte Stumpfsinnshausener dieses unverständliche Suaheli sprach, mit der kleinen Berlinerin vom Bahnhof die Provinzstadt und begab sich nach München.

Herr Durchschuß – mein Todfeind
oder: Wie ich ein Plagiator wurde

Ich mochte früher Herrn Redakteur Durchschuß furchtbar gern. Er schenkte mir bisweilen Freibilletts für Konzerte von blinden Pianisten. Diese Konzerte fanden nie statt, da die Pianisten wegen ihrer Blindheit den Weg zum Konzertsaal nicht fanden. Da konnte Herr Durchschuß nichts dafür. Er meinte es gut. Ich schenke heute solche Freibilletts meiner Waschfrau, die sie ihrerseits bei wohltätigen, frommen, leichtgläubigen Familien mit einem Aufschlag unterbringt.

Durch Herrn Durchschuß, der dank seinem Beruf als Kritiker im Theater die besten Beziehungen hatte, lernte ich die Souffleuse, Fina Baltes, deren Mann Komiker in Elberfeld war und nur gelegentlich herüberkam, kennen. Sie war nicht schön, aber eben vom Theater. Nachher stellte er mir noch eine Choristin mit Brezeln über den Ohren vor, die erwiesen, daß die Trägerin zur Kunst gehörte. Eine Karte für den Abend der Nackttänzerin oder, strenger gesagt, Reformtänzerin hat er mir nicht gegeben. Das sei nichts für mich, ich sei noch zu naiv; ich weiß, er war in allen Wiederholungen, sein Opernglas soll glühend gewesen sein, und doch hat er geschimpft, wie so viele ernste Männer mit Teleskopen, die keine Vorstellung versäumten und schon früh morgens an der Kasse um Plätze in der ersten Reihe schrieen, wie all die Moralisten, die mit Abscheu »Pfui!« sagten und die Zugabe der Tänzerin abwarteten. Das verstimmte mich ein wenig gegen Herrn Durchschuß, daß er mir keine Karte für diese Veranstaltung gab.

Eines Tages traf ich ihn auf der Elektrischen. Er war sehr freundlich und bot mir eine Zigarette an. »Sie sind doch Dichter, Sie haben unbedingt eine Ähnlichkeit mit Frau Marlitt!« Errötend gestand ich, geschmeichelt: »Ga, ga, das steht auch im Kürschner, natürlich nur im Äußern, im Gesichtsschnitt und in der Figur.«

Da er jetzt an der nächsten Haltestelle aussteigen mußte, bat er mich, mit ihm auszusteigen, er habe mir Wichtiges zu sagen. – Ich habe geradeaus, entschuldigte ich mich, aber er zog mich herunter.

»Sehen Sie, da Sie Dichter sind, da Sie ein außergewöhnlicher Künstler sind, möchte ich Sie bitten, uns für unsere Damenspende, die bei unserem Pressefest erscheinen soll, ein Gedicht aus Ihrer poetischen Feder zu widmen.« Das schmeichelnde Gerede übte einen gewissen Einfluß auf mich aus. Sich gedruckt zu sehen in der Damenspende, war auf jeden Fall ehrend. Ich hatte aber keine Ahnung, was das war: Damenspende? … Spamendende? Demdenspane?

Ohne Überlegung sagte ich zu. »In zehn Tagen muß ich es in Händen haben«, bemerkte Herr Durchschuß und glich um ein Haar Napoleon, als er die Schlacht bei Austerlitz befahl.

Am ersten und zweiten Tage war ich noch wohlgemut. »Wirst schon dichten können«, sagte ich, mir Mut machend. Ich murkste herum, fand aber keinen Anfang. Am dritten Tag traf ich Herrn Durchschuß. Ich vermied es peinlich, ihm in die Augen zu sehen. Er hatte mir unbedingt aufgelauert. »Nun, wie steht's mit dem Gedicht?« fragte er; »sieben Tage sind rasch herum.« Dieses Gedicht lag wie ein Alp auf mir. Tag und Nacht schrieb ich Anfänge von Gedichten: Presseball, o große Lust – – Oder: Damenspende, Damenspende, sei gegrüßt! In dieser Art beschrieb ich Bogen auf Bogen, bis ich bis zum Bauch in Makulatur saß.

Der fünfte Tag. Lieber wäre mir schon eine schwere Blinddarmentzündung oder eine Gürtelrose gewesen als die Lausverpflichtung, dieses Gedicht Herrn Durchschuß zu liefern. Durchschuuuß! schnitt es mir durch das Hirn wie mit glühenden Stricknadeln. Ich befahl der Magd, niemandem die Tür zu öffnen; ich wollte das Gedicht erzwingen. Ich riß die Gedichtbände Goethes und Schillers aus dem Bücherschrank. Ja, das waren Gedichte! Ob die wohl alle bekannt waren?

Plötzlich stürzte die Magd herein, es sei jemand da, der mich unbedingt sprechen müsse.

»Ich will niemand sehen!« schrie ich, »ich dichte!«

»Es ist der Geldbriefträger«, sagte die Magd.

»Herein mit ihm, herein mit ihm!«

Der Geldbriefträger trat ein. Entsetzt prallte ich zurück, dieser vermeintliche Geldbriefträger war ja Herr Durchschuß. Weh mir! Herr Durchschuß! »Wie steht es um das Gedicht?« klang es ehern und bestimmt auf mich ein. Ich warf ihm den Sofapuff ins Gesicht, daß sein Kneifer zersplitterte, und sprang zum Fenster hinaus.

Als ich spät in der Nacht betrunken nach Hause kam und mich ermattet ins Bett prallen ließ, wurde ich auf einmal durch ein Geräusch unter meinem Bett aufgeschreckt. Herr Durchschuß, o Schrecken, kroch wie ein Einbrecher unter dem Bett hervor und leuchtete mir mit der Blendlaterne in die entsetzt aufgerissenen Augen: »Haben Sie Ihr Gedicht gemacht? Zwei Tage Frist noch, Unglücklicher! Ich komme wieder.«

Ich rettete mich in den Kleiderschrank und verriegelte ihn von innen. Herr Durchschuß war weg am andern Morgen. Ich frug die Magd, ob sie dichten könne. Sie schaute mich kopfschüttelnd an und ging in die Küche. Ich verbarrikadierte mit allen meinen Möbeln die Tür. Ich mußte einsam sein; Dichter müssen einsam schaffen, die Muse kommt nicht ins Getümmel. Ich vergrub mich in Schiller und Goethe und fand einige gute Gedichte, die wohl so allgemein bei den Leuten nicht bekannt waren. Ob man es riskieren sollte? Auf einmal bewegte sich der Ofen und fiel polternd um. Herr Durchschuß kroch heraus. In der glühenden Asche waren ihm die Füße abgesengt worden. Er war einen Kopf kleiner geworden: »Dichten Sie, dichten Sie, Elender, gedenken Sie Ihrer Ahnfrau, der großen Marlitt!« Herr Durchschuß verschwand mit einem zersetzenden Blick, um sich bei einem Bandagisten neue Füße anmessen zu lassen. Ich fraß vor Verzweiflung den Docht aus der Lampe.

Am Abend besuchte mich meine greise Muhme Brigitte aus Wersten und brachte mir ein Fliegenglas mit zwei Fliegen drin. Ich hatte kalligraphisch ein Gedicht von Goethe auf einen weißen Bogen geschrieben und stolz meinen Namen daruntergesetzt. Ich fragte die Muhme: »Ist das schön? Das ist ein Gedicht, das ich gemacht habe.« Ich errötete nicht. Die Muhme hatte Gott sei Dank die Brille vergessen. Zu meiner Sicherheit bat ich die Muhme, während der

Nacht vor meiner Tür zu wachen und zu bellen, wenn sich irgendein verdächtiges Geräusch hören lassen sollte. Ich klemmte mir zwischen jede Hand und zwischen die Zehen der Füße Brownings. Ich fühlte mich so gefeit. In dieser Nacht geschah nichts; aber die beiden Fliegen waren morgens nicht mehr im Fliegenglas. Mit ihnen war die Muhme verschwunden, bis auf ihr Holzbein, das im Garderobenständer stand.

Der letzte Tag brach an. Heute hatte ich sicher meinen Todfeind Durchschuß zu erwarten, das war das Ende. Da hieß es Vorkehrungen treffen. Ich ließ die Treppe im Hause zusammenreißen, als radikalstes Mittel, mich vor dem Feind zu schützen.

Ich hatte am Eingang des Hauses zwei Tigerfelle aufgebaut, die mir mein Onkel, der Eisverkäufer in Sumatra war, gegen einen alten Gehrock eingetauscht hatte. Sie konnten, geschickt hingelegt, wie echte Bestien wirken, und Herrn Durchschuß, der kurzsichtig war, zurückschrecken. Wie ein Irrer saß ich auf meinem Zimmer und stierte auf das weiße Blatt mit dem schön geschriebenen Gedicht. Ich las es Wort für Wort und meinen Namen am Ende. Ein Hoffnungsstrahl!

Plötzlich schreckte mich das scharfe Geläut der Feuerwehr und das Klatschen von Pferdehufen auf. Herr Durchschuß hatte die Feuerwehr alarmiert! Die Presse hat die Macht. Wenn alle Mittel, die höchsten Mächte, selbst die Polizeistellen versagen, steht die Feuerwehr da, als letzte sichere Hilfe. Das ist ein alter, wahrer Spruch! Ich wandte mich zum Fenster. Im Rahmen des Fensters stand Herr Durchschuß. Mit Hilfe einer Feuerleiter hatte er das Fenster erreicht.

»Das Gedicht, das Gedicht!« klang es wie ein Beilhieb vom Fenster her. »Hier ist's!« Ich nahm das weiße Blatt mit dem schön geschriebenen Gedicht und reichte es frohlockend meinem Feinde hin. Er las mit sonorem Organ:

Über allen Gipfeln
Ist Ruh';
In allen Wipfeln
Spürest du
Kaum einen Hauch;
Die Vöglein schweigen im Walde,
Warte nur, balde
Ruhest du auch.
Hermann Harry Schmitz.

Als Herr Durchschuß meinen Namen las, fiel die Goethebüste von meinem Bücherschrank und zerbrach. Ich erbleichte. Herr Durchschuß ließ das Blatt sinken. Mit der Miene eines Redakteurs, der ein Feuilleton von einem notleidenden Schriftsteller zum Honorarabdruck annimmt, sagte er: »Ist zu brauchen.« Schon war er durch das Fenster über die Feuerleiter verschwunden. In der Nacht hatte ich einen schrecklichen Traum. Die zerbrochenen Gipsstücke der Goethebüste kletterten auf mein Bett und legten sich schwer auf meine Brust. Ich war der Erstickung nah.

Ich schleppte mein böses Gewissen wie einen schmerzhaft schweren, eckigen Rucksack auf heißem, wundem Rücken.

Der Tag des Pressefestes kam heran, mein Gedicht erregte Aufsehen. Dann ging bald eine Unruhe durch die Säle. In Gruppen stand man zusammen, zeigte auf mich und warf mir verdächtige, zweifelnde Blicke zu. »Das ist von Schiller, dies Gedicht«, rief ein alter Herr mit einem langen Bart. »Ja, ja, von Schiller«, riefen die Umstehenden. Von Goethe, meinten einige schüchtern, von Uhland meinte ein Schwabe, von Lenau, von Bierbaum. Ein wirres Durcheinander von Dichternamen. Und wieder der Ruf: »Plagiat!«

Der Tumult wuchs. Ich war entlarvt.

Ich bin auf einen hohen Baum geklettert, wo Stare nisten, und habe ihnen mein Leid geklagt. Nie haben Stare so gelacht.

Der überaus vornehme Friseur

Er hatte einen wohlgepflegten Vollbart und sah aus wie Herr Sudermann.

Er trug immer einen schwarzen Gehrock mit großem Seidenrevers und lange, schmale Lackstiefel.

Er war der erste Friseur der Stadt. Vor seiner Tür hatte er mehrere goldene Wappenschilder mit Keulenmännern, die ein Zeichen dafür waren, daß er schon erlauchte Bartstoppeln beseitigen durfte. Auch besaß er eine Brillantbusennadel: die Initialen des regierenden Fürsten mit der Krone darüber. Mancher höhere Staatsbeamte beneidete ihn um dieses Zeichen allerhöchsten Wohlwollens.

Es gehörte zum guten Ton, sich bei ihm behandeln zu lassen.

In jeder Stadt gibt es sogenannte »First-class-Geschäfte«, die ihren Ruf meist ohne eigenes Verdienst, durch die Suggestion der Tradition zu wahren wissen.

Da haben wir das Herrenmodengeschäft, sprich: »lätest fäschen«, den Schneider, sprich: »täler«, den Schuster, sprich: »buuts«, bei welchem sich der Kavalier, der etwas auf sich hält, zu bedienen hat.

Die exklusive, zurückhaltende Tendenz derartiger Standard-Läden künden schon die Schaufenster.

Liegt in einer großen Auslage aus poliertem Mahagoni lediglich ein zusammengeknülltes Seidentuch, ein Hosenträger, ein seidener Strumpf und eine Glasflasche mit englischen Drops, so befindest du dich vor dem einzigen Ort, wo du als Mann von Geschmack und Distinktion dir deine Krawatten, Unterwäsche und so zu kaufen hast.

Ein einsamer Lackschuh, ein schwarzer Leisten und ein Paar seidene Schuhbänder – nicht zu vergessen, eine Flasche englischer Drops – wahllos in einer Vitrine aus Zitronenholz verstreut, zeigen dir an, daß hier der maßgebende Schuster wohnt.

Bei dem alleinseligmachenden Schneider – ich warne dich indessen inständigst, den Mann jemals so zu nennen – wirst du außer der Flasche Drops nur ein buntes Stück Flanell für eine Weste im Schaufenster finden.

Für die Geschäfte in erstklassiger Damengarderobe gelten die gleichen Grundsätze. So macht auf mich stets das Schaufenster des sogenannten feinsten Damenmodemagazins der Stadt einen großen Eindruck. Auf einem Ständer langweilt sich ein einsamer, uninteressanter Hut, der so angebracht ist, daß man noch gerade ein wenig darunter schauen kann, um das Wort »Paris« zu lesen. Weit und breit sonst nichts in der Auslage oder höchstens nur wieder eine Flasche mit englischen Drops, die in allen Fällen auf harmlose Gemüter unbedingt wirkt. –

Er war also der erste Friseur der Stadt.

Er hielt sich meistens in dem Raum vor dem Rasiersalon auf und machte lediglich in einer herablassenden Form, vorsichtig abwägend, die Honneurs. Vom einfachen Aufgucken von der Zeitung an bis zum eigenhändigen Helfen in den Paletot und Geleiten bis zur Tür zog er in entsprechender Weise, auf jeden Fall individuell zugeschnitten, die Register seiner Höflichkeit.

Letzterwähnte Nuance stellte den Superlativ seiner

Herablassung dar und wurde von ihm nur äußerst selten in Anwendung gebracht.

Hatte jemand keinen klangvollen Namen oder Titel, so kümmerte er sich persönlich gar nicht um ihn. Höchstens, daß er mal flüchtig von der Zeitung aufschaute oder, wenn er besonders gut gelaunt war, die Zigarette einen Moment aus dem Mund nahm. Weiterer Ovationen wurden diese Armen, die von seinen Gehilfen kurzerhand mit »Herr Direktor« angeredet wurden, seinerseits nicht gewürdigt. Das war er seinem Geschäft und seinen anständigen Kunden gegenüber schuldig.

Selbst Leute, die sonst wirklich etwas bedeuten, wie Assessoren, Rechtsanwälte, Amtsrichter, Bankdirektoren grüßte er nur mit einer leichten Verbeugung, indem er mit müder, diskreter Stimme ihren Titel nannte, den, wie ein Echo, seine acht Angestellten in weißen Tropenuniformen laut wiederholten.

Erst vor Uniformen und Regierungsräten ging er aus seiner Reserve heraus, die in eine gewinnende Liebenswürdigkeit ausarten konnte, wenn es sich dann noch um den Träger eines alten, feudalen Namens handelte.

Noch eine wohlüberlegte Höflichkeitsnote war die: ostentativ herbeizueilen, um jemand beim Anziehen des Paletots behilflich zu sein, es indessen mit mathematischer Sicherheit stets so einzurichten, daß er zu spät kam und den Betreffenden erst erreichte, wenn dieser seinen Mantel schon anhatte.

Einen gewissen, ehrlichen Respekt hatte er vor anerkannt schwerreichen Leuten, die selbst von den Offizieren zuerst gegrüßt wurden, vor Leuten mit furchtbar vielen Nullen, die im Auto vor seinem Geschäft vorknatterten und deren Persianerpelze seinen Garderobeständer demütig erzittern ließen. –

Ich hatte eine ganz unbegrenzte Devotion, eine fast religiöse Hochachtung vor diesem Manne, dem ich, kein Träger eines besonders exklusiven Namens und ohne viele Nullen, nicht das geringste Interesse einflößte. Ich mußte zufrieden sein, überhaupt in seinem Salon verkehren zu dürfen.

Die geistreichen, schöngeistigen Philosopheme eines Freundes, der für Wilde und Brummel schwärmte, glatt rasiert war, den Zeigefinger mit einem großen Topasring aus dem *Cinquecento* geschmückt hatte und in einer fast krankhaften Weise überall den Dandy witterte, hatten noch das ihrige getan, meinen Respekt vor dem vornehmen Friseur in das Unangemessene wachsen zu lassen.

»Schau dir nur diesen Mann an«, hatte mein Freund gesagt, »diese ruhige Eleganz, diese fast raffinierte Einfachheit seiner Erscheinung, kein Detail unterstrichen, alles auf die Gesamtwirkung berechnet, auf eine Harmonie von Nuancen und Linien. Sein distinguiertes, abgemessenes Benehmen. Seine vornehme Ruhe.«

Weil mein Freund viel klüger war als ich, dieses auch durch einen akademischen Grad bewiesen hatte, so gab ich ihm rückhaltlos recht.

»Ich bin sicher, dieser Mann hat sich das außergewöhnliche Milieu dieses Friseurladens als bewußte, ganz raffinierte *mise en scène* seiner Person ausgewählt.«

Schon der Alte hatte den Laden gehabt, dachte ich mir, sagte es aber nicht.

»Hast du beobachtet, wie er wirkt, gegen die hohen, innen mit Samt ausgeschlagenen, strengen Glasschränke aus poliertem Holz mit goldenen Empireemblemen? Gegen die ihres Wertes sich sehr bewußten Kristallflakons, die in vornehm großen Abständen in diesen Schränken stehen? Könnte er im roten Jagdfrack auf einem Vollblutpferd, im grauen Gehrock eine elegante Mailcoach lenkend, im schwarzen Frack, eine seltene Orchidee angesteckt, auf dem Fest einer Herzogin im weißen Tennisdreß, das Rakett schwingend, eine bessere Figur abgeben?«

Dann hatte er, hingerissen von seiner Begeisterung, enthusiastisch ausgerufen: »Dieser Mann befindet sich hier in diesem Rasiersalon lediglich einer Laune, einer satanistischen Lust willen, als Sammler und Liebhaber menschlicher Farcen. Er will die Menschen studieren, in ihrem jämmerlichen Naturzustand, ohne Maske, ohne Aufmachung, wenn sie sich wie hier auf Gnade und Ungnade anderen in die Hände geben. Liegt nicht ein eigentümlicher Reiz darin, Autoritäten in würdelosen, beschämenden, nivellierenden Situationen zu sehen? Ehrwürdige, ernste Männer in weiten weißen Mänteln, die ihnen etwas von einer französischen Amme geben!«

Mein Freund mochte wohl recht haben mit dieser neuen Hypothese. In der Tat, es war eine eigenartige Sensation, sich auszumalen:

Goethe beim Friseur, halb eingeseift, den Kopf krampfhaft zurückgebeugt, die edle Nase in den Händen des Friseurgehilfen, bittend, man möge ihn nicht gegen den Strich rasieren. Oder den Turnvater Jahn, der sich aus seinem langen Liebegottbart einen Kranzbart schneiden lassen will und den Schnurrbart englisch zustutzen läßt. Oder Schleiermacher, der peinlich darüber wacht, daß man ihm den Scheitel durchzieht und mit Pomade festlegt. Oder Kant, der sich Koteletten und eine Fliege wachsen lassen will. Oder Friedrich Rückert, der etwas gegen seine Schuppen tun will!

Von der Fülle der sich häufenden Gesichtspunkte war ich völlig konfus geworden.

Auf jeden Fall aber hatten die Anregungen meines Freundes so auf mich gewirkt, daß ich den vornehmen Friseur fast wie ein höheres Wesen betrachtete. Mit heiligem Schaudern betrat ich sein Geschäft und drückte mich ganz klein und bescheiden, mit einer tiefen Verbeugung scheu an ihm vorbei.

Einen ähnlichen, nicht ganz so ausgesprochenen Respekt habe ich nur noch vor Oberkellnern und Portiers großer internationaler Hotels, vor Müttern mit heiratsfähigen Töchtern, vor Bezirksfeldwebeln, vor satisfaktionsfähigen Ehemännern hübscher Frauen und vor Zollkontrolleuren. –

Dann geschah eines Tages das Furchtbare.

Ich hatte sämtliche acht Gehilfen beschäftigt vorgefunden und mich still in dem letzten leeren Rasiersessel mit einer sehr zerlesenen Nummer einer illustrierten Wochenschrift aufgebaut und mit dem denkbar größten Interesse eine darin abgebildete gräfliche Hochzeitsgesellschaft beguckt, deren Namen von links nach rechts zu lesen waren, als ich plötzlich jemanden hinter mich treten fühlte, einen weißen Frisiermantel umgehängt bekam und aufschauend im Spiegel voller Grauen und Entsetzen den vornehmen Friseur in eigener Person erblickte, wie er sich anschickte, selbst Hand an mich zu legen.

Der Angstschweiß trat mir auf die Stirn. Ich wollte abwehren und sagen, ich könnte warten, Stunden, Tage, Wochen, Monate, er möchte sich nicht profanieren. Meine Kehle war wie zusammengeschnürt, die Zunge klebte mir am Gaumen. Ich brachte kein Wort heraus.

Die heiligen Hände seiften mich ein, rasierten mich, auch gegen den Strich, was ich gar nicht vertragen konnte; ich wagte nicht, mich zu mucksen. Dann wurde mir der Bart geschnitten, wie ich ihn absolut nicht mochte. Brillantine, Öl, Pomade wurde mir überall hingeschmiert. Das Kopfhaar wurde gestutzt zu einer Frisur, die ich verabscheute. Ich wurde schamponiert, mit Bay-Rum, Eiswasser, Birkenbalsam gewaschen, mit Sachen, bei deren Geruch es mir immer gleich schlecht wurde. Eine Flasche nach der anderen entkorkten die weißen Hände, versahen sie mit meinem Namen und stellten sie in ein Gefach.

Es rang und kämpfte in mir. Ich wollte etwas sagen: mein Idol anflehen, die Hände von mir zu lassen, auf sein Piedestal erhabener Göttlichkeit zurückzukehren. Nur ein ohnmächtiges Keuchen brachte ich hervor.

Furchtbar arbeitete es in meinem Inneren. Mein Brustkorb erweiterte sich. Die Rippen bogen sich gerade, so daß ich ausschaute wie ein Christbaum oder ein Garderobeständer. Meine Ohren fransten aus. Die Knöpfe an meinem Anzug zerflossen zu einer übelriechenden Masse. Mein Schirm sprang mit einem schrecklichen Satz aus dem Schirmständer in das Zimmer, spannte sich von selbst auf und flog wehklagend, wie ein gespenstiger Vogel, durch den Raum.

Alle übrigen Anwesenden: Gehilfen und Kunden waren längst über alle Berge. Erst hatten sie starr vor Staunen dem Unerhörten zugeschaut, als der vornehme Friseur an meinen Stuhl getreten war; als er aber begonnen hatte, ernst zu machen, waren alle Hals über Kopf voll namenlosen Entsetzens weggestürzt. Nur ein alter Geheimrat, der in der ersten Aufregung auf den brennenden Ofen geklettert war, war übriggeblieben. Er klebte an der heißen Ofenplatte fest und ließ sich bräunen, brutzelte gar lustig, wie ein Bratapfel.

Der ganze Laden revoltierte. Alles ging drunter und drüber.

Flaschen platzten mit lautem Knall, ihr Inhalt verfärbte sich, verdickte sich dann zu einem zähen Brei, aus welchem behaglich feixende Mehlwürmer krochen. Von den Spiegeln lief das Quecksilber in Bächen herunter; fußhoch stand es bereits im Zimmer. Mein weicher Hut verwandelte sich in einen steifen Hut, der anschwoll, platzte und als flügellahme Fledermaus ungeschickt herumflatterte.

Alles um mich begann sich zu drehen. Ich wurde durch die Schaufenster auf die Straße geschleudert. Die Häuser spuckten ihre Fenster auf das Pflaster. Kometen schleppten ihre Schweife durch die Straßen, wirbelten einen tollen Staub auf, verhedderten sich in Stakets und rissen sich die Stoßlitze ab. Elektrische Straßenbahnwagen liefen verwirrt über Straßen, wo keine Schienen lagen, und versuchten sich voller Angst in Hauseingänge zu flüchten. – –

Da traf mich, Gott sci Dank, dcr Schlag.*

---

* *Fußnote für Leser mit gesundem Menschenverstand:* Es kann mir, weiß Gott, angesichts eines derartigen Tohuwabohus von schrecklichen Ereignissen kein Mensch verübeln, wenn ich es vorzog, mich weiteren Komplikationen durch einen schmerzlosen Tod zu entziehen.

Von Menschen und Tieren

Der Tierfreund

Möbus Enterich hatte schon in seiner Jugend eine ausgesprochene Vorliebe für Tiere. Tiere waren ihm lieber als Menschen, sogar lieber als Eltern und Geschwister.

Das erste Tier, das ihn besonders fesselte, war der Mehlwurm. Der Gärtner Felix Grassam von nebenan beschäftigte sich neben seinem Gewerbe noch mit der Vogelzucht. Als besondere Leckerbissen für seine Vögel zog er in mit Kleie gefüllten Kisten Mehlwürmer. Möbus, der sich viel bei dem Gärtner herumtrieb, interessierte sich ungemein für diese Tiere, die erst Würmer waren, dann eines Tages kleine, weiße Dinger wie Bonbons und schließlich über Nacht braune Käfer wurden wie durch eine Zauberei. Das war ihm unerklärlich und beunruhigte ihn maßlos. Der Gärtner sagte, das täten die Mehlwürmer immer, vielleicht weil sie sich langweilten, die weißen Bonbons nenne man Puppen. Vater und Mutter Enterich waren ungehalten und verboten ihm, sich mit solchen häßlichen Tieren zu beschäftigen. Die Tante Pöpel sagte, so was: einmal Wurm, einmal Käfer, das sei gelogen und Lügen sei eine Sünde. Man schenkte Möbus ein kleines aus Holz gemachtes, mit weißer Watte beklebtes Schäfchen, das auf einem grünen Brett mit vier Rädchen lief und, wenn man am Schwanz zog, mäh, mäh hören ließ. Das Schäfchen war Möbus von vornherein schon zu dumm und zu langweilig.

Eines Tages bekam er vom Gärtner Grassam auf fortwährendes Bitten und zehn Zigarren, die er dem Vater gemopst hatte, eine Zigarrenkiste mit Kleie gefüllt, in der 78 fette Mehlwürmer es sich gut sein ließen. Er stellte die Kiste unter sein Bett. Die Mehlwürmer veränderten sich, wie beim Gärtner. Möbus hatte sie am liebsten als Würmer. Es wurden immer mehr. Eines Tages lief die Kiste über. Möbus wußte sich zu helfen und richtete in der Kommode mittels Kleie eine Stätte für die zweite Partie Mehlwürmer ein. Die Eltern hatten noch nichts gemerkt. Nur ab und zu trat man auf einen Mehlwurm, der seinem Kleieasyl entschlüpft war. Tante Pöpel glitschte auf einem Mehlwurm aus und verrenkte sich das Bein. Der Vater sagte, eine Apfelsinenschale wäre der Grund gewesen.

Möbus durfte mit den Eltern auf acht Wochen zur Sommerfrische in die Eifel gehen. Er versorgte vor der Reise seine Mehlwürmer mit neuer Kleie. Komisch, es wurden immer mehr. In der mit Kleie gefüllten Botanisiertrommel nahm er 210 der lieben Tierchen heimlich mit. Neben dem Gasthaus von Jupp Finger, wo die Familie Enterich abgestiegen war, befand sich ein Tümpel. Hier machte Möbus zum ersten Mal Bekanntschaft mit Kaulquappen. In einem Einmachglas brachte er eine Faust voll dieser lustigen Wackelschwänze in das Gasthaus. Heimlich stellte er sie in den Nachtschrank.

Bei Tisch gab es einen großen Krach. In der Suppe fand Postsekretär Stempeltupf fünf Mehlwürmer. Der Wirt Finger blieb dabei, es wären dicke Nudeln, nahm aber die Suppe zurück und brachte andere Suppe. Möbus nahm sein Taschentuch hervor, um dahinter zu lachen. Er dachte nicht daran, daß er eine Hand voll Mehlwürmer in der Tasche hatte und einige Kaulquappen. Die Tiere fielen mit dem Taschentuch heraus und verstreuten sich über den Tisch. Nie ist Möbus so verhauen worden. Man inspizierte das Zimmer, wo er schlief, und fand überall, in allen Ecken Mehlwürmer und kleine Frösche, die zum Erstaunen von Möbus aus den Kaulquappen in unglaublicher Weise entstanden waren. Wieder Tiere, die immer was anderes wurden.

Enterichs mußten am gleichen Tage unter Verfluchung der Wirtsleute und der anderen Gäste ausziehen. Für die Beseitigung des Ungeziefers waren 150 Mark mehr zu bezahlen. Möbus wurde nochmals schwer verhauen. Als Enterichs nach ermüdender Fahrt, verärgert durch die Schererei in der Eifel, nach Hause kamen und im Hausgang, in allen Zimmern, auf der Treppe, im Klavier, in den Betten, in der Küche, in den Kochtöpfen, im Nähtisch Tausende von Mehlwürmern fanden, die stellenweise fußhoch lagen, erhielt der Tierfreund Möbus wieder Hiebe, wie nie zuvor. Die Mehlwürmer hatten sich irrsinnig vermehrt. 30 Kammerjäger kämpften drei Wochen mit den Würmern. 70 Pferdekarren voll wurden weggeschafft und in ein leeres Bergwerk geschüttet.

Möbus kam sofort in eine strenge Erziehungsanstalt. Aber seine Vorliebe für Tiere ließ sich nicht austreiben. Immer trug er heimlich einen Frosch oder eine weiße Maus oder ein Rotkehlchen oder eine Kreuzotter oder eine Fledermaus oder eine Hornisse in der Tasche. Nun biß ihn eines Tages eine Viper, die er bei sich trug, und eine schmerzhafte Operation war die Folge. Für kleines Getier verlor er mit der Zeit die Lust und warf sich mit verstärktem Interesse auf größere Tiere, wie Katzen, Hunde, Enten, Truthähne und Hühner.

Als er seine Studien beendigt hatte, schickte ihn sein Vater zur Ausbildung nach London in das große Bankgeschäft Waterproof Sons Ltd. Die Engländer nannten ihn Möubes Entereitsch. Seine Vorliebe für Tiere war die gleiche geblieben. Er brachte fünfzehn Hühner, zwei Hähne, einen Truthahn, fünf Enten, zwei Doggen und einen Kater nebst Katze, in großen Körben verpackt, mit. Er fand in der Cobbler Street eine Wohnung mit drei Zimmern und großem Balkon auf der vierten Etage. Der Balkon war gerade recht für seine Tiere. Unbemerkt von dem Hauswirt Mr. Potatoe gelangte Möbus mit seiner Menagerie in die vierte Etage. Er installierte die Hühner, den Truthahn und die Enten auf dem Balkon und gab ihnen ihr Futter. Die Katzen und die Doggen ließ er in der Wohnung. Schon in der ersten Nacht brach das Federvieh, ungewohnt der neuen Aufbewahrung, in ein kakophonisches Konzert aus. Ein jedes klagend in seiner Art. Die Doggen begannen im Zimmer zu kläffen, der Kater sang sein Liebeslied. Fenster wurden allenthalben aufgerissen, und irgendwo fiel ein Schuß, der ein Fenster der vierten Etage zerschmetterte. Möbus sah die Gefahr für seine Lieblinge. Schimpfworte, Drohungen, Rufe nach dem Policeman schallten durch die Straße. Möbus jagte das Geflügel in sein Schlafzimmer. Mr. Potatoe beschwerte sich schon früh am nächsten Morgen über diese Störung und drohte, wenn die Tiere nicht abgeschafft würden, den neuen Mieter samt seinem Viehzeug zu exmittieren. Möbus steckte die Hühner und die Enten in den Kleiderschrank, den Truthahn, die Doggen und die Katzen in große Rohrplattenkoffer. Mr. Potatoe, der am Abend revidierte, ob das Viehzeug weg sei, war befriedigt von dem Befund. An den Kleiderschrank und die Rohrplattenkoffer im Schlafzimmer dachte er nicht. Möbus ließ in der Nacht aus Mitleid und Tierliebe die sehr verdrückten Hühner und Enten auf den Balkon an die frische Luft. Ein Huhn hatte ihm in seine Fracktasche ein Ei gelegt. Natürlich erhoben die Freigelassenen sofort ein gellendes, durch die Nacht schneidendes Geschnatter und Gegacker um die Wette. Allgemeiner Protest. Aufgerissene Fenster. Ein Hagel von Browningschüssen durchbohrte von allen Seiten das Federvieh auf dem Balkon. Mr. Potatoe schlug mit einem Beil die Tür ein. Nur eine tätige Henne, die schnell ins Zimmer gelaufen war, um noch ein Ei vor ihrem Tode zu legen, war seltsamerweise verschont geblieben. Möbus öffnete die Rohrplattenkoffer. Der Truthahn lief, beide Katzen eingekrallt auf dem Rücken, schleunigst auf den Balkon, machte einen Hupser und sprang über das Gitter von der vierten Etage hinunter auf die Straße. Er vergaß, daß er nicht fliegen konnte, und zerschellte. Die Katzen verschwanden im Kellerloch. Die treuen Doggen bissen den Hauswirt ins Bein, er erschlug sie mit dem Beil. Möbus Enterich saß in der Sofaecke und weinte über das Unglück und den Verlust seiner Lieblinge.

Am nächsten Tage zog er aus.

Er stürzte sich, um die Tiere zu vergessen, in seine Arbeit bei Waterproof Sons Ltd. Das einzige Tier, das er bei sich führte, war ein Dackel. Hunde waren seine unbedingte, ausgesprochene Liebhaberei geworden. So einen wertvollen, unbezahlbaren Rassehund zu besitzen, war sein sehnlichster Wunsch.

Er spekulierte, wie alle Angestellten der Bank Waterproof Sons Ltd., an der Börse. Eines Tages leuchtete ihm das Glück. Durch seine Gold-Shares gewann er 60 000 Pfund. Er war auf einmal ein reicher Mann geworden. Jetzt konnte er seiner Hundeliebhaberei nach Herzenslust nachgehen. Er kaufte sich eine an der Themse gelegene Villa.

Auf einer Hundeauktion in Birmingham, wo die wertvollsten Hunde zum Verkauf standen, erwarb er den kostbarsten Hund, der je auf dem Markt war. In allen Almanachen edler Hunde stand an erster Stelle King Bell M. P. Wau-Wau Caro N. L. A. 769, nachgewiesen der längste und krummbeinigste Dackel, der je lebte. Der Stammbaum dieses fabelhaften Dakkels war bis in das Jahr 1066 zurückzuführen, wo sein Ahn als steter Begleiter Wilhelms des Eroberers die Schlacht bei Hastings mitgemacht hatte. King Bell war so lang, daß sein Vorübergehen eine halbe Stunde dauerte.

Und diesen einzigen Dackel erwarb Möbus Enterich für 10 000 Pfund. Die kynologischen Fachblätter, selbst die kleinsten Tageblätter, brachten spaltenlange Artikel über King Bell M. P. Wau-Wau Caro N. L. A. 769 und seinen Käufer. Möbus' Photographie, an der Seite den berühmten Dackel, fand man in allen Dog-Observers und Magazinen. Hundeliebhaber kamen in Mengen, um den Hund zu sehen. Aber es war so schwer wie eine Audienz am Hofe, bei dem Dackel vorgelassen zu werden.

Möbus vergötterte den Dackel. Er engagierte einen Pariser Spezialkoch für die Verpflegung des vornehmen Hundes. Zwei Boys leisteten dem Dackel fortgesetzt Gesellschaft, sie bekamen, wie der Koch, Ministergehälter. Eines Tages fühlte sich King Bell M. P. WauWau Caro N. L. A. 769 nicht ganz wohl, er ließ die Portion gebackener Austern stehen. Möbus war sehr besorgt. Der erste Tierarzt Englands, Mr. Pain Expeller P. C. C., wurde per Kabel herbeigerufen. Er machte ein ernstes Gesicht und hielt es für richtig, die Nacht am Lager des Dackels zu wachen. Möbus befand sich in einer entsetzlichen Angst. Daß er nicht daran gedacht hatte, dem wertvollen Hund von Anfang an einen Leibarzt zu bestellen! Er schlug der Tierheilautorität vor, für ein Gehalt von 4000 Pfund pro Monat dieses verantwortungsvolle Amt zu übernehmen. Mr. Pain Expeller P. C. C. nahm das Anerbieten an, forderte aber 5000 Pfund, die ihm auch bewilligt wurden. Aber trotz der 5000 Pfund war King Bell M. P. Wau-Wau Caro N. L. A. 769 nicht zu bewegen, die gebackenen Austern, selbst in einer Tunke von Salanganennestern, zu sich zu nehmen.

Möbus war in größter Sorge. Als der Zustand des Hundes immer bedenklicher wurde, kam Mr. Pain Expeller P. C. C. auf die Idee, französischen Champagner, die teuerste Sorte, die die Witwe Cliquot im Keller hatte, mit Dottern von Kiebitzeiern zu quirlen. Das schlürfte der feine Rassehund mit Behagen. Das wurde jetzt seine regelmäßige Nahrung. Möbus, erfreut über den wieder gekommenen Appetit seines Dackels, verlieh dem Tierarzt eine Extragratifikation von 3000 Pfund.

Eines Tages bemerkte man, daß der Hund immer größere Portionen der exquisiten Suppe verlangte und nach dem Genuß dieser doppelten, dreifachen Portionen ausgelassen herumsprang, was sonst seiner vornehmen Art nicht eigen war. Nach vier Monaten zeigte er alle Zeichen eines ausgesprochenen Deliriums. Sein Huschen unter die Schränke, sein wildes Hin- und Herjagen, als ob er etwas fangen wolle, verriet dem berühmten, sich nie täuschenden Arzt Mr. Pain Expeller P. C. C, daß der Hund weiße Mäuse sah.

Das war ein schlimmer Schlag für Möbus, als der Tierarzt ihm das Schreckliche eröffnete. Sein ruhiger vornehmer Hund von altem Adel hatte das Delirium, stellte sich auf den Kopf, biß sich in den Schwanz und raste umeinand, fuhr Schlitten über die Smyrnas. Was tun? Schon hatte Mr. Pain Expeller P. C. C. einen trefflichen Einfall. Er kannte in Moskau eine bewährte Anstalt, die speziell wegen ihrer heilsamen Kuren bei Delirium weltbekannt war. Nichts war Möbus zuviel. Im Extradampfer, im Extrasalonwagen, begleitet von Mr. Pain Expeller P. C. C, den beiden Boys und dem Pariser Koch, ging die Reise nach Moskau. Für die Heilung seines unersetzlichen Hundes gab Möbus die letzten Reste seines Vermögens.

Der berühmte Professor Fedorowitsch Wutki Rumfutsch in Moskau nahm den Dackel King Bell M. P. Wau-Wau Caro N. L. A. 769 gegen einen entsprechenden Vorschuß in seine Delirium-Abteilung auf. Zwei Monate befand sich King Bell M. P. Wau-Wau Caro N. L. A. 769 in der Behandlung des berühmten Spezialisten. Aber täglich wurde sein Zustand schlimmer, er lief bereits an den Wänden hinauf. Eines Morgens war er tot. Das war für Möbus der schlimmste Schlag seines Lebens. Schweren Herzens, um seinem Liebling stets nahe zu sein, ließ er sich aus dem Fell eine Pelzmütze machen. Der Körper wurde in Spiritus gesetzt und dem Britischen Museum gestiftet.

Der Kontoauszug der Bank wies noch einen Kredit von zwei Pfund aus.

Ein seinem verstorbenen Dackel entfernt ähnlicher Hund, den Möbus auf der Straße zu streicheln versuchte, biß ihn in die Hand. Möbus starb an diesem Biß. Der Hund hatte die Tollwut.

Die vierbeinige Gefahr

Herr, die Not ist groß!
Die ich rief, die Geister,
Werd' ich nun nicht los –

klagt Goethes Zauberlehrling, klagten die Menschen, als sie sich bewußt wurden, was sie mit der Erziehung der Pferde zu denkenden Wesen angerichtet hatten.

Das intellektuelle Pferd, dessen Denken der ahnungslose Mensch durch harmlose Zahlen- und Buchstabenexperimente weckte, wurde in seiner unaufhaltsam fortschreitenden, starken geistigen Entwicklung von Generation zu Generation ein schwerwiegender Faktor, der sich eines Tages riesengroß und unerbittlich in die überlieferten Institutionen der Menschen schob. »Gleiches Recht für Pferd und Mensch!« »Was dem Menschen recht, ist dem Pferde billig!« Mit dieser Forderung, mit diesem Schlagwort traten die intellektuellen Pferde aus ihrer tierischen Reserve an die Menschheit heran. Sie verlangten Aufnahme in das Staatswesen und in die Gesellschaft als vollwertige Bürger.

Es wurde ein Zentral-Komitee mit dem Sitz in Elberfeld gebildet. Von hier ging eine eindringliche, wohlorganisierte Propaganda aus, die einen Zusammenschluß aller gleichgesinnten Pferde und eine einheitliche Stellungnahme in dieser so wichtigen Existenzfrage erstrebte.

Die überwiegende Mehrzahl der Pferde trat der Emanzipationsbewegung bei.

Nur eine geringe Anzahl geistig schwach entwikkelter Pferde ohne Freiheitsgefühl und fortschrittliches Interesse kümmerte sich nicht um die Evolutionen einer neuen Zeit.

Die intellektuellen, positiven Massen sammelten sich im festen Bestreben, unter allen Umständen und mit der größten Energie den Menschen gegenüber ihre Ansprüche auf Gleichberechtigung und Menschenrecht durchzusetzen.

Man tat alles, was dem förderlich war.

Vereine wurden gegründet. Politische Stammtische entstanden. Zeitungen und Flugblätter kündeten die Maximen des Zentral-Komitees.

Delegierte wurden gewählt, die auf den regelmäßig stattfindenden Versammlungen in Elberfeld die Interessen ihrer beauftragten Verbände zu vertreten hatten.

Nicht alle Pferde standen auf dem gleichen Niveau der Bildung, es war genau wie bei den Menschen. Namentlich haperte es bei vielen Pferden noch bedenklich mit der Sprache. Klar und deutlich sprachen im Grunde nur wenige. Bei den meisten kamen die Sprachlaute grölend und unrein wie die Stimme eines ausgesungenen alten Komikers. Man gewöhnte sich aber auch an dieses unharmonische und unfertige Sprechen, welches dem bisherigen umständlichen Hufklopfsystem, das dem Pferde als erste Äußerung des Intellektes von den Menschen beigebracht worden, unbedingt vorzuziehen war. Es gab noch derartige, weniger begabte Pferde, die zum Ausdruck ihrer Gedanken auf die überholte Klopfmanier angewiesen waren und stets ihre Zahlen- und Buchstabenbretter wie Notenmappen umhängen hatten.

Mit diesem Mangel mußten sie natürlich hinter die sprechenden Pferde zurücktreten. Die meisten aber waren bemüht, sich mit der Kunst des Sprechens vertraut zu machen, und besuchten die mittwochs und samstags bei einer gebildeten Stute stattfindenden Sprachkurse. Dort nahm das bildungsbeflissene Pferd auch seine Klavierstunden.

Der große Tag kam, der Tag des großen Pferde-Things in Elberfeld.

Alle Rassen vom edelsten Vollblüter an bis zum Pferde gemeinen Schlages waren vertreten.

Dort standen in einer Gruppe mehrere englische Vollblüter, glatt rasiert, nach der letzten Mode der Bond Street gekleidet, mit kurz zugestutzten Mähnen, und mokierten sich in unterstrichen arroganter Weise über andere, nicht so gut gekleidete Pferde. Trakehner mit dicken Upman-Zigarren zwischen den Zähnen, mit eleganten Bügelfalten und lackierten Hufen, Schweif und Mähnen mit Kosmetik steil aufrecht »es ist erreicht« gekämmt, benahmen sich höchst anmaßend und warteten, daß sie von den anderen Pferden zuerst gegrüßt würden. Sie machten sich laut und unanständig lustig über eine Gruppe biederer Oldenburger Pferde in Landestracht und mit qualmenden Pfeifen. Ein Orlow-Traber mit weißer Weste und einem Kneifer lief geschäftig umher und stellte sich überall vor. Einige abseits stehende Pferde kratzten sich fortgesetzt unruhig mit den Hufen; es waren sogenannte Jucker. Sie standen ziemlich isoliert; man mied sie und rückte ab. Belgische Kaltblüter stellten sich breitbeinig überall in den Weg; einige repetierten für sich aus dem Sprachführer. Einen betrüblichen Eindruck machte eine Anzahl klapperiger, rassenloser Gäule, die wie schiefe Holzgestelle, mit durchgedrückten Knien und hängenden Köpfen im Gefühl der Nichtigkeit herumstanden. Dazu trugen sie noch jene lieben Sonnenstrohhüte, die der Mensch in seiner Güte, als Auftakt einer kulturgemäßen, fortschrittlichen Bekleidung, den Droschkengäulen einst gestiftet hatte. Korpulente Ardenner, an den Uhrketten schwere goldene Berlockes, schäkerten mit niedlichen, schicken, lokkeren Ponystuten, deren Mähnen zu lustigen Löcklein und deren Schweife zu graziösen Pleureusen frisiert waren; sie trugen Ledertäschchen bei sich. Diese entzückenden Geschöpfe waren wohl kaum aus politischen Gründen zum Meeting gekommen. Ein vierschrötiger Ardenner, der nach Kognak roch, mußte wohl einen anzüglichen Witz gemacht haben, die Ponys kicherten in ihre Taschentücher und platzten schließlich laut heraus. Ein Pony verlor Haarnadeln.

Ein Hunter, der übelgelaunt in der Nähe stand, schüttelte mißbilligend den Kopf. Er war verdrossen, daß er so allein war und die Ponys auf sein Augengeblinzel nicht reagierten. Er grub ärgerlich seine Hufe in die Taschen seines Paletots.

Mehrere frauenrechtlerische Stuten in Reformkleidung waren auch erschienen. Sie trugen die Mähnen zu Brezeln geflochten über den Ohren.

Den sprachunkundigen oder unsicheren Pferden, die sich zur Vorsicht ihre Zahlen- und Buchstabenklopfbretter mitgebracht hatten war es im Grunde peinlich, und sie wurden rot, wenn man sie fixierte. Ja, ja, Nichtwissen ist beschämend.

Das Durcheinander von Stimmen, Scharren und Klopfen, von gelegentlichem atavistischem Wiehern, das Gekicher der losen Ponys wurde plötzlich von einem gellenden Trompetenstoß, den dreißig als Herolde verkleidete Karrenpferde von sich gaben, unterbrochen.

Füllen, in der Uniform von roten Radlern, drangen in die Menge ein und forderten auf, die Plätze in der riesigen Thinghalle, die einst als Luftschiffhalle diente, einzunehmen.

Ein Schieben und Stoßen und gegenseitiges Auf-die-Hufe-Treten begann. Namentlich am Eingange war das Gedränge fast lebensgefährlich. Einer frauenrechtlerischen Stute trat man die Stoßlitze vom Kleid. Einem Ardenner stahl man die Börse. Ein Rotes-Radler-Füllen wurde erdrückt. Ein trauriger Droschkengaul verlor sein Sonnenhütchen.

Es dauerte eine Weile, bis alle Pferde, nach Rassen und politischer Überzeugung sortiert, ihre Plätze eingenommen hatten.

Neben den Juckern wollte niemand sitzen.

Auf dem Podium, das den Saal beherrschte, standen rote Plüschsessel und mit grünem Tuch überzogene Tische. Auf jedem Tisch standen eine Wasserflasche und ein Glas. An den Wänden waren auf Wandbrettern Gipsbüsten von berühmten Pferden, von Hans II., Muhamed, Zarif, Rosinante, Grane, Pegasus u. a., aufgestellt.

Ein alter Schimmel, scheinbar an Podagra leidend, im eleganten mit Orden geschmückten Überrock, wurde von zwei Pferden im Smoking, die schwarze Ledermappen trugen, die Treppe zum Podium hinaufgeführt und in dem roten Sessel, der unterschiedlich von den anderen mit einem sogenannten hohen Haupt, mit vergoldetem Emblem, geschmückt war, niedergesetzt.

Der alte Schimmel war das Oberroß Graf Bertram von Hafersack-Trense aus einer alten Trakehner-Familie. Er war der Führer und tatkräftige Organisator der Pferdebewegung. Er leitete mit großem Geschick die Versammlungen. Stellvertretender Vorsitzender und der rechte Huf des Grafen war Isidor Pleißen-Kohn, ein bewährter Finanzmann und gerissener Diplomat. Isidor Pleißen-Kohn trug die Mähne zu Teiteles gedreht. Er war der Sohn eines Althändlerpferdes in Kandrzn, darüber sprach er aber nicht.

Das ganze Komitee bestand aus zwanzig Mitgliedern, zumeist Abkömmlingen alter Familien mit klingenden Namen. Es waren nicht alle besondere Intelligenzen. Sie saßen erhaben auf den roten Sesseln und imponierten der Masse.

Ganz an der Seite des Podiums, dicht am Ofen, saßen eng zusammengedrückt auf Rohrstühlen fünf Menschen, richtige lebendige Menschen, und ein Phonograph. Die Menschen wirkten kümmerlich und verschwanden ganz neben der Majestät des Pferdekomitees. Das war die Vertretung der Menschheit.

Die Kommission der Menschen bestand aus einem Rechtsanwalt, einem Assessor, einem Pferdearzt, einem Zirkusdirektor und einer Schreibmaschinistin. In den Phonographen war die Rede des Professors Kutschbock eingeschaltet, einer weltberühmten Koryphäe auf dem Gebiet der Rassenvermischung und

Entwicklungslehre. Er war ein Mann von 180 Jahren und verließ als scheuer Gelehrter nie seine Studierstube. Er vermittelte der Welt die Ergebnisse seiner Forschungen durch den Phonographen.

Feindliche Blicke aus Pferdeaugen trafen die Menschen, die sich sichtlich unbehaglich fühlten. Nur vor dem Phonographentrichter hatten die Pferde eine gewisse Scheu. Die Menschen rutschten auf ihren Sitzen hin und her. Die Schreibmaschinendame spitzte ihren Bleistift. Der Phonograph räusperte sich.

Plötzlich ließ ein erneuter Fanfarenstoß der dreißig Karrenpferde das Stimmengewirr und Geräusch in der Halle verstummen.

Das Oberroß Graf Bertram von Hafersack-Trense erhob sich, begrüßte in markigen Worten kurz die Versammlung und forderte auf, ein gemeinsames Lied zu singen.

»Wir halten fest und treu zusammen, hipp, hipp, hurra!« schallte allsogleich aus kräftigen Pferdestimmen ein schreckliches, ohrenzerreißendes Gegröle durch die Halle. Jedes Pferd bemühte sich, seine Nachbarn zu überwiehern. Ein ergrautes Roß mit einer Brille und einem Kapotthut, eine Witwe aus Krefeld, begleitete den Gesang auf dem Harmonium.

Die Büste Granes fiel durch das Spektakel herunter und zerschellte am harten Schädel eines stämmigen Oldenburgers.

Entsetzt schauten die Menschen in das Tohuwabohu aufgerissener Pferdemäuler.

Das Lied war aus.

Graf Bertram von Hafersack-Trense erhob sich, wieherte atavistisch in den Saal und wollte zu reden beginnen. Ein plötzlich ausbrechendes Stimmengewirr, ein wütendes Gekeif ließ ihn nicht zu Wort kommen. Die frauenrechtlerischen Stuten entrüsteten sich über die Ponys und fühlten sich schwer in ihrer Moral verletzt. Die Ponys hielten natürlich auch nicht zurück, und man fiel mit häßlichen Schimpfwörtern übereinander her. Die Moral siegte. Die Ponys wurden von den Polizeipferden aufgeschrieben und aus der Halle geschafft. Einige Ardenner Lebemannspferde begleiteten sie zu ihrem Trost.

»Sehr peinlich, überaus peinlich«, begann das Oberroß mit vor Erregung zitternder Stimme, als sich der Tumult gelegt hatte; »äußerst peinlich. Ich bedaure diese fatale Störung ungemein. Ich werde Vorkehrungen treffen, um fürderhin derartige unliebsame Vorkommnisse zu vermeiden. Man möchte fast glauben, man wäre unter Menschen.« – – –

Der Rechtsanwalt schaute auf, setzte seinen Kneifer auf, der an einer seidenen Schnur auf der gelben Weste baumelte, und unterbrach scharf den Redner: »Wie, unter Menschen? Keine Beleidigungen, wenn ich bitten darf! Wir wollen Ihr Bestes! Benehmen Sie sich aber anständig, ich sage nur Deichsel, ich sage Stall! Merken Sie sich das!« Der Zirkusdirektor klatschte mit der Reitpeitsche seine Schaftstiefel.

Ein entsetzliches Gewieher und Getrampel folgte dem Zuruf des Rechtsanwaltes. Man drohte den Menschen mit geballten Hufen und schrie ihnen beleidigende Worte zu.

Aus dem Stimmengewirr klang das Organ des Oberrosses, es warf sich in die Brust und schrie zu den Menschen hinüber: »Wir verbitten uns alle Anzüglichkeiten – – – wr vrbttn, wr . . wr – –.« Es verlor in der Aufregung die Sprache und begann mit den

Hufen zu klopfen nach dem veralteten Buchstaben- und Zahlensystem. Das war eine Blamage, alle Pferde empfanden das. Das Prestige litt erheblich. Graf Bertram von Hafersack-Trense ließ sich zurück in den Sessel fallen und markierte eine Ohnmacht. Man gab ihm Aspirintabletten, er schluckte das Glasröhrchen mit hinunter.

Das Stimmengewirr im Saal verlief in ein stilles Gemurmel und Schnaufen. Die Pferde fühlten sich plötzlich klein.

Isidor Pleißen-Kohn putzte sich laut die Nase, räusperte sich und sprach beruhigend, zwei Hufe in Börsenmanier in den Armlöchern der Weste, mit fettiger Stimme: »Mer wolle, nebbich, niemande kränke. Gott, wie haißt, der Herr Vorstand der is e altes Roß und nerviös. Da kann schon, nebbich, e Wort falle in de Debatt. Red mer a so, red mer a so, ma kommt in de Hitz, nebbich. – Das wird der Herr von Rechtsanwalt einem alten Mann verzaihe. Mer wolle sage, was mer wolle. Mer müsse zu en End kommen. Nu, wie haißt, mer müsse wisse, woran mer sinn, nebbich. Benjamin Wallach, unser gebenschtes Komiteemitglied wird e Referat gebe, nebbich. Benjamin Wallach wird spreche.«

Benjamin Wallach, ein Halbblüter mit Spitzbart, galt als tätiger Förderer der Pferdeemanzipation. Er war der Deputierte von Wallachisch-Meseritsch.

»Wir sind heute hier zusammen gekommen«, begann Benjamin Wallach in schlesischer Mundart, »um endgültig festzulegen, was wir Pferde wollen, endgültige Normen zu fixieren, die uns gleiche Rechte mit den Menschen gewährleisten.« (Beifallsgewieher) »Der gegenwärtige Zustand ist für uns unhaltbar und entehrend. Das Dilemma ist unserer unwürdig. Im Grunde ist es eigene Schuld der Menschen, daß alles so kam. Die Erfindung des Autos, Dampfpflüge, elektrischen Bahnen, Dampfkarussells usw., die sogenannte Eroberung der Luft durch Aeroplane und Luftschiffe, wo wir, bodenständig, wie wir sind, nicht mittun können, alle diese technischen Neuerungen und Erfindungen haben unsere Arbeitskraft überflüssig gemacht. Die animalische Kraft war ausgeschaltet. Eines Tages fanden wir uns beschäftigungslos. Dann begann der Mensch, mehr als Spielerei, unseren Intellekt zu wecken. Man experimentierte mit uns herum, wie im Laboratorium mit Säuren und Salzen, unterwies uns, Buchstaben und Zahlen zu lesen, erweckte die Tätigkeit des Hirns, die bisher brach lag. Die Menschen gaben uns die Anregung; wir haben uns nun weiterentwickelt von Generation zu Generation und stehen heute, ich darf wohl sagen ohne Überhebung, auf gleicher Stufe mit den Menschen. Bei uns kommt zu den intellektuellen Fähigkeiten noch die körperliche Kraft und Schönheit, in der wir die Menschen übertreffen. Es ist nicht unbillig, wenn wir jetzt energisch unsere Ansprüche auf die offizielle Anerkennung einer Gleichberechtigung voll und ganz geltend machen. Was wir wollen?

Wir wollen teilnehmen an allen Äußerungen der Zeit. Wir wollen ein Faktor sein. Alle öffentlichen Einrichtungen, alle Institutionen sollen uns gleich wie den Menschen unbeschränkt zur Verfügung stehen. Müssen wir den Menschen danken, daß sie unsere Gehirne dressierten und uns wie abgeschnittene Windvögel, weil andere Erfindungssensationen, auf technischem Gebiet, sie ganz in Anspruch nahmen, einfach unserem unfertigen Schicksal überließen? Nein, nein und nein! Wir erwarten heute von den Menschen bestimmte Entschließungen. So ist der Zustand auf die Dauer unmöglich. Herr Rechtsanwalt, wollen Sie sich äußern und uns befriedigende Aufschlüsse und Kompromißvorschläge machen?«

Allgemeiner Beifall bei den Pferden, als Benjamin Wallach geendet.

Ein altes Pferd mit einem Kranzbart und einem Patriarchengewand aus Biber drängte sich an das Podium und bat ums Wort. Respektvoll machte man ihm Platz. Mit sonorem Organ begann es: »Denn die Menschenkinder haben ihr Los, und das Tier hat sein Los, und beider Los ist dasselbe. Wie das eine stirbt, stirbt das andere. Sie haben alle einen Geist, und der Mensch hat vor dem Tiere nichts voraus – – so schrieb der weise Salomon in seiner Predigt.« Das alte Roß mit dem Kranzbart verneigte sich und kletterte vom Podium.

Man war sichtlich ergriffen, und auch die Menschen empfanden den Eindruck dieser alten Offenbarung des Propheten.

Es meldeten sich noch eine Anzahl anderer Pferde zu Wort, die alles mögliche verlangten, Besuch der Theater, von Tanzlokalen, Restaurants, Bars, Varietés, Fünfuhrtees, gesellschaftlich verkehren zu können, Leutnant zu werden, in den Stadtrat und Reichstag gewählt zu werden, kurz und gut, an allen Amüsements der Menschen teilzunehmen.

Es wurde eine Lehrergehaltserhöhung, Zollermäßigung für den Haferimport, freie Zuchtwahl und

Einführung neuer Freimarken von einem konfusen Pferd beantragt. Das war ein Hin und Her.

Ein alter Droschkengaul klopfte seinen Wunsch in die Debatte, man möchte den alten Haferfreßsack wieder einführen, er komme mit Gabel und Messer nicht zurecht.

Man verachtete ihn – was er verlangte, war höchst deplaciert.

Stundenlang wurde durcheinander geredet. Das Schreibmaschinenmädel kam kaum mit.

Die Menschen steckten die Köpfe zusammen und berieten. Der Assessor war eingeschlafen.

Der Zirkusdirektor schrie plötzlich in den Saal: »Hotte hüh, hotte hüh!« Die Pferde schreckten zusammen. Der alte wohlbekannte Ruf verfehlte nicht seine Wirkung. Atavistischer Respekt ließ die Pferde verstummen.

Der Rechtsanwalt nutzte die Stille und erklärte in fein juristischer Ausführung, daß es den Menschen keineswegs an einer Steigerung des feindlichen Gegensatzes liege, sondern daß man geneigt sei, in einem geistreichen Kompromiß die Angelegenheit zu erledigen. Dieser Kompromiß beruhe auf der grandiosen Theorie des Professors Kutschbock. »Durch diesen Phonographen« – der Rechtsanwalt legte eine Platte auf – »vermittelt Ihnen der geniale Forscher seine Thesen über Rassenvermischung und kommt zu einer genialen Lösung der entstandenen Gegensätzlichkeit zwischen Pferd und Mensch.«

Er steckte einen Groschen in den Apparat, und schon begann nach kurzem Gekrächze der Vortrag des Professors, deutlich und klar. Die Platte war neu. Die Pferde sperrten die Mäuler auf. »Nimma hob i dös g'sehn«, entfuhr es einem Münchener Bräupferd. Die Pferde lauschten respektvoll den Worten der Wundermaschine.

Über Philosophisches und praktische Lebensweisheit, über kulturelle Errungenschaften, über den Fortschritt auf allen Gebieten, über die politischen Konstellationen und alles Zeitgemäße sprach der berühmte Professor in klarer, übersichtlicher Weise. Er referierte den Entwicklungsgang der Pferde. Er entwickelte seine eigenen wissenschaftlichen Erfahrungen in bezug auf Rassenmischung und Neuzüchtung. Wie ihm die erfolgreiche Kreuzung der heterogensten Tiere gelungen sei und viele neue Tierarten ihm ihr Entstehen verdankten. Er sprach von seinen Forschungen speziell auf dem Gebiet der Anatomie pferdlicher und menschlicher Organismen. Er stellte pferdliche körperliche Vorzüge gegen menschliche Schwächen und umgekehrt. Er folgerte die großen Vorteile, die sich bei einem Ausgleich der Plus- und Minus-Eigentümlichkeiten der beiden Rassen zuverläßlich und logisch ergäben. Er kam in gesteigerter Beredsamkeit und schlagender Beweisführung zu dem Schluß, daß nur in einem Kompromiß zwischen Mensch und Pferd, in einem Zusammenschluß dieser beiden sich ergänzenden Rassen zu einer grandiosen Kreuzung das Heil und eine sichere Zukunft einer stabilen weltbeherrschenden Normalbevölkerung: ein höheres Menschenpferdetum erstehen würde.

Die Platte lief ab. Professor Kutschbocks Rede verlief sich in einem spitzen Gekratze des Stiftes auf der Platte.

Irritiert schauten sich die Pferde gegenseitig an.

Sie konnten diese vorgeschlagene, sie im grandiosen Maße ehrende Lösung der Angelegenheit nicht glauben. Es war ein aufgeregtes Gemurmel. Die Pferde bekamen hochrote Köpfe.

Der Rechtsanwalt erhob sich und sprach ernst und in einem der Wichtigkeit der Situation angemessenen, weihevollen Tone: »Ich beziehe mich, meine werten Pferde, auf die geistvollen, schlagenden Ausführungen Professor Kutschbocks und seinen genialen Vorschlag. Ich nehme an, daß Sie entschlossen sind, diesen Kompromiß zum Heil unserer beiden Rassen, zur Schaffung eines neuen starken Geschlechtes anzunehmen. Wir wollen abstimmen, und ich bitte Sie, durch Hochheben des linken Vorderfußes Ihr Einverständnis mit unserem Vorschlag zu erklären!«

Ein Wald von Hufen schoß jäh in die Höhe. »Hoch die Menschen, hoch der Kompromiß!« schrien die Pferde, und da war keines, das sich ausgeschlossen hätte.

Ein Festmahl mit französischem Sekt und das Gedeck à Mk. 15.– beschloß den Zusammenschluß von Mensch und Pferd.

Und der Zentaur war der Herr der Welt. Eine alte Sage ging in Erfüllung.

Von Menschen und Maschinen

Die Diva und die Notbremse

Vor nichts in der Welt hat der Mensch einen so unbedingten heiligen Respekt wie vor der Notbremse. Sie erscheint ihm wie eine geheimnisvolle unbekannte Kraft, die, von tollkühner Menschenhand gelöst, mit schwerer Vergeltung den übermütigen Täter trifft. Eltern weisen Kindern mit erhobenem Finger bedeutsam den geheimnisvollen Hebel, schrecken sie warnend, ihn zu berühren oder auch nur anzuschauen.

Lepra oder Cholera oder die Pest erscheint den Menschen als leichter Schnupfen im Vergleich zu der Katastrophe der Auslösung der unheimlichen Gewalt der Notbremse.

Die erschreckliche Furcht basiert im Urgrunde auf einer atavistischen Veranlagung oder einer Infektion mit dem Respektbazillus, der uns schon von Jugend auf im Blute gärt, sich mit den Jahren fortgesetzt vermehrt und diese hektische Subordination und zitternde Scheu vor der amtlichen Verordnung hervorbringt. Protokoll! Amtliche Sistierung! Diese Worte sind Keulenschläge. Diese Worte lassen die Menschen mit Schaudern überlaufen.

Diese Veranlagung hatte die Opernsängerin Julie Briendöpke in ausgesprochenem Maße.

Die Beschäftigung am Theater gebiert ja sowieso in kurzer Zeit äußerste Nervosität. Auf dieser Basis wachsen schon unbedeutende Mißhelligkeiten des Alltags zu gesteigerten Tragödien. Ein stehengebliebener Schirm, eine auf das Seidene verschüttete Soße, ein heruntergefallener Zopf, eine im Rücken geplatzte Bluse oder andere solcher nichtigen Miszellen genügen, nervöse Evolutionen hervorzurufen.

Die Opernsängerin Briendöpke war an dem Theater einer mittleren Provinzstadt engagiert. Der Direktor der Oper der benachbarten Residenzstadt hatte ein Auge auf sie geworfen und schlug ihr eines Tages ein Engagementsgastspiel an seiner Bühne vor. Sie sollte die Brünhilde singen. Ein Ereignis für sie, welches natürlich eine außergewöhnliche nervöse Spannung bei ihr zur Folge hatte. Es konnte ihr passieren, daß sie an einem Fuß einen gelben Halbschuh und am anderen einen schwarzen Lackstiefel anhatte, wenn sie ausging. Je näher der Tag des Gastspieles herankam, desto mehr wuchs ihre Nervosität. So war sie in der Premiere der Oper »Förster Teobalds Trautliebchen«, deren Verfasser der Kapellmeister ihres Theaters war, steckengeblieben und dann in ihrer Verwirrung in die Partie der Brünhilde geraten. Das war natürlich ein Skandal und die Kündigung. Was kümmerte sie das? Sie baute auf das Engagement in der Residenzstadt.

Tag und Nacht übte sie ihre Rolle bei offenem Fenster. Fünfmal bekam sie ein Protokoll à 5 Mark wegen ruhestörenden Lärms auf die Anzeige der Nachbarn bei der Polizei hin.

Es kam der Tag vor dem Gastspiel. Sie war unruhiger und konfuser als je. Sie goß sich Tinte statt Rum in den Tee, bestrich den Toast aus Versehen mit Gesichtscreme. Dabei sang sie Passagen aus der Brünhilde, daß die Hunde in der Nachbarschaft heulten.

Sie mußte um sieben Uhr spätestens in der Oper der Residenzstadt sein. Es bedurfte einer halbstündigen Straßenbahnfahrt, um aus dem Villenvorort zum Bahnhof zu kommen. Die Diva war nach einer schlaflosen Nacht schon um fünf Uhr in der Früh auf den Beinen und lief hastig in ihrer Wohnung auf und ab. Sie versuchte die Stimme. Erst nach dem Verschlukken von zehn rohen Eiern und fünf Schachteln Caruso-Pillen gelang ihr Meisterstück, auf dem dreigestrichenen »f« zu trillern und das viergestrichene »c« zu singen. Sie beschämte mit dieser Höhe die italienische Sängerin Lucrezia Agujari und den Eiffelturm. Die Nachbarn waren der Ansicht, der Foxterrier sei mit dem Schwanz zwischen die Tür gekommen.

Halb zwölf war es. Wo blieben die Friseuse, die Masseuse, die Maniküre und die Schneiderin mit der neuen Robe? Sie jagte ihre Mädchen und Rudel roter, grüner, blauer Radler zu den Säumigen. Dieses quälende Warten! Sie würde noch verrückt werden! Um vier Uhr fuhr die Straßenbahn. Dieser Auftakt des so wichtigen Tages war ein schlechtes Omen. Endlich kamen die bummeligen Verschönerungskreaturen. »Wir haben gemeint ...«, verteidigten sie ihr Zuspätkommen. Man machte sich gemeinsam an die Aufbügelung der Diva, Haare flogen, Fingernägel knackten, die Diva stöhnte unter der Faust der Masseuse.

Halb vier schlug es, als Julie Briendöpke köstlich frisiert und poliert, prangend im neuen Staat in Känguruhsprüngen zur Haltestelle hastete. Plötzlich zuckte ihr eine furchtbare Erkenntnis durch das Hirn. Sie hatte ihre Partitur und die Tasche mit der Börse vergessen. Ohne Besinnung machte sie kehrt.

In wilden Telemachsprüngen stürzte sie nach Hause. Mit abgetretener Stoßlitze und schiefer Frisur kehrte sie zur Haltestelle zurück. Himmeldonnerkiel! Der Wagen war abgefahren. Seine Rückseite grinste die Ärmste aus der Ferne höhnisch an. Wetterleuchten eines Weinkrampfes zeigte sich auf ihren Zügen. Dabei begann es zu regnen. Sie war ohne Schirm. Den Pleureusen auf dem Hut war der Regen wenig nützlich, sie wuchsen nicht davon wie Blumen. Wirklich, ein böses Geschick wirkte gegen die Diva. Sie kauerte sich an einen Telegraphenmast. Mit der nächsten Bahn würde sie um halb acht in die Residenzstadt kommen. Wenn sie sich sputete, würde noch alles werden. Aber ihr Optimismus stand auf schwachen Beinen.

Der nächste Wagen kam. Mit einer jähen Hast, sich das linke Schienbein stoßend, stieg Julie Briendöpke ein. Sie atmete ein wenig auf. Aber eine nervöse Angst vor neuem Mißgeschick quälte sie. Sie zupfte sich mit zitternden Händen die derangierte Frisur und die Toilette zurecht.

Zehn Minuten mochte man gefahren sein.

Päng klirr! Ein Ziegelstein flog plötzlich klirrend in ein Fenster, daß die Scherben nur so flogen. Er riß einem Gendarmen den Helm vom Kopf und prallte am Busen einer äußerst korpulenten Milchfrau, ohne ihr Schaden zu tun, ab. Ein zweiter Ziegelstein traf in einen Korb mit Eiern, den ein altes Bäuerlein auf dem Schoße hielt. Es war wie die Explosion einer Granate. Nach allen Seiten spritzten die geplatzten Eier. Niemand im Wagen wurde verschont.

Julie Briendöpke hatte einen Dotter im Auge und einen Nervenschock. Ein alter Herr war glänzend mit Eiweiß überzogen, welchen Stoff er sowieso schon selbst in hohem Prozentsatz produzierte. Der Gendarm sah aus wie Rührei mit Schinken, was ihn aber nicht hinderte, sofort heldenmütig seine Pistole und sein Seitengewehr zu ziehen.

Wüste Trunkenbolde, die keine Autos und Bankguthaben hatten, warfen haßerfüllt diese Ziegelsteine. Der Waffenübermacht des Gendarmen gelang es, die Revolution niederzuschlagen. Vor allem wurden die Augenzeugen notiert. Julie Briendöpke war dem Wahnsinn nahe. Aber, Gott sei Dank, der Wagen fuhr wenigstens mit beschleunigtem Eiltempo weiter. Vielleicht, vielleicht gelang es noch! Sie flehte inbrünstig zu allen guten Geistern.

Ein Ruck! Plötzlich, in voller Fahrt, stoppte der Wagen! Die Insassen schlugen mit den Köpfen zusammen, mit holzigem Klang, wie wenn man Kegelkugeln aneinander schlägt. Ein neues Unheil!

Über den Schienen lag ein totes Pferd!

Entsetzt richteten sich aller Blicke auf dieses schauerliche Hindernis. Einsam lag diese Tierleiche an dem Eingang der grauen Vorstadtstraße. Nur wenige Gassenbuben standen staunend dabei. Ein kleiner Pausback schlug das tote Pferd mit einer Kinderpeitsche. Der Schaffner stieg aus und beschloß, nachdem er mit prüfender, sachverständiger Miene den Kadaver lange beschaut hatte, das Pferd sei tot. Die Feuerwehr müsse kommen. Vorher schrieb er alle auf als Zeugen.

Julie Briendöpke starrte stier, völlig fassungslos auf dieses tote Pferd. Mit dem gellenden Schrei: »Ein Königreich für kein totes Pferd!« sprang sie auf, stürzte aus dem Unglücksvehikel und raste in sinnloser Hatz in irgendeine Richtung, wo sie den Bahnhof vermutete.

Das tote Pferd stand ihr grauenhaft quälend fortgesetzt vor Augen. Verfolgte sie nicht diese furchtbare Vision? Es war grausige Wahrheit. Hufschläge folgten ihr, näher und näher hörte sie hinter sich das Klappern dieser toten Hufe auf dem Pflaster, das Schnaufen aus den welken Nüstern.

Die letzte Hoffnung. Sie sah den Bahnhof vor sich. In wahnwitzigen Sätzen überquerte sie den Vorplatz. Sie spürte schon den giftigen Atem des toten Pferdes im Nacken. Sie stürzte ohne Billett durch die Sperre, in den bereitstehenden und schon abgerufenen Zug, das Keuchen und Klappern des Pferdes hinter sich. Ein zwingendes Muß ließ sie beim Einspringen in ein Frauenabteil umschauen nach dem gräßlichen Verfolger. O Schrecken! – aus dem Pferde war ein unheimlicher, tiefschwarz gekleideter Mann von unbestimmtem Alter geworden, mit einer schwarzen Brille, durch die seine Augen sie wie glühendes Mineral mit grünen Blicken stachen. Er sprang mit mächtigem Satz in das nebenliegende Nichtraucherabteil.

Ermattet, aber befreit warf sie sich in die Polster. Hier konnte ihr nichts mehr geschehen. Ein Molekül von Hoffen ward ihr. Aber plötzlich fiel ihr Blick auf die unverriegelte Tür des Waschraums zwischen ihrem Abteil und dem Nichtraucherabteil. Ein Sprung, ein Schrei und den Riegel vorgeschoben!

Gleichzeitig ein Klopfen, ein Tasten am Griff von innen. Das Klopfen wurde stärker. Schwere Tritte und Stöße drohten die Tür zu sprengen. Eine Spalte entstand, die Tür würde weichen und sie dem gräßlichen Wüterich mit der Brille in die Hände fallen. Starren Blicks, wie gelähmt, hing sie an der Tür des Waschraums, der ihr Verderben barg. Was tun? Hinausspringen aus dem fahrenden Zug? Hals- und Beinbruch würden die Folge sein.

Ihr irr suchender Blick fiel plötzlich auf einen Hebel an der Wand. Notbremse! gellte es in ihr. Ihre Augen weiteten sich. Notbremse! Immer schwerere Tritte an der Tür, die im nächsten Augenblick zersplittern mußte. Blitzschnell flog ihr die Gewißheit durch die Seele, daß es etwas Schlimmes, Entsetzliches sei, von ewigem Fluch belastet, die Notbremse zu ziehen. Sie fürchtete dieses unverständliche Gesetz von Jugend auf. Ein Schreckbild dünkte ihr dieser geheimnisvolle Hebel. Lieber aber die furchtbare Folge der tollkühnen Berührung der Notbremse, als diesem grauenhaften Vampir in die Fänge fallen und einen qualvollen Tod finden.

Von einer überirdischen, enormen Energie gepackt, warf sie den Hebel herum. Ein jäher Ruck, und der Zug hielt. Ein Weinkrampf befiel sie.

Ihr Geschrei wies sofort dem herbeistürzenden Zugführer und den zwei Schaffnern, wo der Bremser war. Sie rissen das Frauenabteil auf. »Ich habe die Notbremse gezogen! Der schwarze Mann, das tote Pferd! Helfen Sie mir!« schrie ihnen die Diva entgegen. Das Gepolter im Waschraum erweckte die schreckliche Vision eines einstürzenden Wolkenkratzers. Der Zugführer zog mit der vorgehaltenen Pistole den Riegel von der Tür, auf alles gefaßt.

Julie Briendöpke vergrub ihren Kopf in den Polstern. Sie würde erblinden unter dem Anblick dieses gräßlichen schwarzen Phantoms. Wie Peitschenhiebe drang plötzlich gellendes Gekeife auf sie ein. Eine weibliche Stimme war's. Die Diva schaute erschreckt auf. Eine elegante Dame, grün vor Wut, sprang auf sie los, packte ihr Haar mit krallenden Fingern, daß die Nadeln und Kämme flogen. »Beschweren werde ich mich!« schrie sie wie eine Dampfpfeife und zerkratzte der Diva das Gesicht. In dieser erwachte ein entsetzlicher Haß. Um dieses Weibes willen zog sie die Notbremse? Mit der Wut eines Kannibalen stürzte sie auf ihre Feindin, riß ihr die Ärmel aus der Bluse und schlug ihr die Frisur herunter. »Und wegen so was zog ich die Notbremse, ich Blöde, mit tollkühnem Griff, der Furchtbares zur Folge hat!«

Die Eisenbahnbeamten versuchten die Streitenden zu trennen. In der Tür des Waschraumes erschien der schwarze Mann mit der Brille, der von dem Zugführer respektvoll gegrüßt wurde, es war ein Apotheker aus der Residenzstadt, ein harmloser Mensch. Mit sanfter Stimme erkundigte er sich, was passiert sei.

Die Exaltation der beiden hysterischen Frauen ging über in ein reumütiges Heulen. Sie fielen den Schaffnern an die Brust und weinten ihnen die Uniform naß. »Ich habe die Notbremse gezogen!« schrie schluchzend, von Tränen erstickt, die unglückliche Diva.

»Ja, das haben Sie getan, ich muß Sie an der nächsten Station vorführen«, kündigte in strengem, dienstlichem Beamtenton der Zugführer an. Er verließ mit den Schaffnern das Abteil, und der Zug setzte sich wieder in Bewegung.

Vorgeführt sollte sie werden? Himmel, das durfte

nicht geschehen! Lieber die Flucht oder den Tod, wurde sich die Diva klar.

Plötzlich hielt der Zug wieder mit einem Ruck. Irre stierte Julie Briendöpke auf den Griff der Notbremse. Hatte sie wieder in ihrem Wahn unbewußt die Notbremse gezogen? Der Zug hielt auf freiem Felde vor einer Weiche. Raus, Flucht war ihre Rettung. Mit einem großen Satz sprang sie aus dem Zug. »Ich Unglückliche habe die Notbremse gezogen! Was kümmert mich Brünhilde, was kümmert mich mein Gastspiel? Fort, nur fort! Ich habe die Notbremse gezogen!« schrie sie fortgesetzt. Zur fixen Idee war ihr das schreckliche Tun geworden. Fremde Leute, die ihr begegneten, wandten sich erschreckt zur Seite, schüttelten den Kopf und machten sich schleunigst aus dem Staube.

»Notbremse gezogen, Notbremse, was heißt das?« murmelten andere verstört vor sich hin und schauten der flüchtigen Diva nach. Die Diva sprang sinnlos in eine elektrische Bahn, die ihren Weg kreuzte. Neben ihr saß ein altes Mütterchen mit einem Kapotthut und gütigen, wohlwollenden, blauen Augen, die würde Verständnis für ihr Unglück haben. Laut schluchzend wandte sie sich an die Nachbarin: »Denken Sie, meine Gute, ich habe die Notbremse gezogen; ich bin verloren.«

Erschreckt schaute die alte Frau auf, verließ so behende, wie ihre Gicht es ihr erlaubte, den Platz neben der Diva und setzte sich in die äußerste Ecke des Wagens. Die Diva folgte ihr in ihrer zwingenden Hysterie, sich von dem drückenden Alp zu befreien, dorthin: »Haben Sie Erbarmen, ich habe die Notbremse gezogen.«

Die alte Frau rief hilfeflehend nach dem Schaffner, zu halten und sie aussteigen zu lassen. »Ich habe nie die Notbremse gezogen«, jammerte beteuernd das alte Mütterchen. Sie zeigte mit der bedeutungsvollen Geste nach der Stirn, auf die Diva weisend.

Julie Briendöpke verfiel völlig der furchtbaren fixen Idee der gezogenen Notbremse. Unentwegt, in grausamer Beharrlichkeit, murmelte sie: »Ich habe die Notbremse gezogen.« In seltenen lichten Momenten versuchte sie unbewußt, das dreigestrichene »f« zu trillern und das viergestrichene »c« zu singen. Aber gewöhnlich sah man sie in dem Garten eines großen, grauen, vielfenstrigen Hauses gebeugt dahinschreiten, fortgesetzt schuldbewußt vor sich hin sagend: »Ich habe die Notbremse gezogen!«

Der Umzug

In der Salvatorstraße 72 wohnte auf der ersten Etage der Rentner Bertram Pullcke mit Frau und Dackel, auf der zweiten Etage die Witwe Murmel mit den Töchtern Betty, Meta, Paula und Hulda und einem Grammophon. Die dritte Etage bevölkerte der Nähmaschinenagent Kaspar Bötel mit zwölf Kindern. Seine Frau betrieb eine Leinwandmangel, massierte und sagte aus der Hand und dem Kaffeesatz wahr. Als möblierter Herr vegetierte bei Bötels Herr Rupprecht Buschhüter, der Berufsathlet war. Der Hauswirt Jakobus Kraus wohnte im Unterhaus. Er war Witwer und stocktaub und liebte den Kümmel. Er kümmerte sich wenig um sein Haus und seine Mieter. Nur am Ersten war er unerbittlich prompt zur Stelle. Wehe denen, die die Miete nicht abgezählt bereithielten!

In einem solchen Mietshause, bei so verschiedenartigen Elementen sind Stänkereien unvermeidlich und eine tägliche Erscheinung. Aus der gemeinsamen, abwechselnden Benutzung der Bleiche, der Waschküche und des Trockenspeichers erwachsen zum Beispiel trotz der festgelegten Hausordnung die schlimmsten Differenzen zwischen den Mietern. Ein ungewöhnlicher Haß entwickelt sich, der sich in raffinierten Schikanen Luft macht. Pullckes bildeten sich ein, da sie von ihren Renten lebten, im Hause die erste Flöte spielen zu können und sich nicht im geringsten um die Hausordnung kümmern zu müssen.

Jede Partei hatte ihre bestimmten Tage für die Wäsche. Pullckes kam es nun gar nicht darauf an, auch an anderen Tagen als den ihnen gebührenden die Waschküche, Bleiche usw. für sich in Anspruch zu nehmen. Das führte zu erbitterten Kämpfen. Schon aufgehängte Wäschestücke der Gegenpartei wurden brutal von den Latten gerissen, in Ballen schonungslos in die schmutzigen Speicherecken geworfen, um der eigenen Wäsche Platz zu machen. Man schlug sich gegenseitig nasse Kissenüberzüge um die Ohren. Lag die Wäsche von Murmels zum Beispiel an einem Pullckes nicht genehmen Tag auf der Bleiche, so ließen Pullckes ihren Dackel in den Garten. In lustiger Dackelart tollte er auf der Bleiche, zauste die Dessous der Töchter Murmel und stempelte mit schmutzigen Pfoten die weißen Bettücher. Murmels warfen mit Briketts und leeren Flaschen nach dem unartigen Hund. Oder wenn sie ihn zu packen bekamen, stülpten sie einen Waschkorb über ihn, klemmten ihm den Schwanz ein, wickelten Papier um den Schwanz, steckten es an und ließen ihn laufen. Das furchtbare Gejunkse dieses Hundelieblings ließ Pullckes an die Fenster eilen. »Tierquälerei, gemeines Pack!« schrie das Rentnerpaar und lief zur Polizei. Oft bekamen Pullckes recht, da der Kommissar mit Herrn Pullcke Skat spielte.

Bötels auf der dritten Etage waren im ganzen Hause verhaßt, der zwölf Kinder wegen, die den ganzen Tag im Hause herumrumorten und dumme Streiche machten. Das ordinäre Gekeif der Frau Bötel, das Quietschen der Mangelmaschine, das fortgesetzte Gebumse, daß in den unteren Etagen der Kalk von der Decke fiel, wenn der Athlet Buschhüter mit seinen schweren Eisengewichten und Hanteln übte, ließ das Mißfallen der übrigen Hausbewohner gegen diese ruhestörende, schreckliche Familie in das Ungemessene wachsen. Dann waren diese Leute von einer neapolitanischen Unsauberkeit. Nie wurde geputzt, und wenn Bötels wuschen, ließen sie die Kübel und Bütten mit der schmutzigen, gärenden Brühe, in der sie ihre verdächtige Wäsche in der Farbe von Mumientüchern durch Eintunken notdürftig gereinigt hatten, vergnüglich und selbstverständlich für die nachfolgende Partei stehen.

Der Kriegszustand im Hause Salvatorstraße 72 währte nun bereits fünf Monate und verschlimmerte sich von Tag zu Tag. Denn alle Beschwerden beim Hauswirt Kraus hatten nicht den geringsten Erfolg. Kraus war taub und fast immer bezecht, was auch seine Auffassungsgabe und Energie nicht besonders stärkte. Er grunzte die erregten Mieter an und goß sich einen Kümmel hinter die Binde.

Rentner Pullcke war dem Irrsinn nahe. Tagsüber die Lausbübereien von Bötels Gören, die seinem Dackel Kordel zu fressen gaben, die ihm morgens tote Mäuse in den Brötchensack steckten und noch tausend andere Teufeleien antaten, dann bis spät in die Nacht hinein der kreischende Gesang der vier Schwestern Murmel, die sich ausbildeten und, wenn sie ausgeschrien waren, das Grammophon spielen ließen. Er war sich eines Tages klar, daß er bei diesem Leben bald mit einem plötzlichen Herzschlag oder mit einem Wahnsinnsanfall sein Rentnerdasein beschließen würde.

Raus aus dieser Hölle, das war die einzige Rettung! Pullcke kündigte die Wohnung auf den ersten

April durch einen Einschreibebrief. Am gleichen Tage bekamen Murmels eine Depesche vom Lotteriekollekteur Ehrlich, daß sie in der Bunzlauer Dombaulotterie 5000 Mark gewonnen hätten.

Hauswirt Kraus nahm Pullckes Kündigung in stoischer Kümmelruhe entgegen, er hatte die erste Etage soeben zu einem guten Preis an Frau Murmel vermietet, die durch den Gewinn größenwahnsinnig geworden war und bei Gott nicht mehr auf einer poveren zweiten Etage wohnen wollte. Frau Murmel machte die Bedingung, daß »der Bagasch« von der dritten Etage gekündigt würde. Aber das tat der Hauswirt Kraus um so lieber, als er bereits die letzten Monate die Miete bei Bötels hatte pfänden lassen müssen. Auf ein Inserat, das er mit Hilfe des Milchmanns und des Briefträgers mit schwerer Mühe verfaßte und also lautete: »Zweite und dritte Etage in ruhigem Hause zu vermieten, Salvatorstraße 72, Hauswirt Kraus«, meldeten sich für die zweite Etage ein Oberlehrer namens Küllekopp mit Familie und für die dritte Etage die Hebamme Treske mit ihrem Mann, der Klavierstimmer war.

Großer Umzug! Großer Auszug! Großer Einzug! Die Möbeltransportgesellschaft »Rapid« übernahm den gesamten Transport für alle in Frage kommenden Parteien.

Am 1. April um sechs Uhr in der Frühe wurden die Anwohner der Salvatorstraße und des ganzen Viertels plötzlich aus dem Morgenschlafe herausgerissen. Ein schweres Stampfen ließ die Scheiben erklirren und lose Gegenstände, selbst größere Möbelstücke kleine Hupfer machen. Babys flogen, hoppla, aus den Wiegen. Es war wie ein Erdbeben.

Die Transportgesellschaft »Rapid« war die einzige Firma dieser Branche in Europa, die Motormenschen nach dem Patent des weltberühmten Professors C. W. U. A. Irishstew beschäftigte. Diese Motormenschen wurden wie Maschinen von einem fremden Willen in Bewegung gesetzt; sie wurden eingeschaltet wie diese. Sie bildeten eben eine Stufe zwischen Mensch und Maschine. In ihrer Konstruktion dominierte das Viereck, welches der modernen Technik auch als Basis und physikalische Einheit bei Konstruktionen den Charakter gibt. So waren ihre Köpfe, ihre Augen und ihr Mund durchgängig viereckig. Der Oberkörper war ein gewaltiges Rechteck. Die Hände, welche Graubrote in der geschlossenen Faust zu verbergen vermochten, waren enorme Quadrate, desgleichen die Füße, die wie Bleiplatten den betreffenden Motormenschen stets aufrecht stehen ließen, wie ein Stehaufmännchen, mit denen der Knabe spielt. Diese Motormenschen der Gesellschaft »Rapid« waren naturgemäß wortkarg. Drei Worte bildeten ihren Wortschatz: »Einen Hupp« und »Schabau!«

Zwanzig Männer von der Möbeltransportgesellschaft »Rapid«, gefolgt von zwei gewaltigen Möbelwagen, an kolossale Mammute aus dem Jung-Tertiär erinnernd, zogen mit schweren Schritten in die Salvatorstraße. Das kraftvolle Aufklatschen der viereckigen Füße der Möbeltransporteure sprengte das Pflaster, so daß die Straße wie ein zerrissenes Geröllfeld erschien.

Vor dem Hause 72 wurde ruckweise haltgemacht. Die Männer bewegten sich mit einer Regelmäßigkeit, die schon fast mathematische Exaktheit war, wie von einer einheitlichen motorischen Kraft getrieben.

Erst mußte ihr Räderwerk geschmiert werden! Rauh und metallisch klang einstimmig der Ruf in den Morgen: »Schabau!!« Eine große Flasche Fusel ging rund bei den zwanzig Männern. Wer gut schmiert, der gut fiehrt!

Der Agent der Transportgesellschaft gab, als er die Umzüge bei den verschiedenen Parteien aufnahm, die felsenfeste Zusicherung, daß alles aufs beste erledigt werde, daß der Auftraggeber sich um nichts zu kümmern brauche und am Abend des Umzuges seine neue Wohnung fix und fertig eingerichtet finden werde, das Abendessen auf dem Tisch, als Aufmerksamkeit seiner Firma. Auch sei es nicht notwendig, die Schränke und Kommoden oder Schösser zu räumen oder zerbrechliche Sachen einzupacken, es könne ruhig alles in den Schränken bleiben. Dafür garantiere seine Gesellschaft. Er könne Referenzen vorlegen. Er hatte sie aber im Bureau vergessen, und man glaubte seinen treuen Augen. Die neuen Mieter und auch Frau Murmel und ihre Töchter verließen sich auf die Versprechungen des Agenten und hielten sich den ganzen Tag von dem Umzug fern. Nur Rentner Pullcke und Frau blieben in ihrer alten Wohnung zurück. Wenn sie auch volles Vertrauen in die renommierte Gesellschaft »Rapid« hatten, so wollten sie doch wenigstens bei dem Umzug dabei sein. Bötels hatten sich in der Nacht heimlich mit ihren paar noch nicht gepfändeten Möbeln gedrückt, ohne die rückständige Miete und die Reparaturkosten für eingeschlagene Fenster, abgerissene Tapeten, eingetretene Türen und andere Zerstörungen in der Wohnung, auf welche sie eingeklagt waren, zu bezahlen. Den Athlet Buschhüter ließen sie in seinem Verschlag ruhig in die Wirrnisse des Umzugtages hineinschlafen.

Folgendes war also zu bewerkstelligen: Erste Etage: Pullckes zogen aus. Zweite Etage: Murmels zogen auf die erste Etage. Die Wohnung Bötels auf der dritten Etage war zu leeren. Küllekopps und Treskes, die neuen Mieter, zogen in die frei gewordenen Etagen, die zweite und dritte.

Das war der klare und logische Feldzugsplan, auf den die Möbeltransporteure eingestellt waren. Auf vier Kolonnen mit je fünf Mann war die Gesamtarbeit verteilt. Kolonne 1 hatte Pullckes Möbel aus der ersten Etage auf die Straße zu schaffen, Kolonne 2 den Umzug des Murmelschen Hausrats von der zweiten Etage in die erste Etage zu bewirken. Kolonne 3 war geschaltet, den Möbelwagen mit Küllekopps Mobiliar auszupacken und die Möbel auf die zweite Etage zu transportieren, Kolonne 4 den Möbelwagen von Treskes zu leeren und deren Sachen in die dritte Etage zu schaffen.

Das Auspacken der beiden Möbelwagen durch Kolonne 3 und 4 geschah ohne Hast, mit einer gewissen Brutalität gefühlloser Mechanik. Manches abgebrochene Stuhlbein oder Tischbein, eingedrückte Schränke, zersprungene Spiegel, verkratzte Polituren und sonstige Schäden waren das Resultat dieses Systems.

Das Nußbaumbüfett, das Prachtmöbel der Pullckeschen Einrichtung, verließ als erstes Stück die Wohnung. Man hatte gutgläubig alles Porzellan und Kristall im Büfett gelassen, im Vertrauen auf den Agenten mit den treuen Augen. Das Büfett mußte schräg transportiert werden, weil es sich auf der

Treppe sperrte. Der zerbrechliche Inhalt rutschte mit dumpfem Geklirr, dem Gesetz der Schwere folgend, bei diesen fortgesetzten schiefen Lagen des Büfetts hin und her. Öfters machte es innen: klingpäng. Es klang, wie wenn ein Sack Teller aus der vierten Etage auf das Trottoir geworfen wurde.

Das Ehepaar Pullcke stand am Fuß der Treppe zur Begrüßung seines Büfetts nach dem schwierigen Abstieg. Frau Pullcke hielt in der rechten Hand mit krampfig ausgespannten Fingern ein Fischglas mit zwei Goldfischen, einigen Ameiseneiern und einer Blechente und im linken Arm eine Gipsstatue des Trompeters von Säckingen, dem sie soeben beim Heruntergehen am Treppenpfeiler die Trompete aus dem Mund gestoßen hatte. Eine Zähre lief ihr über die Wange. Das war ein schlechtes Vorzeichen; sie hatte einst diese Figur als Brautgeschenk von ihrem Bertram bekommen. Herr Pullcke hielt den Dackel im Arm. Das waren geliebte Gegenstände, die sie fremden Leuten nie anvertraut haben würden und unbedingt selbst tragen mußten.

Der Transport des Büfetts ging gut bis zum letzten Treppenabsatz, nur an zwei Stellen war das Treppengeländer eingedrückt worden. So, jetzt um die Ecke zur letzten Treppe! »Einen Hupp!« riefen die Transportmänner, und schon entglitt das Büfett ihren schwitzigen Quadratklammerfäusten und hupfte, sich überschlagend, mit dem Lärm eines Hauseinsturzes und einer Janitscharenmusik allein die Treppe hinunter und bedeckte wie eine Lawine das unglückliche Ehepaar Pullcke. Krachen von Brustkörben, Klirren von Gips und Gläsernem. Nur die beiderseits in Zugstiefeln steckenden vier Füße schauten unbeschädigt unter dem Büfett hervor. Der Dackel war drei Meter länger geworden. Pullckes waren platt wie Spekulatiusfiguren und mausetot. Die Männer stellten das Büfett auf und rollten das platte Ehepaar wie Mäntel zusammen und legten es in ein Schoß des Büfetts. Sie trugen das Prunkstück der Verunglückten auf die Straße und stellten es zwischen die ausgepackten Möbel der Neueinziehenden, dann begaben sie sich wieder mit motorisch eingestellter Bewegung auf die erste Etage, um den Auszug Pullckes fortzusetzen. Kolonne 2 brachte ihrer Schaltung entsprechend die Möbel aus Murmels Wohnung und stellte sie in der ersten Etage auf. Ein langes, mit Rosen geblümtes Sofa stand wildfremd neben einem grünen Plüschsessel von Pullckes selig. Küllekopps und Treskes Möbelwagen waren endlich ausgepackt. Die Möbel standen im wirren Durcheinander auf der Straße und versperrten den Fahrdamm. 248 Wagen, 700 Autos, zwei Droschken, 798 Radfahrer und eine tausendköpfige Menge stauten sich vor dem Hindernis. Fremde Leute besahen sich wohl die Möbel und nahmen leicht Transportierbares mit. Straßenkinder schaukelten sich in den unter den Möbelwagen angebrachten Hängekasten, kletterten auf den Möbeln herum und zogen die Schösser aus den Kommoden. Hunde benutzten die Ecken des Klaviers von Küllekopps.

Kolonne 3 und 4 begannen die Möbel der beiden neuen Mieter ins Haus zu tragen, die von Küllekopps auf die zweite Etage, die von Treskes auf die von Bötels verlassene dritte Etage. Kolonne 4 fand hier nur etliches unbrauchbares Gerümpel. Athlet Buschhüter, den die Männer aus seinem Bett aufscheuchten, machte keine Anstalten, die Wohnung zu verlassen, wurde vielmehr renitent und griff zu einem Gewicht von 1000 Kilogramm, um damit zu werfen. Mit der unerschütterlichen Konsequenz ihrer maschinellen festen Struktur packten die Männer der Kolonne 4 mit der Kraft einer 20000 H.P.-Klemme den Athleten und transportierten ihn wie ein Klavier die Treppe hinunter. Vorher schlugen sie ihm mit einem schweren Hammer auf den Kopf.

Der Auszug und Einzug und Umzug war in vollem Gange. Diese allgemeine Möbelbewegung hatte etwas Irres. Ohne Unterschied schleppte Kolonne 1 in dem immer mehr sich steigernden Paroxismus ihrer mechanischen Funktion sowohl Pullckes wie auch die bereits in die erste Etage geschafften Möbel von Frau Murmel auf die Straße. Kolonne 3 und 4 trugen planlos aus dem Möbeldurcheinander auf der Straße, an dem alle Parteien beteiligt waren, mit dem starren, unerschütterlichen Trieb der Maschine irgendwelche Stücke in die von Küllekopps und Treskes gemieteten Etagen. In der zweiten Etage räumte wiederum mit einer ausgeprägten Gewissenhaftigkeit Kolonne 2, die Murmels umzog, gleichzeitig wildfremde Möbel mit aus, die von der Straße für Küllekopps heraufgetragen worden waren.

Wie von einer in Bewegung gekommenen, unaufhaltsam wirkenden Kraft schienen diese 20 Männer von der Transportgesellschaft »Rapid« ergriffen. Ein *Perpetuum mobile* schien sich in ihrem Mechanismus entwickelt zu haben. In hoffnungslosem Kreislauf trugen zehn der Männer die Möbel auf die Straße, um von den andern zehn Männern wieder in die verschiedenen Etagen planlos und ohne Ordnung hingestellt zu werden. Immer sah man das geblümte Murmelsche Sofa und das Pullckesche Büfett wiederkehren.

Es war zwei Uhr nachts geworden, bis die neuen Mieter und Familie Murmel das Haus Salvatorstraße 72 erreichten. Es war fast unmöglich, durch die ungeheure Menschenmenge und die Ansammlung der Fahrzeuge, die noch immer die Straße füllten, durchzudringen. Sie waren stutzig geworden, es packte sie eine stille Vorahnung von nichts Gutem. Würde man wohl mit Sicherheit in der behaglich eingerichteten neuen Wohnung das zugesagte Abendbrot und die garantierte Behaglichkeit finden? Es sah nicht danach aus. In wachsender Angst schauten die Mieter diesem seltsamen, nutzlosen Treiben der zwanzig Männer zu. Was ging hier vor? War es ein Spuk? Stöhnende Fragen, entsetzte Zurufe prallten ungehört an der ehernen Indolenz der Möbeltransporteure ab. Unerbittlich wie das Schicksal setzten sie ihr Tun fort. Soeben war wieder Murmels Sofa in der Haustür erschienen, die Rosen des Überzuges hatten im Mondlicht eine fahle Farbe. Mit gellendem Geschrei fielen Mutter Murmel und ihre Töchter über ihr Sofa her und liebkosten es wie einen lieben Freund. Es stellte für sie in dieser verlassenen Lage die Quintessenz trauten Heimes dar. Oberlehrer Küllekopp versuchte in einer langen, mehrere Stunden dauernden Rede in gutem Deutsch, die er zur besseren Übersicht in verschiedene Abschnitte, mit a, b, c, d, e, f, g und weiteren Buchstaben, mit römischen Zahlen und arabischen Ziffern bezeichnet, einteilte, den zwanzig ungehemmten Männern das Unlogische ihres Tuns klar zu machen. Aber vor dieser unheimlichen Unerschütterlichkeit wurde er heiser, resignierte er schließlich völlig ermattet. Er kletterte mit seiner Familie auf sein Klavier, wobei er mit den Füßen auf die Tastatur geriet und zwei Mollakkorde anschlug. Herr Treske war in einer Sitzbadewanne eingeschlafen. Seine Frau ging ihrem Beruf nach. Mit einer Sicherheit, die eben die Folge ihres motorischen Agens war, setzten die Männer auch im Dunkel der Nacht ihre Ahasverarbeit fort.

Als am Morgen die Mieter erwachten und geneigt waren, zu glauben, daß alles ein böser Traum gewesen sei, sich die Augen rieben, mußten sie zu ihrem Entsetzen gewahren, daß das Verhängnis weiter seinen schrecklichen Lauf nahm. Eine Starre kam über die Unglücklichen, wie eine Lähmung, die alle Energie, jede Willenskraft, jedes Denken unterband. Wie eine unabänderliche kosmische Manifestation erschien ihnen diese Katastrophe, gegen die jedes Aufbäumen zwecklos und jeder Versuch einer Hemmung ein irrsinniges Beginnen war. Wie gescheuchte Fledermäuse verbargen sie sich zusammengekauert in einem der Möbelwagen.

Tage, Wochen, Monate vergingen, und immer noch trugen mit unerschütterlicher Ewigkeitsgebärde die zwanzig Motormänner von »Rapid« die Möbel rein und raus. Der Hauswirt Kraus, der ahnungslos über das, was in seinem Hause vorging, seine Tage in stetem Kümmelrausch verbrachte und erst am ersten Mai zur Einkassierung der Mieten aus seiner Parterrehöhle hervorkroch, verfiel sofort angesichts der erdrückenden Tatsache des schrecklichen, beharrlichen Tuns der zwanzig Männer in die gleiche Starre wie seine Mieter draußen. Er kroch mühsam auf die Straße und kauerte sich zu den Unglücklichen in dem Möbelwagen. Die gleiche Resignation befiel ihn wie diese Leidensgenossen.

Auch sein Mobiliar entging der Transportwut der Männer nicht: Seine Möbel gerieten ebenfalls in den schauerlichen Kreislauf.

Der Sommer verging, der Herbst kam, und in einer Nacht fiel Schnee und zeigte den Winter an. Schwarz hoben sich die beiden Möbelwagen von der beschneiten Straße ab. Die Möbel waren mit Schnee bedeckt. Unerschütterlich, wie unter einem höllischen Fluche, wanderten die Möbel treppauf, treppab, rein und raus, raus und rein.

In einer Nacht, als das Thermometer 20 Grad Kälte zeigte, erfroren die armen Mieter und der Hauswirt Kraus in dem ungeheizten Möbelwagen.

Am nächsten Tag kam eine Botschaft durch einen roten Radler an die zwanzig Transportmänner, daß die Möbeltransportarbeiter in den Streik getreten seien. Wie auf einen Schlag stockte die Tätigkeit der Zwanzig, jeder ließ das Möbelstück, das er gerade transportierte, fallen, und im Zuge marschierten sie zusammen, je fünf in einer Reihe, mit klatschenden, das Pflaster aufwühlenden Schritten zum Streiklokal.

Die Möbel stehen jetzt noch auf der Salvatorstraße.

Das neue Auto

»Was der kann, kann ich auch«, sagte der Brauereibesitzer Emil Kiste selbstbewußt, als er hörte, daß sich sein Nachbar, der Konsul Edgar von Wirsing, ein prächtiges Luxusauto mit einer Leistung von 100 PS angeschafft hatte. Er, Emil Kiste, sollte sich von diesem Wirsing übertrumpfen lassen?

Emil Kiste war einst ein einfacher Brauknecht gewesen, in der Brauerei, die jetzt sein Eigentum war. Er hatte es verstanden, des Brauers Tochter zu berücken, und der alte Vater hatte »ja« gesagt. Emil Kiste hatte die überzeugende Art, sich als äußerst tätigen, werktüchtigen Arbeiter aufzuspielen, die er noch bei jeder Gelegenheit mit rausgedrückter Brust durch kraftvolle Richtsprüche wie: »Die Axt im Hause ersetzt den Zimmermann«, »Selbst ist der Mann!« verstärkte.

Der alte Vater, dessen Horizont nicht über seine Braubottiche hinausging, war stolz auf seinen arbeitsam schaffenden Schwiegersohn. Überall war er zur Hand. Die Axt im Hause ersetzt den Zimmermann! Das war dem alten Vater ein starkes, zuversichtliches Maxim, wenn er den Sinn der kernigen Worte auch nicht ganz verstand.

Wie es meistens kommt, der alte Vater starb, und Emil Kiste erbte die Brauerei und einen großen Komplex aussichtsvoller Grundstücke, die bald nach dem Tode des Schwiegervaters durch das Prospekt der Anlage einer Eisenbahn enorm im Werte stiegen.

Für eine Riesensumme verkaufte Emil Kiste das Areal an Spekulanten.

Er war ein schwerreicher Mann geworden. Felsenfest war er überzeugt, daß er nur durch seine eigene Tatkraft und persönliche Tüchtigkeit emporgekommen war.

»Hat dieser Kiste einen Dusel gehabt!« sagten zwar die Leute.

»Ja, ja, die Axt im Hause ersetzt den Zimmermann – selbst ist der Mann!« brüstete er sich noch immer und ließ Naive respektvoll staunen. »Ich verstehe alles!« War die Gasuhr nicht in Ordnung oder versagte das Telefon, die Wringmaschine oder der Rasenmäher, der Soxleth-Apparat, so hielt er sich alleine für fähig, die Schäden zu reparieren.

Eines Tages kaufte er sich einen Palast in dem vornehmsten Teil der Stadt. Er hatte es dazu. Klotziges Geld macht vornehm. Er wurde enttäuscht. Die feinen Leute mit Namen und guter Herkunft wollten nichts von ihm wissen und schnitten ihn.

Namentlich sein Nachbar Konsul von Wirsing war ihm ein Dorn im Auge. Es war ihm eine Genugtuung, daß es ihm bisher immer gelungen war, diesen eingebildeten, hochmütigen Menschen zu übertrumpfen.

Der Konsul legte in seinem Garten eine Hühnerzucht an; Emil Kiste folgte sofort mit einer Paradiesvogelfarm. Bei Wirsings wurden eines Tages die Lanzenspitzen des Vorgartengitters vergoldet; Herr Kiste ließ sofort das ganze Vorgartengitter vergolden. Kistes bestrebten sich, ihre Nachbarn mit dem vornehmen Namen in allem unbedingt zu überbieten. Als Frau Konsul ein Baby bekam, folgte ihr Frau Kiste schleunigst mit Drillingen.

Jetzt hieß es ein Auto zu beschaffen, welches das neue Luxusauto von Wirsing weit in den Schatten stellte und alle Autos, die je gebaut wurden, als alte Karren erscheinen ließ.

Er wandte sich an die renommiertesten Automobilfabriken des In- und Auslandes. Er war enttäuscht, denn alle Wagen, die ihm von diesen Firmen angeboten wurden, übertrafen in keiner Weise das Auto des Konsuls Wirsing. Es wurmte ihn schwer, daß er in diesem Falle seinen Nachbar nicht übertrumpfen sollte.

Aber der Zufall wollte, daß eines Tages ein Herr, der mit englischem Akzent sprach, sich bei Emil Kiste als Mister John C. Blotting-Paper aus Amerika vorstellte: »Oauh, Mister Kiste, Sie wollen kaufen eine Auto, wie niemand bisher hat. Well, you see. Ich bin the inventor – das uill heißen – Erfinder auf eine ganz neue Autotyp, das Gigantic Mammoth Auto. Well, you see – ich bin der representative – das uill heißen – Vertreter der Gigantic Mammoth Auto Co. Ltd. Meine Autos haben eine Leistung von 2000 PS mit 50 Zylinder.«

Das ist mein Mann, schoß es Emil Kiste durch den Kopf.

Er hatte keine Ahnung, was das geheimnisvolle »PS« bedeutete. Aber, daß dieses phänomenale Mammoth-Auto 2000 PS gegen diese erbärmlichen 100 PS des Wirsingschen Autos hatte, gab ihm das Bewußtsein, daß er auch dieses Mal wieder den ekelhaften Konsul übertrumpfen würde.

Unklar war ihm auch, was es mit den vielen Zylindern für eine Bewandtnis hatte. Er besaß selbst schon fünf Zylinder, die ihm für die paar Beerdigungen genügten. Vielleicht gab es auch bei dem Auto des Mister John C. Blotting-Paper Strohhüte außer den Zylindern. Er war ein absoluter Waisenknabe und hatte keine Ahnung von den technischen Geheimnissen einer Automobilmaschinerie.

»Well, wir machen eine velocity – uill heißen – eine Höchstgeschwindigkeit von 2000 Kilometern in der Stunde, wo die anderen Autos, die alte Autos, sich mit nur 120 Kilometern in der Stunde hinschleppen. – Oauh, wir bringen something quite new – uill heißen – eine neue Sensation. Mammoth-Auto kann Farbe wechseln wie Chamäleon und sich einstellen auf die Nuancen der Toiletten der Ladys in die Wagen. Dieses Wunderauto hat 40 Räder mit Pneumatiks, so dick, daß drei Männer sie nicht umfassen kann, wie eine berühmte Baum in Kalifornien. Well, you see, Mister Kiste, Sie werden eine einzige Auto haben in die ganze World. Mammoth-Auto braucht kein Benzin. Aus eine Wunderextrakt, mit der Trade Marke *Semper idem*, eine absolute Sekret, – uill sagen – Geheimnis der Gigantic Mammoth Auto Co. Ltd., eine Extrakt, der sich immerfort aus sich selbst erneuert, never – uill sagen – niemals alle wird und eine ungeheure Kraft entwickelt und die Motoren zu dieser höchsten Leistungsfähigkeit der Mammoth-Automobile bringt. Well, you see, Mister Kiste, Sie uerden eine Weltrekord machen mit unsere Autotyp. Zwar eine äußerst komplizierte Maschinerie. Sehr kompliziert, bei jedes Stück Auto werden bei der Konstrukschen regelmäßig 20 Ingenieure und 100 Monteure irrsinnig. You see, the prize von diese Gigantic Mammoth Auto beträgt 300 000 Dollars, ohne Skontoabzug, Scheck auf New-York. Sagen Sie all right!«

Kiste sagte: »all right«. Was lag ihm an einem Milliönchen und mehr für diesen endgültigen Triumph über den unsäglichen Protz von Wirsing.

Mister John Blotting-Paper gab telegraphische Weisung nach Hamburg, wo in einer leeren Luftschiffhalle das von Amerika mitgebrachte Mammoth-Auto eingestellt war. In siebenundzwanzig Minuten brauste schon das Gigantic Mammoth Auto, Häuser erzittern machend, heran und hielt vor Kistes Palast.

Mister John C. Blotting-Paper hatte nicht zu viel behauptet. Diese Maschine war in der Tat eine kosmische Manifestation, eine absolute Offenbarung des letzten Aufschwungs der Technik ins Gigantische, wo die Grenze des Irrsinns beginnt. Mister John C. Blotting-Paper sagte: »Mister Kiste, you understand – uill heißen – Sie verstehn? Ich werde Ihnen das Auto und seine Handhabe erklären, zu Ihrer Richtschnur, damit Sie können lernen den Zweck der Maschinerie.«

Diese Erklärung währte acht Stunden. Emil Kiste wußte danach gerade so viel wie vorher.

Von dem achtstündigen Geschwätz stark heiser, spuckte Mister John C. Blotting-Paper ein verkautes Stück Sen-Sen-Gummi aus und sagte: »Oauh, Mister Kiste, haben Sie understand – uill heißen – verstanden meine Explikation?« Kiste wollte sich nicht blamieren und sagte: »Jähs!«

Dann überreichte ihm Mr. Blotting-Paper zwei Broschüren, eine mit der Aufschrift »Was muß der Mammoth-Auto-Fahrer wissen?« und eine zweite: »Wie bricht sich der Mammoth-Auto-Fahrer nicht den Hals?« In diesen beiden Bändchen fand man erschöpfende Aufschlüsse über die Gesamtkonstruktion des Autos und praktische Hinweise zur Abstellung etwaiger Störungen.

Der amerikanische Chauffeur, der das Auto von Hamburg gebracht, war in dem Preis einbegriffen.

Nie hatte Emil Kiste vor etwas so viel Respekt gehabt wie vor diesem neuen Mammoth-Auto. Wenn ihm auch seine alten Grundsätze: »Die Axt im Hause ersetzt den Zimmermann!« – »Selbst ist der Mann!« aufstießen, so war er doch im stillen froh über den amerikanischen Chauffeur. Zwar äußerte er sich so obenhin, daß er wohl auch allein mit dem Auto fertig würde. Mister John C. Blotting-Paper bekam seinen 300000 Dollar-Scheck aus New-York, sagte: »Good bye, Mister Kiste!« und reiste mit dem nächsten Ozeandampfer wieder ab.

Emil Kiste war dem Chauffeur und dem unheimlichen Automobil hilflos überlassen.

Eine liebe Genugtuung war es ihm nur, als er hörte, daß der Konsul von Wirsing im Bett lag und höchstwahrscheinlich aus Wut über seine Niederlage krank geworden war.

Die erste Ausfahrt. Das ganze Hausgesinde war um das Auto versammelt. Neugierige hingen lebensgefährlich aus den Fenstern. Frau Kiste bestieg als erste in roter Robe das Auto, und allsogleich nahm das bisher gelbe Auto die Farbe ihrer Robe an, aber nur die rechte Hälfte des Autos reagierte auf Rot, während die linke Hälfte, wo Herr Kiste in einem gelben Paletot Platz nahm, seine gelbe Farbe behielt.

Diese erste Fahrt ging ohne erheblichen Zwischenfall vor sich. Man fuhr im Leichenzugtempo, im Schnelligkeitsminimum der Mammoth-Autos,

100 Kilometer in der Stunde, wie der Geschwindigkeitsmesser anzeigte. Waren protokollsüchtige Polizisten auf dem Wege, zog der Chauffeur die Staubpuste, wodurch das ganze Auto sofort in eine dichte Staubwolke eingehüllt wurde. Ein Erkennen des Wagens oder der Nummer war unmöglich.

Außer einem unvorsichtigen Dackel, der in einer Kurve in das Auto lief, brachte das Auto auf dieser ersten Fahrt weiter nichts zur Strecke.

Kiste saß bei den ferneren täglichen Ausfahrten immer neben dem Chauffeur, um das Geheimnis des Autofahrens zu ergründen. Auf einer Rekordfahrt mit der Maximalschnelligkeit, 2000 Kilometer, blieb das Auto plötzlich stehen. Die Signalsirene schrie gellend auf, das Auto drehte sich um sich selbst, sauste los wie ein Pfeil und stoppte dann plötzlich mit einem scharfen Ruck. Emil Kiste und der Chauffeur flogen in hohem Bogen aus dem Auto. Dabei schrie die Sirene ein heiseres, furchtbares Lachen.

Der Chauffeur, kreideweiß, riß seinen Handwerkszeugkoffer unter dem Sitz hervor und kroch unter das Auto. Emil Kiste stand zitternd, mit offenem Mund dabei und stierte auf die unter dem Auto hervorgestreckten Füße des Chauffeurs. Eine halbe Stunde beschäftigte sich der Chauffeur unter dem Auto. Schweigend, mit einem krampfhaft verzerrten Zug im Gesicht, nahm er seinen Platz wieder ein. Emil Kiste babberten die Beine. Die Heimfahrt mit 1000 Kilometer Geschwindigkeit verlief glatt.

Der Schrecken über diesen seltsamen Vorfall steckte Emil Kiste noch lange in den Knochen. Als bei den weiteren Fahrten nichts Derartiges mehr passierte, beruhigte er sich. Der Chauffeur aber machte noch immer ein bedenkliches Gesicht. Jeden Tag kroch er mehrere Male unter das Auto und hantierte mit seinen Werkzeugen im Bauch des Autos.

Drei Monate besaß Kiste nun das Mammoth-Auto, und er hatte noch immer nicht die Courage, selbst zu fahren. Wo waren seine alten Grundsätze: »Die Axt im Hause ersetzt den Zimmermann« – »Selbst ist der Mann«? Er schämte sich vor sich selbst und vor seiner Familie wegen seiner Unentschlossenheit. Eines Morgens erschien beim Frühstück ein Eisbär mit einer riesigen Brille. Die Kinder flüchteten sich schreiend. Es war Vater Kiste im Autopelz. Endlich entschloß er sich, eine Fahrt allein zu wagen. Die ganze Nacht studierte er in den beiden Broschüren. Er fühlte sich wohl gewappnet. Der Chauffeur schüttelte sehr bedenklich den Kopf und schloß sich in sein Zimmer ein.

Einem vorbeigehenden Neger gestattete Kiste, auf dessen Bitte hin, mitzufahren. Der stieg mit breitem Grinsen ein. Gleich wurde das Auto schwarz.

Kiste ließ vor der Abfahrt das Sirenensignal nach allen Kräften johlen, um den Konsul an das Fenster zu locken, diesen Angstwurm, der nie ohne Chauffeur fuhr, zu beschämen.

Voller Zuversicht bestieg er den Führersitz. Er drückte einen Hebel vor, der ihm der richtige dünkte. Es war natürlich die Staubpuste, die er in Tätigkeit setzte und alle, die seine Abfahrt umstanden, mit Staub bedeckte.

Dann gelang es ihm, den richtigen Hebel zu finden.

Ein tolles Geknatter, ein Knall, eine Rauchwolke, und im gleichen Moment sahen die Hinterbliebenen das Mammoth-Auto in der Ferne als kleines Pünktchen verschwinden. Emil Kiste hatte den Hebel auf die Maximalgeschwindigkeit geschaltet. Wanderer retteten sich auf Telegraphenstangen, die Leute in den Dörfern auf die Dächer. Plötzlich mäßigte sich die Geschwindigkeit des Autos ohne Zutun von Kiste, es humpelte ein wenig, wie ein Gelähmter, dann drehte es sich plötzlich um sich selbst, lief ein Stück ganz schnell zurück und fuhr in gemäßigter Geschwindigkeit weiter. Kiste graute es. Man kam in eine kleine Stadt. In einer stillen Straße sprang das Auto plötzlich auf das Trottoir und zerquetschte einen von ohngefähr daherkommenden Kassenboten, den einzigen Menschen auf der Straße, an der Häuserwand wie eine Fliege, drehte sich dann mit einem grellen Sirenengeschrei um, rannte einige 1000 Kilometer weiter und blieb schließlich wie festgenagelt stehen.

Entsetzen packte Kiste. Sein Kopf wurde eiförmig. Ein Pneumatik hatte sich vom Rade losgelöst und kroch wie eine Schlange über den Weg. Er begann zu beten. – Wer half ihm? Was war das mit dem Wagen? Alle seine Energie nahm er zusammen. Was blieb ihm übrig, als selbst Hand anzulegen? Selbst ist der Mann! Was konnte die Ursache sein? Er rekapitulierte alle die Störungen, wie sie die Broschüren aufführten. Die Düse verstopft, die Zündkerze verrußt, die Kolbenringe gelockert, die Lager ausgelaufen, die Kühler heiß – was wußte er? Er kroch mit dem Handwerkszeug unter das Auto. Dieses sinnlose Röhrenwirrwarr im Bauche des Autos, diese ganze Maschinerie war ihm ein schauriges Rätsel. Er lag unbequem auf dem Rücken. Fortgesetzt tropfte ihm dickes, stinkiges Öl ins Gesicht. Dort an einem gebogenen Rohr bewegte sich etwas, eine runde, weiche, gallertartige, grüne Masse in der Größe eines Zehnpfennigstückes, mit einem Stachel in der Mitte, der fortgesetzt einen gelben Saft spritzte. Mit Schrecken sah Emil Kiste, daß das ganze Rohr löcherige Stellen zeigte, die wohl durch den Saft dieses Tieres verursacht wurden. Und jetzt bemerkte er mit stierem Entsetzen, daß der ganze Mechanismus von diesem furchtbaren Ungeziefer verseucht war, überall klebten diese Zerstörer. Das war die Ursache des irren Benehmens des Autos. Davon stand nichts in der Broschüre. Er nahm seine letzte Kraft zusammen und versuchte mit dem Hammer diese Viecher zu zerdrücken. Wie am härtesten Granit glitt der Hammer ab. Unaufhörlich tropfte auf den geplagten Kiste das Öl wie aus einer Brause. Eines von den scheußlichen Tieren geriet ihm in den Halskragen und begann am Rückgrat seine bohrende Tätigkeit. Kiste war dem Irrsinn nahe. Sein Selbstbewußtsein war zum Teufel! Er verfluchte die Axt im Hause …! Warum ließ er den Chauffeur daheim? Der ahnte das Unheil. Im Fenster erschien das grinsende Gesicht des Negers! Kiste faßte die Wut, er schlug ihm mit dem Hammer den Schädel ein und warf ihn in den Chausseegraben. Das Auto wurde wieder gelb. Das funktionierte ja noch, Gott sei Dank! Gedankenlos stierte er auf die Pneus, die überall eiterige Stellen, wie Geschwüre, aufwiesen. Völlig mit Öl getränkt befahl er sich Gott, kletterte mit der ehernen Resignation eines, dem alles egal ist, auf sein Unglücks-Auto und schaltete tollkühn mit einem Ruck die Maximalgeschwindigkeit ein. Das Auto sprang vier Meter hoch, bäumte sich auf wie ein wildes Pferd, wandte sich dann plötzlich und raste, rückwärts fahrend, wie ein Orkan, mit 2000 Kilometern Schnelligkeit los. Über Berg und Tal ging die irre Fahrt, Gegenden verwüstend und entvölkernd, Dörfer und Städte einreißend. Emil Kiste verhungerte schon bald und wurde an einer Kurve hinausgeschleudert in das All. Er hätte sowieso nicht mehr lange gelebt, die Autobazillen hatten auch ihn ergriffen.

Vier Jahre raste das Auto allein durch die Welt, ohne zu halten, in unerschütterlicher Beständigkeit. Dann eines Tages vollendeten die furchtbaren Bazillen ihr zerstörendes Werk – – von einem Tag zum andern verringerte sich die Schnelligkeit des Autos, mühsam schleppte es sich auf den zerfressenen Pneus hin, humpelnd wie ein Schwerkranker, und eines Tages fiel es endlich in sich zusammen.

Millionen von diesen furchtbaren Autobazillen, die ihm den Tod gebracht hatten, bedeckten die Straße.

Alle diese Stelle passierenden Autos infizierten sich und gingen dem gleichen Verfall entgegen. Diese Epidemie verbreitete sich über die ganze Welt, und in zehn Jahren nach ihrem Ausbruch gab es kein Auto mehr.

Die vorzügliche Kaffeemaschine

Jeden Mittag giftete sich der Vater über den Kaffee, den ihm die Mutter nach dem Essen brachte.

Dieses labberige Gesöff sei kein Kaffee, es sei wohl braun und auch heiß, aber trotzdem kein Kaffee. Er danke auf die Dauer dafür.

Die Mutter verteidigte sich und sagte, sie habe drei Lot hineingegeben und gründlich ziehen lassen. Außerdem sei zu starker Kaffee nicht gut.

Das war jeden Mittag dieselbe Geschichte.

Tante Rösele Blätterteig, die immer im Wohnzimmer auf einem erhöhten Sitz am Fenster saß und beharrlich graue Socken zweimal rechts und zweimal links strickte, mischte sich regelmäßig in den Disput der Eltern. Man wolle ja nicht auf sie hören und einmal ihr Rezept versuchen: den gemahlenen Kaffee in einen alten Wollstrumpf tun und durch diesen dann das kochende Wasser gießen? Das gäbe einen vorzüglichen Kaffee.

Den könne sie von ihm aus eimerweise trinken, schnauzte der Vater die Tante an, er danke dafür. Er sei die Sache aber jetzt endgültig leid. Wenn es noch nicht einmal möglich sei, zu Hause eine anständige Tasse Kaffee zu bekommen, pfeife er auf die ganze Haushaltung.

Die Mutter weinte und sagte, sie könne ihm keinen anderen Kaffee vorsetzen. Sie habe getan, was sie tun könne. Den besten Kaffee genommen, der in der Stadt zu haben wäre, zwei Mark achtzig das

Pfund. Dreiviertel Lot habe sie auf eine Tasse genommen. Er liebe sie nicht mehr, er solle es ihr doch gleich ins Gesicht sagen. (Das behaupten Frauen immer, wenn man ihnen berechtigte Vorhaltungen macht und sie keine stichhaltigen Gründe für ihre Verteidigung vorbringen können.)

Diese leidige Kaffeegeschichte drohte das Eheglück der Eltern auf das ernstlichste zu gefährden.

Der Vater war sehr cholerischer Natur. Eines Tages hatte er im Zorn die gefüllte Tasse, dazu noch die feine Tasse mit der Aufschrift »Dem Hausherrn« gegen die Wand geworfen und geschworen, von nun ab seinen Kaffee im Kaffeehause zu trinken.

Die Mutter wollte zuerst ins Wasser gehen.

Übermorgen war der Geburtstag des Vaters. Das war der rechte Tag zur Ausführung dieses Entschlusses. Dann würde man sie tot aus dem Wasser ziehen und die Leiche dem Vater ins Haus bringen, und er würde jetzt einsehen, was er verloren und wie unrecht er ihr stets getan habe. Zu spät, zu spät, würde er aufstöhnen und sich über sie werfen.

Die Tränen liefen ihr über die Backen, als sie sich das alles so vorstellte.

Es sollte anders kommen.

Die Mutter hatte einmal ein Bild gesehen: »Die Lebensmüde«, eine Frau, ganz in Schwarz gekleidet mit einem Spitzentuch um den Kopf, die im Begriff stand, von einer Brücke in den Fluß zu springen.

Ganz in Schwarz, ja, so wollte sie auch sterben, mit einem Spitzentuch um den Kopf. So hatte sie auch im Theater die Rebekka West gesehen. Das gab dem Tod etwas Tragisches.

Nun fiel ihr aber auf einmal ein, daß sie kein Spitzentuch hatte. Das war doch zu dumm. Es war eigentlich eine Schande, daß sie kein Spitzentuch besaß. Alle ihre Freundinnen hatten welche. Nichts hatte sie wie den altmodischen Wollschal, wenn sie zum Theater oder Konzert ging. Sie ärgerte sich so darüber, daß sie ganz und gar von ihrer Selbstmordidee abkam.

Dann sprangen ihre Gedanken über zu dem Wollschal, und es fiel ihr ein, daß dieser auch mal wieder gewaschen werden müsse. Ende der Woche würde ohnehin gewaschen, dann könne das gleich mit geschehen. Nur müsse man der Waschfrau recht auf die Finger sehen, daß sie ihn nicht zu heiß wüsche und er einliefe oder verfilze. Gott ja, man hatte so seine liebe Last mit fremden Leuten! Auch die Schlafzimmergardinen hätten es nötig, gewaschen zu werden, fiel ihr noch weiter ein.

So reihte sich eine häusliche Sorge an die andere und entfernte sie immer mehr von ihrem düsteren Vorsatz.

Dann gedachte sie der sechzig Pfund Preiselbeeren, die sie seit einigen Tagen schon im Hause hatte und die unbedingt jetzt eingekocht werden mußten.

Gott ja, Fruchtzucker und praktische Einmachgläser waren noch zu besorgen. Da wollte sie sich aber mal sofort auf die Beine machen.

Schleunigst kleidete sie sich zum Ausgehen an und stürzte, an nichts anderes als ihre Preiselbeeren denkend, in die Stadt.

Die Einmachgläser hatte sie gekauft. Sie war gerade im Begriff, den Laden zu verlassen, als ihr Blick auf ein großes Plakat fiel, das an einem Gegenstand aus Nickel angebracht war. »Die beste Kaffeemaschine der Welt! In fünf Minuten ein vorzügliches Täßchen Kaffee!« las sie, und wie ein schwarzes Gespenst tauchte ihre häusliche Tragödie in ihrer ganzen Furchtbarkeit urplötzlich vor ihr auf. Aber gleichzeitig durchzuckte sie auch ein Strahl freudiger Hoffnung angesichts des vielversprechenden Plakats da vor ihr.

»Wir garantieren für diese Kaffeemaschine«, sagte ihr der Ladeninhaber, »es ist das beste, was zur Zeit auf dem Markte ist. In fünf Minuten haben Sie ein vorzügliches Täßchen Kaffee, gnädige Frau, ohne irgendwelche Mühe. Schauen Sie her, hier dieser Behälter wird mit Spiritus gefüllt, hier hinein kommt der gemahlene Kaffee. Dieser Zylinder ist mit Wasser zu füllen, dann wird hier angezündet, und in wenigen Minuten durchzieht der würzige Duft des Kaffees Ihre Stube. Frau Geheimrat Schnaube hat vergangene Woche zwei dieser Maschinen gekauft, sie ist ganz entzückt davon. Achtundzwanzig Mark ist ja kein Preis für diese Maschine. Rein-Nickel, wird nie gelb.«

Der Mutter erschien diese Kaffeemaschine als Rettungsanker in ihrer häuslichen Misere. Sie würde sie ihrem Gatten zum Geburtstag schenken und ihn mit einer vor seinen Augen hergestellten vorzüglichen Tasse Kaffee versöhnen.

Sie kaufte also diese Wunderkaffeemaschine für achtundzwanzig Mark.

»Beachten Sie genau die Gebrauchsanweisung«, hatte man ihr im Laden nochmals eingeschärft, »vor allen Dingen geben Sie immer Obacht, daß dieser Hahn hier zu, jenes Ventil aber stets offen ist. Auch der Ablauf hier muß immer offen gehalten werden.«

Es war doch ein Glück, daß sie diese Maschine gefunden hatte. Ihre Absicht, ins Wasser zu gehen, fiel ihr wieder ein. Es wäre doch eigentlich schade um sie gewesen, außerdem, wer hätte dann die Preiselbeeren eingemacht und sich um die Wäsche gekümmert? Schon aus diesen Gründen durfte sie sich als gute Hausfrau in dieser Woche nicht töten. Nun würde ja noch alles gut werden.

Der Geburtstag des Vaters. Die Mutter hatte mit besonderer Sorgfalt den Geburtstagstisch aufgebaut. In der Mitte stand die Kaffeemaschine mit dem Plakat, das sie sich im Laden mit ausgebeten hatte, auf der einen Seite ein Rodonkuchen, auf der anderen ein Mandelkranz, wie ihn der Vater so gern mochte. Dann zwei Geraniumtöpfe, eine lange Gesundheitspfeife, ein Paar Plüschpantoffeln, die die Tante mit einem Fuchskopf, dessen Augen aus roten Perlen gemacht waren, bestickt hatte. Weiterhin zwei Pulswärmer, auch eine Arbeit der Tante. Rudi hatte einen Starenkasten bebrandmalt, der als Staubtuchbehälter im Hause Verwendung finden konnte. Adele hatte etwas kunstgepunzt: eine echt rindslederne Hausmütze, die zwar nicht sehr bequem war, indessen sehr kleidsam sein sollte. Freilich war sie nicht ganz fertig damit geworden, das hatte sie dem Vater morgens bei der Gratulation weinend gestanden. Der jüngste Bub Erich hatte einen Lampenschirm geklebt: Venedig mit seinen Palästen, deren Fenster ausgeschnitten und mit rotem Seidenpapier beklebt waren.

Der Vater konnte angesichts dieser herrlichen Sachen, Zeichen der Liebe der Seinen, obgleich er wohl den einen oder anderen Gegenstand lieber nicht gehabt hätte, nicht gut anders, als sich freudig überrascht und gerührt zu stellen.

Sonniger Friede. Mildes Plätschern trauter Familienharmonie.

Jedes Kind bekam einen Kuß, der nach Zigarre schmeckte. Die Mutter bekam auch der Kinder wegen einen Kuß. Das machte sie mutig.

»Jetzt soll Männe« (nur so und nicht anders müßte mich meine Frau, wenn ich eine hätte, nennen), »aber auch immer sein gutes Täßchen Kaffee bekommen und nicht mehr unzufrieden sein«, hatte sie gesagt und ihren Arm um den Nacken ihres Mannes geschlungen und war so mit ihm durch das Zimmer gegangen. Dem Vater war das ziemlich lästig, er sagte aber nichts um des lieben Friedens willen.

Das Mittagessen war vorbei.

Jetzt kam der große Moment, wo die neue, vorzügliche Kaffeemaschine in Funktion treten sollte.

Die ganze Familie stand um den Tisch herum, nur der Vater saß im Lehnstuhl, dicht vor der Kaffeemaschine.

Er hatte sich die neue Pfeife anzünden müssen, obgleich er viel lieber eine Zigarre geraucht hätte., Man zog ihm die Pulswärmer und die neuen Pantoffeln an. Adele setzte ihm die neue Hausmütze auf, die ihn wie ein Helm kniff. Er ertrug alles wie ein Lamm. Er wollte keinen Mißklang in dieses Familienidyll hineinbringen. Er mußte stark an sich halten, denn er war nun einmal sehr cholerischer Natur.

Die Mutter hantierte aufgeregt an der Kaffeemaschine herum. Wie war es doch nur? Hier den Spiritus einfüllen, dort kam der Kaffee hinein und dort das Wasser. Oder war es anders? Wo hatte sie nur die Gebrauchsanweisung?

Die Tante schüttelte den Kopf und nörgelte, weil die Mutter sie nicht mitgenommen hatte, als sie die Maschine kaufte. »Wird schon was Rechtes sein. Dieses neumodische Werk. Ich habe kein Vertrauen zu so was. Hast dir mal wieder etwas anhängen lassen. Es geht nichts über den Wollstrumpf«, brummte sie vor sich hin.

Die Mutter guckte sie wütend an und sagte unwirsch, sie solle doch erst einmal abwarten.

Der Vater sog an der Gesundheitspfeife und sagte nichts.

Ja und dann mit den Ventilen und Hähnen, wie war das nur damit? Was hatte der Mann im Laden gesagt? Die arme Mutter wurde immer verwirrter, sie stieß die Spiritusflasche um, die sich zur Hälfte auf den Tisch und über die Hose des Vaters ergoß.

Der Vater sog an der Gesundheitspfeife und sagte nichts. Er bekam nur dicke Adern auf der Stirn. Dann nahm die Mutter sich ein Herz. So mußte es richtig sein. Sie goß den Rest des Spiritus in den oberen, das Wasser in den unteren Behälter und gab den gemahlenen Kaffee hinein. Hier mußte angezündet werden, das hatte sie behalten. Das Streichholz machte »Zisch« und erlosch. Sie verbrauchte eine ganze Schachtel Streichhölzer; es gelang ihr nicht, die Maschine anzuzünden.

Plötzlich stand der ganze Tisch in Flammen. Sie hatte ein glimmendes Streichholz auf den Spiritusfleck auf der Tischdecke fallen lassen.

Der Vater sprang erschreckt auf und stieß sich dabei die Pfeife in den Hals. Er war blau vor Wut, sagte aber noch immer nichts.

»Diese modernen Sachen, ich hab' es ja immer gesagt«, murmelte die Tante.

Der Mutter gelang es endlich, die Flammen zu ersticken.

Mit zitternden Händen machte sie sich wieder an der Maschine zu schaffen.

Oder mußte hier angezündet werden?

Der Vater hatte sich wieder im Lehnstuhl aufgebaut. Seine Geduld war beängstigend.

Ja, hier an diesem Hahn mußte gedreht und dann angezündet werden.

»Wwubb, wwubb«, schlug eine blaue Flamme aus der Maschine heraus.

Alles flüchtete vom Tisch weg.

Die Mutter stürzte in die Küche nach einem Eimer Wasser und setzte kurz entschlossen die ganze Maschine unter Wasser.

Die gemütliche Stimmung war so ziemlich zum Teufel.

»Ich habe den Spiritus, glaube ich, in den falschen Behälter getan«, preßte die Mutter bebend hervor; »ich habe das verwechselt. So, jetzt weiß ich es wieder. Das werden wir gleich haben, in fünf Minuten dampft der Kaffee auf dem Tisch.« Sie versuchte krampfhaft ihre Sicherheit zu bewahren. Sie nahm die Maschine und ging damit in die Küche.

Der Vater sagte noch immer nichts. Die Augen waren blutig unterlaufen. Er gab dem kleinen Erich einen Tritt, daß er mit dem Lampenschirm auf das Klavier flog. Die kunstgepunzte Mütze schlug er der Adele um den Kopf. Er sagte nichts dabei.

Nach kurzer Zeit kam die Mutter mit der Maschine wieder ins Zimmer. Sie brachte reines Tischzeug mit, und bald sah der Tisch aus, als ob nichts geschehen sei.

Der Vater ließ sich wieder im Lehnstuhl nieder. Die Kinder verkrochen sich hinter die Schränke. In der Maschine summte und brodelte es ganz behaglich. Kaffeeduft erfüllte das Zimmer.

Die Mutter blickte triumphierend um sich.

Der Vater war heute ein Wunder der Selbstbeherrschung. Er war nicht wiederzuerkennen. Es kämpfte zwar noch immer sichtlich in ihm. Er bemühte sich indessen sogar Interesse für die Kaffeemaschine zu zeigen und betrachtete sie aus nächster Nähe.

Pfitsch, zischschschschsch …! Ein starker Strahl glühendheißen Kaffees spritzte plötzlich aus der Maschine hervor, dem Vater mitten ins Gesicht.

Im Nu war sein Kopf eine große Brandblase, die mit dem Vater trotz seines verzweifelten Zappelns wie ein Luftballon an die Decke stieg.

Die Mutter kletterte auf einen Stuhl, um den Vater an den Beinen herunterzuziehen. Aber der Stuhl fiel um, und sie schwebte jetzt, die Hände um die Beine des Vaters gekrampft, gleichfalls in der Luft. Laut heulend stürzten die Kinder herbei und klammerten sich an die Beine ihres geliebten Mütterleins, als plötzlich die Kaffeemaschine mit furchtbarem Knall zerplatzte und durch die Gewalt der Explosion die Wand des Zimmers nach außen gedrückt wurde. Durch die entstandene Öffnung wurde die ganze aneinander hängende Familie ins Freie geschleudert.

Heiß trafen die Sonnenstrahlen die Luftballonbrandblase und gaben ihr einen rapiden Auftrieb. Mit außergewöhnlicher Schnelligkeit stieg die ganze Familie in die Luft und war bald den Blicken entschwunden. Nie wieder hat man etwas von ihnen gesehen oder gehört.

Das Haus brannte vollständig nieder.

Im Schutt fand man außer der verbeulten Kaffeemaschine einige verbogene Haarnadeln und Korsettstangen und ein Gebiß: das waren die Überreste der Tante Rösele.

Von den Widrigkeiten des Lebens

Der interessante Kopf

Herr Leobschietz war Reisender in Rüböl und hatte die Gelbsucht. Er war sehr langweilig, weil er immer von Rüböl sprach. Er war erstaunt, daß alle Leute, die er so kennenlernte, ihn bald satt hatten und ihn, wenn sie ihm begegneten, ostentativ schnitten. Das war ihm unerklärlich. Er hielt sich für einen geselligen Menschen, der in jede Gesellschaft paßte und seinen Mann stellte. Seine Sehnsucht war, in guter Gesellschaft zu verkehren.

Vorläufig aber waren sein einziger Umgang die Rübölinteressenten, die jeden Freitag zum Kegeln im Rübölklub zusammenkamen. In diesem Klub drehte sich das Gespräch nur um Rüböl, Rüböl, Rüböl … Dieses fortwährende Geschwätz über Rüböl hatte zur Folge, daß sich Rüböl an den Wänden niederschlug und in dicken Tropfen über die Tapeten rann.

Infolge der Gelbsucht sah Herr Leobschietz natürlich sehr gelb aus. Die Augen waren gelb, der Anzug gelb, die Schuhe gelb, die Milchfrau gelb, das Klavier gelb, alles war gelb und der Kanarienvogel grün.

Wenn er abends aus dem Bureau kam und sich in den Anlagen spazierend erging, liefen ihm die Kinder nach und riefen: »Postkutsche!«

Passanten schauten sich nach ihm um. Frau Bellhoff sagte: »Das ist ein Schineeß.«

»Wegen dem gelben Gesicht, Mama?« fragte altklug der kleine Bertram.

Diese blöden, fortgesetzten Belästigungen verdrossen natürlich Leobschietz ungemein.

Er hatte einmal in einem Buche »Wie werde ich gebildet?« etwas von Atavismus gelesen. So schien ihm auch seine Gelbsucht auf atavistischer Grundlage entstanden zu sein. Sein Onkel Milbenflutsch war nämlich Bahnhofsvorsteher auf der Insel Jutschu im Gelben Meer gewesen.

Zwar belehrte ihn der Geheimrat Boorsalbe: »Gelbsucht ist, wenn die Galle in das Blut tritt.«

»Ohne anzuklopfen?« witzelte der fade Rübölerich.

Geheimrat Boorsalbe wies dann noch darauf hin, daß sich das bei dieser Krankheit entstehende Gelb in den Tränensäcken der Augen sammle.

Eines Abends im Juni war Leobschietz gelb wie nie. Falten durchfurchten sein Gesicht, wo eben Platz war.

Er war sehr niedergeschlagen, die unartigen Kinder hatten ihm wieder »Postkutsche!« nachgerufen und Vorbeigehende dumme Bemerkungen gemacht.

Eine stille Wut stieg in ihm auf, was ihn noch gelber machte; eine Verzweiflung kam über ihn. Selbstmordideen quälten ihn. »Bin ich ein gelber Firlefanz?« stöhnte er. »Gerade ich.« Er brach auf einer Bank zusammen, stierte verzweifelt auf die Fußspitzen. Das war ein Leben! Ein Gespött der Leute! Gelbe Tränen flossen ihm durch die Wangenfurchen. Dann lehnte er sich zurück, schlug sich mit der Faust vor den Kopf und setzte sich ganz gerade auf die Bank. Sein Profil stand wie eine scharf geschnittene Silhouette gegen den Abendhimmel. Sein Kinn stand vor wie ein Fensterbalkon, die Nase ähnelte einem spitzig gebogenen Geierschnabel.

Er hatte nicht bemerkt, daß sich jemand am anderen Ende der Bank niedergelassen hatte.

Plötzlich wurde er aufgeschreckt. Ein alter Herr mit weißem Bart und Schlapphut stand vor ihm: »Verzeihen Sie, daß ich Sie störe.«

»Bitte, bitte«, faßte sich schnell Leobschietz.

»Sie werden meinen Namen kennen, ich bin der berühmte Kunstmaler Professor Brauntupf.« Der alte Herr schob die linke Hand in den Gehrockaufschlag, reckte sich, daß er zwei Köpfe höher erschien, und drehte den Kopf nach links: so stand er da, der große Mann, wie ein Denkmal. Er sagte noch einmal, daß Leobschietz heiliges Schaudern überlief: »Ich bin der berühmteste Maler Brauntupf – Brauntupf!« Er guckte stolz um sich.

Leobschietz verneigte sich devot.

Dann nahm Brauntupf die Hand aus dem Gehrockaufschlag, zog die Heldenbrust ein und sagte zu Leobschietz: »Stellen Sie sich mal ins Profil.« Er hielt die halb geöffnete Faust vor das Auge wie ein Fernrohr und brüllte enthusiasmiert: »Herrlich! Herrlich! Sie sind mein Mann!«

Leobschietz wurde noch gelber.

»Ich werde Ihnen erklären, warum Sie mein Mann, ein Geschenk meiner Muse sind!« begann der berühmte Mann pathetisch. »Sehen Sie, ich trage ein Werk in mir seit Jahren: Die Begegnung Dantes mit Beatrice. Ich war in Italien und habe gesucht nach einem Kopf, der mir zu meinem Dante dienen könnte. Hunderte von Modellen habe ich geprüft. Hoffnungslos bin ich zurückgekehrt. Ich habe mich vergeblich seit Monaten hier bemüht, einen Dantekopf zu finden. Und nun in dieser späten Stunde finde ich in Ihnen, was ich gesucht, den Dantekopf, die scharfe Nase, das springende Kinn, die dunkle Gesichtsfarbe – Sie müssen mir sitzen – unbedingt!«

»Dante, Dante, meine Tante, deine Tante«, schwirrte es in Leobschietz' Kopf herum. Er warf einen dankbaren Blick zum Himmel, daß endlich eine Autorität seinen Kopf anerkannte.

»Wann ist es Ihnen genehm, zu kommen? Mein Atelier ist in der Akademie. Im übrigen, wie heißen Sie?«

»Leobschietz, Leobschietz in Rüböl, verehrter Meister!«

»Wo liegt diese Stadt?« fragte ihn Brauntupf.

Leobschietz begann nun des breiteren über Rüböl und so zu reden.

»Also kommen Sie morgen?« sagte der Professor kurz.

Leobschietz überlegte, wie er von seinem Rüböldienst freikommen könnte. Er müßte seinem Chef sagen, er besuche die Kundschaft. Es wäre ihm eine Ehre, morgen um jede Zeit zu erscheinen, entschied er sich.

»Also um zehn Uhr, Herr Rüböl. Guten Abend!« Der Professor ging strammen Schrittes, die Füße nach auswärts gesetzt, in die Stadt zurück.

Leobschietz schwoll der Kamm in dem Gefühl, nun ein berühmter Mann zu sein. Er würde endlich die ersehnte Rolle in der Gesellschaft spielen.

Fünf Wochen arbeitete Professor Brauntupf an seinem Meisterwerk in täglichen Sitzungen. Leobschietz schob beim Chef die westfälische Reisetour vor. Brauntupf verheimlichte seinen Kollegen gegenüber sein Dantemodell. Er lud Leobschietz auch einige Male zum Essen ein. Leobschietz quoll auf. Er hatte erreicht, was er so sehr ersehnt.

Der Tag der großen Kunstausstellung erschien. »Die Begegnung Dantes mit Beatrice« von Professor Brauntupf erregte immenses Aufsehen bei den Künstlern und beim Publikum. Die Kritik nannte das Meisterwerk einen Clou. Namentlich erregte der Kopf des Dante ein ungewöhnliches Interesse, die markanten Gesichtszüge des erhabenen Poeten der *commedia divina* wurden besonders gelobt und den besten Dante-Bildern alter Meister gleichgestellt.

Das Bild wurde vom Staate angekauft, und Professor Brauntupf bekam die goldene Medaille. Seine Kollegen bestürmten ihn, ihnen das Modell zu verraten, das ihm zu diesem Dantekopf gestanden hatte. Er schmunzelte und schwieg.

Der Rübölreisende Leobschietz bekam den Größenwahn.

In allen Blättern schrieb man von dem unbekannten Modell. Man behauptete, es sei ein Italiener von adliger Geburt.

Zufällig traf der Bildhauer Klömpke eines Tages Leobschietz auf der Straße. Das war ja der Mann mit dem Dantekopf, fuhr es ihm durch das Hirn. Den mußte er kennenlernen, der kam ihm wohl gelegen. Er arbeitete gerade an einer Büste des Savonarola, und ihm fehlte das passende Modell.

Leobschietz machte wieder die Tour nach Westfalen. Die Büste Savonarolas des Bildhauers Klömpke hatte fast noch mehr Erfolg als das Bild von Professor Brauntupf. Wieder war es der markante Kopf, der es tat, nur war er diesmal hagerer. Das

Werk wurde von der italienischen Regierung angekauft.

Man wußte in Künstlerkreisen, daß das Modell Leobschietz hieß, aber nicht, was er war. Er war der bekannteste Mensch in den Künstlerkreisen der Stadt. Das gefiel ihm wohl.

Als er nun noch zu der Gelbsucht einen Bandwurm bekam und er grün und violett im Gesicht wurde, stürzten sich die Neoimpressionisten und Futuristen auf ihn.

Er war überall eingeladen. Wenn er auch langweilig war und fad, man brauchte ihn wegen seiner Gesichtsnuancen.

Eines Tages riet ihm Geheimrat Boorsalbe dringend, da die Gelbsucht und der Bandwurm überhandnahmen, in ein Sanatorium zu gehen. Leobschietz folgte dem Rat des Arztes.

Nach vier Wochen kehrte er zurück mit Hängebakken, dickem Schmerbauch, Doppelkinn, abstehenden Schweinsohren. Von einem interessanten Kopf, an dem sich Künstler begeisterten, konnte nicht mehr die Rede sein.

Als er vom Bahnhof kam, begegnete er just dem Professor Brauntupf. Der Maler schaute ihn bei seinem Gruße einen Augenblick an, schüttelte den Kopf und ließ ihn stehen.

Ähnlich taten es alle, denen er Modell gestanden hatte und durch die er in die Geselligkeit des Künstlervölkchens eingeführt worden war.

Er interessierte in seiner vulgären Pausbäckigkeit die Künstler nicht mehr, man schnitt ihn allenthalben, das war ihm bitter.

Er verlor dazu seine Stellung in dem Rübölgeschäft. Der Chef hatte die Bummelei während seiner Glanzzeit gemerkt und ihn glatt hinausgeschmissen.

Er kam sehr herunter.

Das ist der Fluch der Gesundheit.

Hitze! Hitze!

Man spreche mir nicht von wollenem Unterzeug, von Kamelhaardoppelleibchen, von dicken Schafswollsocken, von Pelzmützen mit Ohrenwärmern, Pulswärmern, Glühwein oder heißen Bettkrügen. Oh, das lasse man lieber, denn ich kann dann sehr ungemütlich und häßlich werden. Ich bin ohnehin aufs höchste gereizt.

Ich bin kein Eisverkäufer oder Selterwasserfabrikant oder Aktionär eines Strandbades oder einer Badeanstalt. Ich profitiere nicht von den Hitzeferien in den Schulen. Ich habe nicht den geringsten Vorteil von der Hitze. Sie quält mich nur auf das furchtbarste und bringt mich dem Irrsinn nahe. Dazu kommt, ich bin schlecht gerüstet gegen dieses afrikanische Wetter.

Vor einigen Jahren starb mein Onkel Hubert. Ich bekam seinen Panamahut. Es war ein wertvoller Panama, so sagten meine Verwandten, die des Onkels goldene Uhr und seine Schmuckgegenstände an sich nahmen.

Man kann Panamahüte so lange tragen, wie man will, sie werden dadurch nicht reiner und ansehnlicher. Ich habe meinen Panamahut getragen, bis er. grün wurde. Wir sind auf ein unterhaltsam, lehrreich Blättchen, den »Familienfreund«, abonniert. Da findet man eine Rubrik »Praktische Ratschläge fürs Haus«. Es wird angegeben, wie man Tintenflecken aus Damasttüchern entfernt, wie man aus Zahnstochern und Apfelresten lustige Spielzeuge für die lieben Kleinen machen kann, wie man Gardinen und Muskeln stärkt, und auch wie man alte Panamahüte wie neu auffrischt. Ich habe genau nach dem Panamaauffrischungsrezept gehandelt, ich habe stundenlang aufgefrischt. Ich muß irgend etwas falsch gemacht haben. Mein Panamahut ist wohl weiß geworden, ist aber zusammengeschrumpft wie ein Stück Haut. Ich habe ihn von einem befreundeten Architekten zum Hute formen lassen. Er bekam aber nur noch den Durchmesser einer Kaffeetasse und saß mir auf dem Kopfe wie ein Zündhütchen. Ich habe ihn einmal auf Zureden eines Todfeindes aufgesetzt. Alle Welt hat mich geschnitten. Assessor Bleistiftschutz hat ostentativ weggeguckt. Frau Rat Tüllentropf ist schnell in ein Geschäft geflüchtet. Das tat mir weh, sehr weh. Man hat den Hut dann bei uns zum Durchschlagen von Pflaumenmus benutzt.

Ich trage jetzt meinen guten, braunen, so häufig verwechselten, fünf Pfund schweren, steifen Filz. Ich habe das Gefühl, als hätte ich einen brennenden Petroleumkocher auf dem Kopf. Meine Haare werden nur so abgesengt. Mein Kopf ähnelt einer Prärie nach einem Brande.

Man hatte mir als Kind gegen wehe Augen kleine Goldknöpfchen in die Ohren gemacht. Sie sind bei der durch den Filzhut verstärkten Hitze geschmolzen und abgetropft wie Siegellack. Auch ein Stück Ohrläppchen ging verloren, aber nur wenig. Die Ohren sind zu knallroten Blasen, gleich Kinderballons, angeschwollen. Ich sehe nun wirklich merkwürdig aus. Es kleidet mich nicht besonders. Vornehme Leute, die mal sagten, sie wollten mich einladen, haben es nie getan.

Ich habe eine wirklich, eine wirklich schöne, weiße Hose gehabt. Ein angenehm kühles Kleidungsstück. Mein Patenonkel Emil Heisterbach, der zwei Häuser weiter auf der gleichen Straße wie wir wohnte, hatte sie auf einer Reise in Ruhrort für sich gekauft. Leichtsinnig, wie der alte Heisterbach immer war, hatte er die Hose nicht anprobiert. Natürlich war sie nachher zu eng, selbst wenn er die Schnalle offen ließ. Er hatte sie mir dann zu meinem dreißigsten Geburtstag nebst zwanzig Mark in bar geschenkt. Ein herzensguter Mensch, der Onkel Emil! Er starb bald darauf.

Am Fettherz, der Arme!

Gott, das war eine Prachthose, etwas ungemein Erfrischendes hatte sie. Brachte man sie in die Nähe eines Thermometers, sank es gleich um etliche Grad. Diese Hose war die Kühle, der frische Wind an sich. Sie war ein Wunder, ein unglaublicher Triumph der Kühltechnik. Es lag hauptsächlich am Stoff, ein wenig zwar auch an der Konstruktion. Die Hose hatte messerartige Bügelfalten.

Ich war krankhaft stolz auf die Hose. Ich probierte sie fast täglich vor meinem Spiegel, wagte es aber nicht, darin auszugehen. Ich war sicher, daß es sofort regnen würde, und mit der Schönheit meiner schönen Kühlhose wäre es dann alle gewesen. Oder es konnte ihr anderes Mißgeschick im Getriebe der Straßen widerfahren. Ein Radfahrer konnte gegen mich fahren, Hunde konnten Unheil anrichten, kleine, süße, entzückende Kinderchen ihre mit Apfelkraut verklebten Händchen gegen meine Hose drükken. Ich wäre bald der Wunderhose verlustig gegangen. Schon in pietätvollem Gedenken an den guten

Onkel durfte an der so außergewöhnlichen Hose nichts geschehen.

Außerdem stand in unserem »Familienfreund« nichts darüber, wie man weiße Hosen zu waschen habe.

Tag um Tag nahm die Hitze zu. Auf der Straße schmolz man hin wie Wachs. Der Asphalt war aufgeweicht, und die Straßen glichen Morästen. Die Welt draußen war eine Hölle.

Dinge, die man hart liebte, wurden weich, schmolzen; was weich sein sollte, wurde hart, dorrte aus. Butter wurde zu Öl und lief einem vom Brot in den Ärmel. Brötchen, die man, weiß Gott, ohne ein Feinschmecker und Genußmensch zu sein, gerne weich aß, wurden steinhart und erinnerten an Hammerköpfe aus der Steinzeit, wie man sie in Museen findet. In den Flaschen brodelte der Wein und das Bier. Aus der Wasserleitung lief glühendes Blei, die Rohre verzehrten sich in der Glut. Die Metallplomben schmolzen in den Zähnen. Man sprach unter dem Einfluß der Hitze unwillkürlich einen Kongodialekt. Zigarren und Zigaretten rauchten sich selbst zugrundc.

Ich lag in drei Eisschränke verteilt, die Beine hatte ich in je einem und den Oberkörper und Kopf in einem anderen, großen Eisschrank (mit mir zusammen waren noch Würste, Suppenknochen, Käse und ähnlichcs) und litt dennoch unter der höllischen Hitze. Ich verbrauchte einen Rhonegletscher an Eis. Um mich schnurrten weißglühende Ventilatoren.

Wie ein lähmendes Band legte sich die Glut um mein Denken; wenn ich leise mit dem Kopf wackelte, spürte ich das Gehirn plätschern. Alles, trotz der drei

Eisschränke! Ich mußte mein Gehirn beschäftigen, mußte mich für irgend etwas interessieren, wenn ich nicht im Stumpfsinn ganz vergehen wollte. Ich griff zur Zeitung. »Hitze, Hitze, Hitze«, atmete es mich glühend an aus ihren Spalten. Berichte über Hitzschläge, statistische Vergleiche der bisherigen höchsten Temperaturen, genaue Angaben der Gradhöhe morgens, mittags und abends aus allen Städten, Mittel gegen Hitzschläge, Vorschriften für die Bekleidung, über Hitzeferien, so höhnte es mich an. Was gingen mich alle die Vorschläge an über eine einheitliche Regelung der Hitzeferien? Der älteste Mann der Stadt soll darüber entscheiden! proponierte jemand. Die Vision peinigte mich: Ein uralter Mann, höllenhaft schwitzend, auf einem Eiskühler sitzend, einer zweiten Pythia gleich, dem fragenden Volke kündend, ob hitzefrei sei oder nicht!

Dem Himmel sei Dank, die Zeitung verbrannte mir in der Hand. Es wäre sonst mein Ende gewesen.

Ich mußte eines Tages allerdringendst in die Stadt. Ich hatte in der Wohltätigkeitslotterie zum Besten der vom Hitzschlag betroffenen Unglücklichen zwei Pelzkragen, einen Karton Aachener Printen und drei Dutzend Tulpengläser gewonnen. Die Gewinne mußten sofort eigenhändig abgeholt werden.

Es war an dem Tage so heiß, daß das Quecksilber oben am Thermometerrohr herausspritzte und die Wände hinaufkroch. Feuersalamander hörten auf, sich über zu frische Temperatur zu beklagen.

Nach langem Kampfe habe ich mich entschlossen, die weiße Hose anzuziehen. Sie bewährte sich glänzend. Die Strahlen der gierigen Sonne prallten ab an dem Weiß der Unschuld. Wenn ich nicht den schweren Filz aufgehabt hätte und einen sechs Zentimeter hohen, weiß lackierten Patentblechkragen »Schmilzt nicht«, so wäre es noch erträglicher gewesen.

Ich traf auf der Straße ein feuchtes, klebriges, transpirierendes Etwas, meinen Freund Adam Schüttelfrost. Er erinnerte an einen Fürst-Pückler-Eispudding, den das Mädchen aus Versehen angewärmt hat. Er schwitzte einfach monumental, michelangelesk. Es war ihm so heiß, daß ihm beim Sprechen die Konsonanten in Vokale zerflossen.

Er war auf dem Wege zum Fluß. Er wollte baden. Er hatte noch den Kinderglauben vom »erfrischenden Bad«. Er hat dann auch richtig mit anderen ebenso naiven Unglücklichen den Tod gefunden, sie sind alle schlicht im Fluß verbrüht. Sie hätten sich geradesogut in glühende Bouillon legen können.

Ich würde schon aus dem Grunde nie öffentlich baden, weil ich X-Beine habe. Zwar hat mir mal eine Amerikanerin in Ostende gesagt, ich hätte *a gothical act*, und es wäre *very nice indeed.* Aber was nutzt mir das, die Leute lachen doch.

Die weiße Hose funktionierte fabelhaft. Wäre ich nicht so unvorsichtig gewesen, mich in einen Korb schwarzer Waldbeeren zu setzen, hätte ich noch lange Nutzen von dieser Wunderhose »Antihitze« gehabt. Aber ich entsetzlicher Tölpel tat das.

Ich war ein gebrochener Mann. Ich habe in meiner Not die Hose gewaschen nach dem Panamawaschrezept aus dem »Familienfreund«, mit dem Erfolg, daß aus der Prachthose eine sehr kleine Schwimmhose wurde, so war die Hose eingelaufen.

Ich gehe jetzt nicht mehr aus und nehme mir die Tracht der Papuas zum Vorbild. Ich liege in meinen drei Eisschränken und beobachte die mit Leim bestrichenen Patentfliegenfänger »Hurra! Hurra!«, bedenke, wie weise die Natur die fehlende Kühle durch um so größere Mengen von Fliegen und Mücken ersetzt und so die Menschen tunlichst davor bewahrt, durch die gräßliche Hitze beeinflußt, in dumpfes Dösen und eine tödliche Lethargie zu verfallen. Alles ist weise eingerichtet. Oja, oja!

Tante Fina ist gegen das geleimte Fliegenband gelaufen. Es klebte ihr im Gesicht fest. Es war schwer, das Band abzumachen. Aber mit Gewalt ging es ab, zwar auch ein Stückchen Backe. Tante Fina schrie schrecklich. Dabei klebten ihr noch vier Fliegen im Gesicht. Die sahen aus wie Rosinen in einem mürben Platz. Ich habe sie abgepolkt und wieder auf den Fliegenfänger geklebt.

Alle, die der Tante Fina geholfen, hatten klebrige Finger. Auch Sebastian. Er hat gleich darauf Klavier gespielt. Die Tasten sind ihm an den Fingern kleben geblieben, er war ein jähzorniger Mensch und hat die Tasten wie Wurzeln ausgerissen.

Der Fliegenleimstreifen hängt an der Lampe herunter. Ich stiere apathisch, wie die Fliegen so töricht sind und sich auf den Streifen setzen anstatt auf den Porzellanknopf der Hängelampe, wie einst. Die Backofentemperatur steigt, steigt. Ich denke mit einem gewissen Behagen in meinen Eisschränken daran, daß ich bei einem solchen Teufelswetter höchst ungern Heizer auf einem Dampfschiff oder Radrennfahrer sein möchte.

Onkel Willibald will baden

Dem Onkel Willibald hatte ein uralter Schäfer in der Lüneburger Heide gesagt, das Geheimnis des Langlebens sei, sich nie zu waschen. Er selbst sei seines Wissens so ungefähr hundertdreißig Jahre alt, und seit hundert Jahren wäre kein Wasser an seinen Körper gekommen. Bei einigen alten Bauern in der Eifel fand Onkel Willibald die gleiche Gepflogenheit. Ihr hohes Alter und ihre Rüstigkeit bewiesen, daß sie mit ihrer Theorie nicht so ganz unrecht hatten. Onkel Willibald hatte weiter von einem alten Landstreicher aus dem Thüringischen erzählen hören, der sich auch seit Jahren nicht gewaschen hatte, dann aufgegriffen wurde und polizeilicherseits ein Bad verabreicht bekam und, obwohl kerngesund, darnach sofort in Siechtum verfiel und starb. Das gab zu denken.

Onkel Willibald war praktischer Philosoph. Er hatte das Prinzip, sein Leben auf der Grundlage persönlicher Erfahrungen einzurichten. Er war stolz, wenn er im Volke so eine schlichte Lebensweisheit fand, einen nützlichen Brauch; gleich war diese neue Erkenntnis auch für ihn maßgebend und bestimmend. Indessen war die letzte Entdeckung nur so lange sein Evangelium, bis er wieder auf etwas Neues stieß.

»Ich bin ein verflixt heller Kopf. Ich halte die Augen offen!« sagte er und warf sich selbstgefällig in die Brust.

Er galt allenthalben für einen Sonderling. Seine Verwandten sagten, er sei verrückt. Mit Benders, seinen nächsten Verwandten, wohnte er im gleichen Hause, Benders auf der ersten, er auf der zweiten Etage; im Unterhaus war das Kolonialwarengeschäft von Wiehbendülle. Benders sprachen hinter dem Rücken Onkel Willibalds sehr respektlos über ihn. Ihm ins Gesicht waren sie dagegen widerlich devot und hofierten ihn in schmachvoller Weise. Sie gaben seinen fixen Ideen recht, soweit sie kein Geld kosteten. Onkel Willibald war begütert, und Benders die nächsten Erben.

Der Onkel hatte eine eigene Haushaltung, der seine Köchin Amöne Schmalspurbahn vorstand. Amöne Schmalspurbahn war eine Eskimo, die versehentlich nach Deutschland geraten war. Geld zur Rückreise fehlte ihr, sie nahm kurz entschlossen die in der Zeitung ausgeschriebene Stellung bei Onkel Willibald an.

Als er von der Reise zurückkam, auf welcher er den alten Schäfer und die Eifelbauern getroffen hatte, und als er das mit dem Landstreicher erfuhr, beschloß er, sich von Stund an nicht mehr zu waschen und dem Beispiel dieser Leute zu folgen. Seine Köchin, die er seit Jahren hatte, verließ ihn darauf Knall auf Fall. Andere folgten, aber schon nach wenigen Tagen gingen auch sie wieder. Keine war zu halten. Onkel Willibald war verzweifelt. Da erschien eines Tages Amöne Schmalspurbahn, und die blieb.

Der Onkel begann, nach einiger Zeit sich selbst nicht mehr zu mögen. Es war schon schlimm.

Er reiste eines Tages in die Bretagne und fand dort in dem am Meere gelegenen Dorfe Oeuf à la Coque unter den Einwohnern einen außergewöhnlichen Wasserfanatismus. Von früh bis spät lagen diese Leute im Meer. Und zu Hause wurden die Seebäder noch durch Duschen und Abwaschungen ergänzt. In Oeuf à la Coque gab es vierzig Einwohner über hundertundachtzig Jahre, die alle noch Rad fuhren und Rollschuh liefen. Eine hundertfünfundsiebzigjährige Frau leistete Erhebliches auf dem Drahtseil. Das gab zu denken.

Onkel Willibalds Grauen vor sich selbst wuchs von Tag zu Tag. Er merkte zu seinem Schrecken, wie er mählich körperlich und auch geistig verkam. Die Lebensweise des uralten Schäfers war nichts für ihn.

Die Leute in Oeuf à la Coque wiesen ihm den richtigen Weg. Die kannten das Geheimnis des langen Lebens. Wasser, Wasser war die Parole!

Im Zuge zurück in die Heimat, lernte er den berühmten Wasserheilmenschen Unglimpf Knobbe kennen, der ihm sein Buch »Hupf mein Mädle« schenkte, in dem er sein Wasserheilverfahren überzeugend darlegte und unzählige verblüffende Resultate aufführte.

Sofort schrieb Onkel Willibald an die größten Geschäfte für Badeeinrichtungen und bat um Prospekte.

An Amöne Schmalspurbahn, die auch eine Anhängerin der Theorie des uralten Schäfers war, nicht aus Überzeugung, sondern aus heimatlicher Überlieferung und Faulheit, wuchs Moos, und auf dem verfilzten Kopf nisteten Rotkehlchen.

Onkel Willibald entließ sie. Er bekam einen Abscheu vor ihr, außerdem fehlten ihm zwei Teelöffel.

Die Kataloge kamen zu Stößen ins Haus. Natürlich galt es erst zu probieren, ehe man sich zur Anlage einer kostspieligen Einrichtung entschloß. Auch Benders rieten ihm an, es vorläufig mal mit einer billigen Sache zu versuchen.

Da gab es die Reisewanne »Plitsche-Platsche« aus Segeltuch. »In fünf Minuten ein erquickendes Bad«, »Das Ostende des kleinen Mannes«, so wurde diese herrliche Wanne zum Preise von dreißig Mark angepriesen. Mit Dusche zwanzig Mark mehr. Als Dampfbad eingerichtet fünfzig Mark mehr. Mit prima Aluminiumgestell. Eine Kaffeetasse Wasser genügt zum erfrischenden Vollbad!

Onkel Willibald ließ sich eine »Plitsche-Platsche«-Reisewanne, das Ostende des kleinen Mannes mit Dusche und Dampfbadeeinrichtung kommen. Als die Kiste glücklich ausgepackt war, lag vor ihm ein Stück Segeltuch, ein Bündel Stangen, ein kleines Öfchen, eine Schachtel mit Schrauben, Muttern und komischen Dingen und ein Gießkannenausguß. Eine Gebrauchsanweisung war beigefügt.

Zwei Wochen quälte sich Onkel Willibald Tag und Nacht mit dem Tuch und den Stangen und dem Öfchen ab, ohne seine Badeeinrichtung zusammenzubekommen. Die Schrauben hatte er bereits verloren. Die Muttern waren unter die Möbel gerollt. Immer wieder vertiefte er sich in die Gebrauchsanweisung, er bekam es nicht zusammen.

Bis er eines Abends endlich glaubte, das Problem gelöst zu haben. In dem, was er aufgebaut hatte, konnte man schon baden.

Schnell Wasser herbei. Das Öfchen angesteckt. Den Krahnen aufgemacht: das war ein köstliches Bad. Onkel Willibald dehnte und streckte sich, grunzend vor Behagen. Er merkte dabei nicht, wie sich die mit Gummi verklebten Nähte der Segeltuchwanne lösten. Jetzt eine Dusche! Er zog an der Schnur. Die Dusche funktionierte nicht. Er zog stärker. Räng, päng! Das Gestell brach zusammen. Die Nähte des Segeltuchs waren jetzt völlig aufgeweicht. Aus der Wanne war ein flaches Tuch geworden. Onkel Willibald rang mit dem Stangengewirr, glitschte auf dem nassen Segeltuch aus, kam zu Fall und wälzte sich hilflos am Boden. Mit dem linken Bein geriet der Unglückliche in den brennenden Ofen und schwenkte diesen wie einen Klumpfuß strampelnd in der Luft. Das ausgelaufene Wasser stand im Zimmer, wurde aber von den Dielenritzen eingesogen.

Bums, bums! Schauerlich klang es durchs Haus. Benders, die unter Onkel Willibalds Baderaum ihr Schlafzimmer hatten, war ein großes Stück Zimmerdecke ins Bett gefallen, gefolgt von einem Guß Wasser.

Das war ein Spektakel im Hause! Mit einem Gipskranz von der Deckenverkleidung um den Hals stürzte Vater Bender im Nachthemd, gefolgt von Weib und Kind, nach oben.

Das undefinierbare Gewirr am Boden, vom Mond beleuchtet, machte Bender graulen. Mit Schwierigkeit erkannte man erst nach einer Weile als den Kern des Gewirrs den Onkel. Er schrie plötzlich jäh nach einem Ofen auch für das rechte Bein, da er daran friere.

Trotz dieses Ungemachs ließ der Onkel seine Bademanie nicht fallen. Mit »Plitsche-Platsche« war es nichts. Man sollte in so was nicht sparen. Er verschenkte die Bruchstücke des transportablen Bades an einen blinden Indianer.

Jetzt wollte er eine ordentliche Badeeinrichtung haben, die was kosten durfte. Für Unsummen legte er sich die patentierte, häufig preisgekrönte Badeeinrichtung »Schleiermacher« mit Emaillewanne, Gasofen und allen Schikanen der modernen Installation zu.

Auch die so ungemein hygienische Wellenbadschaukel »Meeresersatz« und die patentierte Sitzwanne »Karl der Große« war mitgeliefert worden.

Fränze Kaldaunentrost, die neue Köchin, hatte in dem Baderaum die eingemachten Gurken in Gläsern stehen. Sie war sehr sittenstreng. Sie deckte über die Gurkengläser aus Vorsicht Tücher, damit sich die unschuldigen Gurken an Onkel Willibald im Bade nicht versahen.

Onkel Willibald hatte nicht gern Handwerker im Hause. Er bat seinen Freund Philipp Motternich, der früher bei der Eisenbahn war und für alles eine geschickte Hand hatte, ihm beim Aufbau der Badeeinrichtung zu helfen.

Acht Tage lang quälten sich die beiden von früh bis spät an der Montierung des Bades. Sie gerieten schon gleich im Anfang, da jeder alles besser wissen wollte als der andere, in Streit. Dann sengte aus Versehen Onkel Willibald beim Anschluß des Wasserleitungsrohres mit der Lötlampe Philipps Bart halb ab. Es kostete Willibald Mühe, seinen wütenden Freund, der behauptete, Willibald habe das absichtlich getan, zu beruhigen. Als Willibald nun noch beim Einschlagen eines Hakens mit dem Hammer Philipps Daumen traf, wurde es Philipp zu viel, und er verließ in der feindlichsten Stimmung den Onkel.

Onkel Willibald besah sich, was sie bisher installiert hatten, und kam zur Überzeugung, daß alles wohl gerichtet und sein Bad nun gebrauchsfertig sei.

Eine genaue Anweisung über die Inbetriebsetzung war am Ofen angebracht.

So, hier war der Gashahn *a*. Der mußte geöffnet werden. Da war der Gashahn *b*, und dann gab es noch den Hauptgasabsperrhahn *c*. Von diesen beiden Hähnen stand nichts auf der Gebrauchsvorschrift, ob sie zu schließen oder zu öffnen seien. Der Hahn *d* sollte nach der Anweisung unbedingt offen bleiben, während der Hahn *f* unter allen Umständen geschlossen werden mußte. Die Ventile *g* und *m* mußten im Auge gehalten werden. Das war sehr wichtig. Der Brenner *k*, ein schreckliches Röhrenwirrwarr mit vielen kleinen Löchern, sollte in der Pfeilrichtung gedreht werden. Das alles und noch mehr stand auf der Instruktion, die Onkel Willibald immer und immer wieder las. Er wurde durch die Unmenge von Hähnen und Ventilen völlig verwirrt. Er hantierte, hin und her hupfend, an dem Badeofen. Er erinnerte an einen Musikalclown, der sich an einem Gestell mit Glocken produziert.

An welchen Hahn und welches Ventil er auch rührte, immer wurde die Dusche in Tätigkeit gesetzt und er meuchlings von einem kalten Guß getroffen. Die Dusche reagierte auf alle Hähne. Es gelang ihm endlich, die Dusche abzustellen. Er zog den Brenner heraus, öffnete die Gashähne und hielt ein brennendes Streichholz so lange an die kleinen Löcher, bis das verglimmende Streichholz ihm die Fingerspitzen verbrannte. Der Brenner trug seinen Namen mit Unrecht, er brannte nicht.

Hätte er doch Philipp nicht auf den Daumen geschlagen! – Der hätte die Sache in Ordnung gebracht! ärgerte sich jetzt Onkel Willibald.

Plötzlich kam ihm die schreckliche Erkenntnis, daß der Ofen überhaupt nicht an eine Gasleitung angeschlossen war. Eine derartige Leitung lag nicht im Hause.

Dieser Philipp, dieser Nichtswisser! Das hätte er doch wissen müssen! schnaubte Onkel Willibald.

Was war zu machen? Gebadet mußte jetzt werden. Gut, badete er kalt. Das war noch viel gesünder als ein warmes Bad. Gewiß, viel abhärtender. Knobbe schrieb auch kalte Bäder vor. Die Gasleitung konnte man gelegentlich für alle Fälle anlegen lassen.

Er öffnete den Hauptwasserhahn der Wanne. »Plätscher, plätscher«, ging es munter in die Wanne. Es konnte eine Weile dauern, bis die Wanne gefüllt war.

Vielleicht vor dem Vollbad noch ein Wellenbad in »Meeresersatz!« Gesagt, getan. Das Wellenbad war schnell gefüllt. »Plätscher, plätscher« – lustig sprudelte es aus dem Haupthahnen in die Wanne.

Der Onkel nahm ein Wellenbad. Hei, war das fein und köstlich. Feste, feste, dachte der Onkel, je stärker der Wellenschlag, je heilsamer.

»Plätscher, plätscher« – die Wanne war mittlerweile fast voll gelaufen. Im Sicherheitsablauf steckte ein Zigarrenstummel.

Die Wellenschaukel stand schon einige Male auf der Kippe. Den Onkel packte ein wilder Taumel.

Dann war es geschehen. Die Wanne kippte um, und Willibald lag darunter, eingeklemmt von den Seitenwänden. Wie eine Schildkröte kroch er ächzend durchs Zimmer. Alles Abmühen und Strampeln hatte keinen Erfolg. Er kam nicht los.

»Plätscher, plätscher« – die Badewanne lief jetzt über; das Wasser stand fußhoch im Zimmer.

Der Onkel stieß die Tür ein. Er mußte zu Menschen, die ihm helfen konnten. Allein konnte er sich nicht befreien.

Er kroch die Treppe hinunter mit großen Schwierigkeiten. Grauen und Entsetzen packte die Leute bei seinem Anblick.

»Ein Untier naht, eine Riesenschildkröte! Flieht, rettet euch!« Alles floh in wilder Panik.

»Plätscher, plätscher«, die zweite und erste Etage stürzten ein.

Der bekannte Löwenjäger Fürchtegott Pöhzlapp selbst wagte nicht, dem Untier entgegenzutreten.

»Plätscher, plätscher« – das Haus fiel zusammen.

»Plätscher, plätscher« – die ganze Stadt ertrank.

Onkel Willibald strandete auf einem hohen Berge. Er war mittlerweile abgemagert und fand sich eines Tages von der Wanne befreit.

Er tat einen heiligen Schwur, nie wieder zu baden.

Kennen Sie das Land, wo die Zitronen blühen?

Bei zwei Grad über Null (man nennt das Wärme), wenn einem dazu ein scharfer Wind ein Gemisch von Schnee und Regen um die Backen klatscht, in weißen Flanellhosen, Rohseidenjoppe und Panamahut, ohne Paletot draußen herumzulaufen, ist auch in Italien nicht angebracht.

Ich hatte unbedingt an die immerwährenden Sonnentage jenseits der Alpen geglaubt und mich mit meiner Garderobe dementsprechend eingerichtet. Das war sehr dumm von mir gewesen, darum lag ich auch schon am zweiten Tag mit einer schrecklichen Erkältung in Como im Hotel darnieder und stellte Reflexionen darüber an, daß ich in nasse Umschläge verpackt gerade so gut zu Hause im Bett liegen könnte und deshalb nicht ausgerechnet nach Como zu reisen brauchte.

Jedem, der im Frühling nach Italien zieht, rate ich, sich so zu kleiden, als ob er zum Wintersport ins Engadin führe. Auf alle Fälle bleibt er so vor unangenehmen Enttäuschungen bewahrt. Auch mag er seinen Bobsleigh-Schlitten und seine Schneeschuhe mitnehmen, denn er hat hierfür im Süden, wie noch die heurige Saison lehrte, die schönste Verwendung.

Wenngleich offene Kamine, wie man sie in Italien findet, nicht heizen, dafür aber um so ergiebiger qualmen, geben sie einem Zimmer einen unendlich traulichen Charakter. Eingehüllt in Decken, so daß nur die blaurote Nase naiv herausschaut, sitzt der *fire-place*-Enthusiast vor dem Kamin, läßt die Beine in der flackernden Flamme brutzeln und freut sich, umschmeichelt von würzigen Schwaden, die anstatt in den Schornstein in das Zimmer kriechen, der heimlichen Märchenstimmung.

Ich schätze Charles Dickens ganz enorm, kann aber seine Verehrung für den altenglischen Kamin, dem er als Stimmungsstimulans in jedem seiner Romane ein begeistertes Lob singt, nicht teilen. Ich betrachte, seitdem meinem alten Freunde Dlany Trainenteer aus dem Staate Illinois am Kamin des Hotels Gletsch am Rhonegletscher die seltsame Sache passiert ist, jeden Kamin mit einem gewissen Grauen. Dem guten, sehr zerstreuten Dlany waren nämlich die Beine, mit welchen er ganz in Gedanken in den glimmenden Holzscheiten herumgestochert hatte, angekohlt. Als er sich dann endlich, durch den merkwürdig brenzligen Geruch aufmerksam gemacht, erhob, war er drei Köpfe kleiner geworden. Er konnte einem leid tun, der brave Bursche; alle Hosen mußte er kürzen lassen.

Sehr ratsam ist es, ein kleines Petroleumöfchen mit sich zu führen. Menschen mit einiger Phantasie werden sich im bitterkalten Hotelzimmer, wenn draußen wenig laue Lüfte die verstörten Zypressen zausen, auf das angezündete Öfchen setzen, zwei aus Deutschland mitgebrachte Apfelsinen vor sich hinlegen und italienische Volkslieder singen und sich so ihre Illusion vom Lande des ewig lachenden Frühlings suggerieren.

Ich konnte mich nach meinem kurzen Debüt auf italienischem Boden der Überzeugung nicht mehr verschließen, daß meine Kenntnisse in der von mir so begeistert geliebten Sprache Petrarcas, die sich auf die vier Worte: *maccaroni, versaglieri, asti spumante, lincrusta* beschränkten, für eine angeregte spirituelle Konversation doch nicht völlig ausreichten. Dazu kam, daß eigentlich nur die drei ersten Worte meines Sprachschatzes für den regelmäßigen Gebrauch in Frage kamen, da ich das Wort »lincrusta«, über dessen Bedeutung ich mir nicht recht klar war, nur mit Vorsicht anzuwenden wagte. So beschloß ich denn, die Klausur, zu der mich meine Erkältung verurteilte, nutzbringend zu verwenden, um mit Hilfe einer Grammatik weiter in die Feinheiten der italienischen Sprache einzudringen.

Als besonders wichtig und fördernd empfahl der Verfasser des Lehrbuches das Auswendiglernen der jedem Kapitel beigefügten, aus dem Leben gegriffenen Übungssätze und Dialoge.

Die Subtilitäten der Sprache erschlossen sich mir in den Sätzen: Hat Emil, der Sohn des emsigen Gärtners, die gute Birne gesehen? Nein, aber Gertraude, die Base des freundlichen Nachbars, hat ein Federmesser. – Hat Hermine, die Muhme des greisen Dichters, das Zobeltier mißachtet? Nein, aber die fröhliche Großmutter des jungen Freundes hat eine Wendeltreppe. – Hat Walter den blinden Pianisten geneckt? Nein, aber die arme Waise hat die dürren Bretter verschmäht.

Ich lernte, daß meine Stirn sichtbar höher und ekkiger wurde und hatte nach kurzer Zeit die Genugtuung, zu konstatieren, in welch fabelhafter Weise ich meine Kenntnisse erweiterte. In welch vollendeter Form schleuderte ich einem angenommenen Gegenüber die Frage nach der guten Birne entgegen, um dann schlagfertig mit dem im Lehrbuch vorgeschriebenen Satz über das Federmesser Gertraudens zu antworten.

Ein besonderer Abschnitt gab den nach Italien Reisenden bemerkenswerte Winke und Musterfragen zur Anknüpfung von schöngeistigen, belehrenden Gesprächen mit gebildeten Italienern. Da fanden sich die Sätze: Neigte der ältere Plinius zu Blinddarmaffektionen? – Glauben Sie, daß sich der Schiefe Turm von Pisa als Einfamilienhaus eignet? – Sind Christoph Columbus die Impfpocken angegangen? – Welche Halsweite hatte Ariost? – Aß der Herzog Mora gern sehr fett? – War die Prinzessin d'Este eine Freundin von Mehlwürmern? und noch mancherlei derartige Fragen, die geschickt die seichte konventionelle Art, mit welcher sonst im allgemeinen Gespräche eingeleitet werden, vermieden und sofort der Unterhaltung eine intellektuelle Note gaben.

Nach acht Tagen war meine Erkältung bis auf eine laufende Nase so ziemlich behoben, und ich konnte es wagen, wieder auszugehen.

Was mich am ersten Tage meines Aufenthaltes in Como so verdrossen hatte, war der Umstand, daß ein jeder mich sofort als Ausländer eintaxierte und dementsprechend zu leimen suchte. So hatte ich schon nach ganz kurzer Zeit die Taschen voll ungültiger, außer Kurs gesetzter Geldstücke: Schweizer Franken mit der sitzenden Helvetia, fünf Lire vor 1863 geprägt, argentinisches Geld – schöne seltene Münzen, die man, als ich sie in aller Harmlosigkeit ausgeben wollte, mit Hohn zurückwies. Hauptsächlich war es mein Vier-Wort-Sprachsystem gewesen, welches mich verraten hatte, aber auch an der Kleidung und dem ganzen Auftreten erkannte das geübte Auge des Eingeborenen den Fremden.

Das war ich nun leid. Anpassung, Mimikry war der einzige Ausweg.

Sprachlich fühlte ich mich dank meines reichen Schatzes an Sätzen aus der Grammatik absolut sicher. Also galt es nur das Äußere den Sitten des Landes entsprechend herzurichten.

Alle Männer trugen hierzulande lange, schwarze Pelerinen, deren einer Zipfel malerisch über die Schulter geworfen wurde, und verwegene Schlapphüte. Ich mußte mir vor allem eine derartige Pelerine und einen solchen Hut zulegen.

Ich hatte mir in den Kopf gesetzt, dem Besitzer des Ladens, in welchem diese Sachen zu haben waren, mein Verlangen ohne Zuhilfenahme von Gebärden, in seiner, von mir ja jetzt so glänzend beherrschten Muttersprache auseinanderzusetzen. Es war aber doch verflucht schwer, wie ich bald bemerkte, von Emils Birne ausgehend, über Gertraudens Federmesser, über Herminens mißachtetes Zobeltier, über der fröhlichen Großmutter Wendeltreppe zu der gewünschten Pelerine zu gelangen.

Meine Siegesgewißheit, mit welcher ich den Laden betreten hatte, war schnell verschwunden. Der Mann im Laden, der auf alles, was ich sagte, nichts erwiderte und sich nur fortwährend riesig devot verbeugte, hatte mich zuerst nervös gemacht.

Als ich dann, je mehr ich redete, zur Überzeugung kam, daß aber auch kein einziger der auswendig gelernten Sätze den erlösenden Übergang zu bringen vermochte, trat mir der Angstschweiß auf die Stirn. Ich wurde verwirrt und geriet in die zweite

Serie von Sätzen, die laut Grammatik eigentlich nur bei schöngeistigen Gesprächen anzuwenden waren. Die Blinddarmaffektionen des älteren Plinius, die Impfpocken des Columbus, die Mehlwürmer der Prinzessin d'Este, alles geriet mir durcheinander. Ich begann zu zittern, das Blut stieg mir zu Kopf, Tränen liefen mir über die Backen, die Fontanellen krachten hörbar. Ich wurde immer blöder, konfuser und begann auf einmal, als ich in Italienisch nicht mehr weiter wußte, die Zehn Gebote auf deutsch aufzusagen.

»Oh, Sie sind ein Deutscher«, unterbrach mich der Ladeninhaber in unverfälschtem Schweizer Dialekt, »ich hatte Sie für einen Russen gehalten und mich schon gesorgt, wie wir uns verständigen sollten. Womit kann ich Ihnen dienen?«

Gott sei Dank! Der Mann war kein Italiener. Mein bereits völlig erschüttertes Vertrauen in meine Kenntnisse der italienischen Sprache kehrte langsam zurück.

»Sie sprechen nicht Italienisch?« stieß ich hervor.

»Nur wenig, ich kann mir gerade zur Not helfen.« Dann war es ja auch nicht weiter verwunderlich, daß er mich nicht verstand, daß er als Schweizer nicht das nötige Verständnis für den laut Grammatik speziell auf die italienische Volksseele eingestimmten Ton meiner Unterhaltung entgegenbrachte.

In der Pelerine mit dem kokett über die Schulter geworfenen Zipfel und dem Schlapphut sah ich fabelhaft echt aus. Jetzt noch eine bösartige schwarze Virginia, wie jeder Italiener sie zwischen den Zähnen hat, angesteckt, eine Nummer des »Corriere della Sera« in die Hand genommen, und nun sollte noch jemand, der mich in den Kolonnaden am Dom herumschlendern sah, in mir einen Nordländer vermuten.

Die Kunst des Flanierens, nach Baudelaire die subtilste Sensation des Dandys, die der Italiener, wie überhaupt jeder Romane meisterhaft versteht, werden wir nie lernen. Wir haben nie Zeit. Der Beruf, die Pflicht und was derartige unsympathische Worte noch mehr sind, lassen keine halkyonische Beschaulichkeit aufkommen. Und wenn es dann nicht diese Faktoren sind, die unsere Zeit in Anspruch nehmen, so haben wir Kegeln, oder Skatabend, oder eine offizielle Gesellschaft, oder sonst irgend etwas, das wir für äußerst wichtig halten. Immer lese ich aus den Gesichtern der Leute hierzulande die Unruhe, sie müßten unbedingt gleich irgendwo sein, wo es ohne sie absolut nicht geht, wo sogar, wenn sie nicht rechtzeitig eintreffen, ein Maleur passiert.

Die Kunst zu leben, zu leben um des Lebens willen, kann man in Italien lernen. Gearbeitet wird dort auch, wenn es eben nicht anders geht, aber nicht mit dem harten Ernst, nicht mit der monumentalen Wichtigkeit, die zum Beispiel bei uns ein Bureaumensch, der eine Rechnung über zwanzig Stück verzinkte Blecheimer oder über zweiunddreißig Meter Gasröhren mit Gewinde und Muffen auszuschreiben hat, seiner Tätigkeit entgegenbringt. Seine Geschäfte macht der italienische Kaufmann so nebenbei im Café oder auf der Promenade. Wir hielten es für unwürdig, derartig wichtige und feierliche Dinge irgendwo anders, als in dem weihevollen Milieu eines Bureaus, einander in Denkmalsposen düsterer Gottheiten gegenübersitzend, zu erledigen.

Das Geschick, mit Grazie das Problem der Selbsterhaltung durch eine gewinnbringende, profane Beschäftigung zu lösen, letzterer einen erfreulichen, verklärenden Aspekt nach irgendeiner Richtung hin abzugewinnen, fehlt uns.

Auf einer italienischen Post oder Zollagentur, auf der Eisenbahn, kurz in allen öffentlichen Betrieben, die für uns durch nichts zu erschütternde Uhrwerke, ich möchte fast sagen, kosmische Offenbarungen darstellen, Institutionen, *rochers de bronce*, Ewigkeitswerte, denen wir als ganz kleine nichtswürdige Lebewesen voll heiligem Schaudern gegenüberstehen, habe ich immer das Gefühl, die Leute *spielen* nur Post, oder Eisenbahn, oder Zöllner. Es ist ihnen auf einmal zu langweilig geworden, und sie haben beschlossen, so wie wir als Kinder, wenn wir nach dem immerwährenden Dözzen, Doppschlagen, Nachlaufen ein Bedürfnis nach intellektuelleren Spielen bekamen: kommt, lassen wir mal Post spielen oder Eisenbahn oder Verzollung.

Daß bei diesem Spiel Telegramme häufig nicht ankommen, man unendliche Plackereien hat, bis man z.B. einen Geldbrief erhält, Züge immer Verspätung haben, das Publikum an den Eisenbahnschaltern übers Ohr gehauen wird, fanatischen Schikanen bei der Zollabfertigung ausgesetzt ist, alles dieses ist noch lange kein negatives Kriterium für eine derartige Auffassung eines Berufes.

Es gibt tatsächlich Wißbegierige, die in einem Reisefeuilleton Näheres über die betreffende Gegend oder Stadt zu finden wünschen. Wenngleich diese Leser viel besser daran täten, in einem Reisehandbuch nachzuschlagen, wo alles Wesentliche in genauer und zuverlässiger Weise angegeben steht, will ich trotzdem den Wünschen dieser Leute gerecht zu werden versuchen.

Also Como:

Como sieht am Bahnhof aus wie Oberbilk. Außerdem hat Como eine elektrische Bahn, die gerade so wie bei uns nie kommt, wenn man sie braucht, oder aber besetzt ist, oder nach Chiasso fährt, wo man nicht hin will.

Dann gibt es in Como nur sehr wenige Häuser, an welchen keine auf den Aufenthalt Garibaldis bezügliche Marmortafeln angebracht sind. Hier hat der Freischarenführer eine Nacht geschlafen, in dem Palazzo dort zu Mittag gegessen, in einem anderen Tee getrunken, sich dort in jenem Hause die Hühneraugen schneiden lassen, wieder irgendwo anders seine Gummischuhe stehen lassen. Historische Momente, die dem echten Patrioten würdig genug dünkten, in Marmor festgehalten zu werden.

Weiterhin ist Allessandro Volta, der bekannte Physiker, über den man genau informiert wäre, wenn man auf Quarta nicht zum zweiten Mal sitzengeblieben und aus der Schule geflogen wäre, in Como geboren. In der nach diesem Gelehrten benannten Straße, der Via Volta Nr. 5, wohnt ein Schneider, der mir meine Hose aufbügelte. Bis jetzt hat man noch keine auf diese Begebenheit bezügliche Marmortafel an dem Hause angebracht.

Daß Como an einem nach ihm benannten See liegt und daß dieser See und seine Umgebung wunderbar sind, ist ja genügend bekannt und braucht von mir nicht besonders konstatiert zu werden.

Soweit über Como für die Wissensdurstigen.

Vollständig überzeugt davon, daß ich mich in meiner Pelerine in nichts mehr von den Eingeborenen unterschied, hatte ich mich mit maßlosem Vertrauen in das Leben gestürzt.

Auf dem See herumzufahren, das dünkte mir herrlich.

Die Villa d'Este drüben in Cernobbio lockte mich, in welcher die Königin Karoline von England ein entzückend lasterhaftes Leben geführt haben soll. Es sei eine anstößige Geschichte gewesen, die die Königin sehr kompromittierte, stand in meinem Reisebuch.

Auch nach Bellagio ging meine Sehnsucht, das ich für den schönsten Punkt Oberitaliens halte, und wo ich, wenn ich je in die Lage kommen sollte, eine Hochzeitsreise oder etwas Ähnliches zu machen, meine Flitterwochen verleben möchte.

Leider sollte ich nirgendwohin kommen. Alles geriet mir gründlich daneben.

Als ich mich nach der Anlegestelle und der Abfahrtszeit der Dampfer erkundigen wollte, mußte ich zu meinem größten Leidwesen wieder bemerken, daß ich mit Emils Birne und Großmutters Wendeltreppe nicht so recht weiterkam.

Die Leute, an die ich mich wandte, schauten mich verwundert an, ließen mich meine Sätze einige Male wiederholen und ergriffen dann plötzlich mit einer seltsamen Hast die Flucht. Von weitem wiesen sie mit den Fingern auf mich und machten andere auf mich aufmerksam.

Was die Leute nur hatten?

Ich näherte mich der Gruppe, um zu versuchen, koste es, was es wolle, Aufklärung über dieses merkwürdige Benehmen zu erhalten und auch endlich herauszubekommen, wie das mit dem Dampfer sei.

Scheu wich man vor mir zurück. Was hatte ich denn an mir?

Rasch in irgendein Café, wo ich einen Spiegel fand.

Ich konnte nichts Außergewöhnliches an mir bemerken. Mein Kostüm war genau das gleiche wie das dieser Leute. Oder war es vielleicht ein mir unbewußter, für ihre Ohren fremd klingender Akzent in meiner Aussprache. Ich hatte mich doch in dieser Hinsicht genau nach meiner Grammatik gerichtet.

Drei vornehm aussehende Herren saßen im Café an einem Tisch und unterhielten sich aufgeregt gestikulierend in der dem Südländer eigenen forcierten Weise. Es schienen gebildete Leute zu sein. Hier fand ich endlich eine Gelegenheit, meine schöngeistigen Sätze anzubringen und im Laufe des auf dieser Basis angeknüpften Gesprächs vielleicht einen Aufschluß für das mir soeben draußen Geschehene zu erhalten.

Ich nahm am gleichen Tische Platz. Die Herren waren ganz von ihrem Gespräch in Anspruch genommen und beachteten mich nicht. Ich hustete laut. Niemand reagierte. Ich nahm einen Anlauf und warf, ein wenig beklommen zwar, die Frage nach den Blinddarmaffektionen des älteren Plinius in das Gespräch der drei. Nur einer, der mir zunächst saß, sah mich flüchtig an, wandte sich dann aber gleich wieder der Unterhaltung zu.

Ich ließ nicht ab und wiederholte mit lauterer Stimme meine Frage. Nun wurde man allgemein auf mich aufmerksam. Die Herren schauten mich fragend an und zuckten verständnislos mit den Achseln. Mit dem verbindlichsten Lächeln, welches mir möglich war, versuchte ich mit der Frage: Neigte der ältere Plinius zu Blinddarmaffektionen? ein Gespräch zu erzwingen.

Die Leute sahen sich gegenseitig verwundert an, sprangen dann auf einmal, wie von einer Tarantel gestochen, mit entsetzten Gesichtern auf und zogen sich in den Hintergrund des Lokals zurück. Hier verhandelten sie mit dem Wirt und dem Kellner, die mich nun auch wie ein wildes Tier anstarrten. Andere Gäste traten zu ihnen und verrieten sofort die gleiche furchtsame Scheu vor mir. Alles rückte von mir ab.

Das wurde mir nun zu dumm. Wütend kaute ich an meiner Virginia, die ohnehin schon die vom Raucher so ungemein geschätzte Tendenz zur Quaste zeigte.

Ich klopfte energisch mit einem Geldstück auf die Marmorplatte und winkte dem Kellner. Er ging einfach davon.

Da packte mich der helle Zorn. Ich warf das Geld auf den Tisch, den Zipfel meiner Pelerine über die Schulter und stürzte hinaus.

Waren denn die Leute hier alle blödsinnig, oder sollte ich wieder an Nichtitaliener geraten sein? Oder sollte vielleicht die in der Grammatik angegebene Art der Anknüpfung von Gesprächen nicht die landesübliche sein?

Nur Ruhe, Fassung. Nicht verblüffen lassen. Andere Länder, andere Sitten. Anpassung.

Ich befand mich in den Kolonnaden am Dom. Es war zur Zeit der Hauptpromenade. Ich schlenderte durch das Gewühl und versuchte krampfhaft italienisch sorglos, heiter auszusehen.

Um mich aber auch in keiner Weise von den Eingeborenen zu unterscheiden, hatte ich auch die erfrischende Sitte des häufigen Ausspuckens, die typische

Nationalgeste der Italiener, die im übrigen durch den Genuß der Virginia in gewisser Weise bedingt war, adoptiert.

Ich hätte es lieber lassen sollen, denn ich blieb ein Stümper, so viel Mühe ich mir auch gab.

Es ging so lange gut, bis ich die neuen gelben Schuhe eines baumlangen Menschen traf.

Was dann folgte, war häßlich und für mich wenig nett.

Der Mann war ein amerikanischer Preisboxer, und in meinem Militärpaß steht, daß ich zum Dienst in Heer und Marine dauernd untauglich sei. Man vermeide es peinlichst, sich von einem Berufsboxer verschiedene Male hintereinander unter das Kinn boxen zu lassen. Es kommt nichts Erfreuliches dabei heraus, nur Zähne.

Ich versuchte zu fliehen, stolperte über den genialen Zipfel meiner Pelerine und schlug hin.

Tritte ins Kreuz sind nur für den, der sie appliziert, eine gesunde Gymnastik.

Ich sah gar nicht mehr schön aus, als der Amerikaner von mir abließ.

Eine riesige Menschenmenge, darunter auch Leute, die sich im Café, und als ich mich nach dem Dampfer erkundigte, so merkwürdig benommen hatten. –

Wie alles gekommen war, weiß ich nicht. Ich hatte zu viel mit dem Zusammenlesen meiner Zähne zu tun. Kurz und gut, ich wurde am gleichen Tage abends in die Irrenanstalt in Mailand, *manicomio di Milano,* eingeliefert, aus welcher man mich nach zwei Tagen wieder entließ, da ich harmlos sei. –

Meine Grammatik habe ich meinem Todfeind geschenkt.

O Gott, bei Benders ist Hausputz!

Alljährlich im Frühjahr bekam Frau Meta Bender, wie jede echte gute deutsche Hausfrau, ihren Koller: den Hausputzkoller.

Das war immer eine schlimme, eine äußerst schlimme Zeit für das Haus und die Lieben von Meta Bender. Die sonst wirklich ziemlich umgängliche und gütige Frau war während dieser Zeit nicht wiederzuerkennen, sie war wie umgewandelt, grausam, rücksichtslos und brutal.

Ich halte diesen Hausputzkoller für eine ganz bestimmte psychologische Erscheinung, und zwar für eine entgleiste Frühlingsregung, die sich nur noch an der Politur von Mahagonimöbeln, an frisch gestärkten Gardinen, in Atmosphären von schwarzer Seife und Bohnerwachs zur höchsten Ekstase begeistern kann. Ja, ja, so was muß es schon sein.

Es ist ein Zustand, der vor den Nervenarzt gehört, wirklich, denn die fast unheimliche Willenskraft der Aktivität, die die von dem Koller betroffenen Hausfrauen entwickeln, trägt absolut ein pathologisches Gepräge.

Hier liegt noch eine Aufgabe für die bakterologische Wissenschaft, den Bazillus, den Erreger dieser seltsamen Erkrankung zu entdecken und ein entsprechendes Gegenmittel zu finden.

Vater Rizinus Bender hatte ohnehin zu Hause verflucht wenig zu sagen. Höchstens schlug er mal, wenn es ihm zuviel wurde und seine Frau gerade nicht im Zimmer war, sehr vorsichtig mit der geballten Faust auf den Tisch und sagte bestimmt, aber sehr leise, daß er es leid sei und er der Herr im Hause sei. Heute beim Frühstück sei das Graubrot trocken gewesen, und er werde in jeder Richtung, in jeder Richtung gründliche Remedur schaffen.

Und die alte Tante Hülsenkuff mit dem Holzbein und dem großen Kropf, die bei Benders das Gnadenbrot genoß und auf welche das Wort »Remedur« einen enormen Eindruck machte, bat zitternd Vater Bender, nicht zu weit zu gehen, und außerdem höre sie seine liebe Gattin kommen.

Dann dämpfte Rizinus schleunigst seinen Zorn und machte die Wutfaust schön flach und ergeben.

Wenn er schon in friedlichen, normalen Zeiten nicht recht wagte, den Ansichten und dem Tun seiner Gattin wirksamen Widerstand entgegenzusetzen, wie viel weniger hätte er daran gedacht, gegen die gigantische Unerbittlichkeit des Hausputzkollers irgendwelche Front zu machen. Das war ein starres Verhängnis, dem er als absolut hilfloser Zwerg gegenüberstand.

In banger Erwartung sah er alljährlich dem Nahen des Frühlings entgegen. Wie ein Damoklesschwert hing der Gedanke an den großen Hausputz über seiner Seele.

Der arme Mensch wurde von Tag zu Tag sichtlich unruhiger; er irrte durch die Wohnung. Keine Pfeife, keine Zigarre wollte ihm mehr schmecken. Bis dann mit dem ersten abgehangenen Bild und den leeren, gardinenlosen Fenstern der Schrecken des Hausputzes seinen Einzug hielt in sein friedliches Heim.

Heuer sah er mit ganz besonders gemischten Gefühlen dem dräuenden Ereignis entgegen. Frau Bender hatte so ganz nebenbei verlauten lassen, daß sie dieses Mal eine besonders eingehende und gründliche Reinigung vorzunehmen gedenke. So alle paar Jahre sei das dringend nötig. Sie habe bereits genügend Hilfspersonal engagiert.

Da war ja Entsetzliches zu erwarten.

Und eines Tages war es dann losgegangen.

Herr Bender hatte nach dem Frühstück harmlos im Wohnzimmer gesessen und die Zeitung gelesen, als plötzlich seine Frau, gefolgt von drei bis an die Zähne mit Eimern, Besen, Putztüchern und sonstigen seltsamen Geräten bewaffneten, ihm gänzlich unbekannten, gar nicht sehr liebreizend aussehenden weiblichen Wesen entschlossen mit schweren Schritten in das Zimmer trat. Die Begeisterung der Krieger, die unter dem Einfluß einer großen, göttlichen Idee in die Schlacht ziehen, lag auf ihren Stirnen.

Wie gebannt starrte Rizinus aus seinem Sessel diesem Aufzug entgegen.

Vor allem wurden sämtliche Türen und Fenster geöffnet und Durchzug hergestellt.

Wie ein Feldherr vor dem Angriff gab Mutter Bender bestimmt und kalt ihre Befehle.

Auf den Ruf »Franz«, den sie gellend ausstieß, kam ein breitschultriger Mann in Arbeiterkleidung, in den besten Jahren und mit einer Leiter. Das gleiche Leuchten einer eigentümlichen Ekstase lag auf seinem Gesicht.

Die Leiter wurde an die Wand gelehnt, und der Mann, den die Frauen »Franz« nannten, kletterte behende hinauf. Bild auf Bild wurde heruntergeholt.

Gierig griffen die roten beefsteakähnlichen Hände der drei Frauen nach den Kunstwerken.

Mutter Bender stand wie aus Bronze mit übereinandergeschlagenen Armen mitten im Zimmer und erinnerte an Napoleon.

Von Rizinus Bender nahm kein Mensch Notiz.

Jetzt hatte der Mann, den man Franz nannte, die Leiter ausgerechnet schräg über den Sessel Rizinus' gestellt. Geduckt, zitternd zog sich der Hausherr in seinem Sessel zusammen.

»Päng, päng, klirr, klirr!« Der Franz hatte schwitzige Hände, und der schöne Farbendruck »Genesung« war ihm entglitten. Rizinus Bender hatte ihn jetzt wie einen Halskragen übergestülpt.

»Hoppla«, meinte Franz, nahm gelassen ein anderes Bild von der Wand und reichte es den Frauen. Niemand nahm Notiz von diesem Vorfall oder machte gar Anstalten, den armen Rizinus zu befreien.

Mama Bender stand wie aus Bronze mit übereinandergeschlagenen Armen mitten im Zimmer und erinnerte an Napoleon.

Wie unter dem Bann einer furchtbaren, dämonischen Macht vermochte Vater Bender sich nicht zu rühren. Seine Augen verfolgten mit Grausen das Tun dieser furchtbaren Menschen.

Plötzlich stieß Frau Bender einen hellen Schrei aus. Alle stürzten sich mit Sturmgebärden auf das Vertiko und trugen dieses Möbel mit lautem Jauchzen aus dem Zimmer auf den Hausgang. Manches schöne Nippes, das auf dem Muschelaufsatz stand, fiel zu Boden und zerbrach.

Wie ein wilder Taumel kam es über die fünf. Mutter Bender verlor jede Beherrschung und wütete gegen die Möbel, so wild wie ihre Mannen.

Möbelstück auf Möbelstück wurde ergriffen und

draußen auf dem Flur barrikadenartig aufgestapelt.

Und mit jedem Möbelstück, auf welches sich diese merkwürdigen Fanatiker stürzten, wuchs in ihren Augen ein wildes Feuer von übermenschlicher Begeisterung.

Rizinus lag starr in seinem Sessel, »Genesung« um den Hals.

Dann plötzlich wurde sein Sessel gepackt, ohne Rücksicht auf ihn hinausgetragen und auf einen polierten Tisch gestellt. Man stellte ihn zu sehr an die Kante. Der Sessel kam ins Rutschen und fiel nebst Rizinus herunter. Der Sessel brach ein Bein. Rizinus nicht, er stieß sich nur schauerlich das Schienbein, was eine gewisse Reaktion aus der starren Lethargie zur Folge hatte und ihm Kraft gab, sich in die gute Stube zu flüchten.

Das Geräusch von Wassersalven, die in das Wohnzimmer gefeuert wurden, drang an sein Ohr. Dazwischen vernahm er kurze, scharfe Kommandorufe seiner Gattin. Ab und zu ein Klirren, Knacken und Brechen als Zeichen, daß solch ein Feldzug seine Opfer forderte.

Einen ganzen Tag saß er klopfenden Herzens in der guten Stube und horchte auf das Toben draußen.

Das wußte er aus früheren Jahren, daß während der Hausputzepoche nicht gekocht wurde und daß er zur Stillung seines Hungers lediglich auf Brot und amerikanisches Büchsenfleisch angewiesen war.

Als die Nacht niedersank und es ruhig im Hause wurde, schlich sich Herr Bender mit einer Büchse Corned beef, nicht ohne furchtbare Stürze über die im Flur aufgebauten Möbel, in sein Schlafzimmer.

Laute Stimmen weckten ihn bei Morgengrauen schon aus dem Schlaf. Er fuhr auf, und sein verschlafener Blick ruhte voll Entsetzen auf den gräßlichen Frauen und dem Manne mit der Leiter, die sich anschickten, ihre furchtbare Mission auch in diesem Zimmer zu erfüllen. Frau Bender stand wie aus Bronze mit übereinandergeschlagenen Armen mitten im Zimmer und erinnerte an Napoleon.

Dürftig bekleidet rettete sich mit knapper Not Vater Bender in die gute Stube.

Und mit jedem neuen Tag wuchs der Fanatismus der Truppen seiner Frau. Von Zimmer zu Zimmer wurde er getrieben. Der Hausgang, das Treppenhaus, der Vorgarten, die Straße war angefüllt mit Möbeln. Ausräumen, ausräumen! war die Devise.

Benders hatten neun Kinder. Eins nach dem andern war bei dem Tohuwabohu des Hausputzes zugrunde gegangen. Auf Anton war ein Kleiderschrank gefallen und hatte ihn platt gedrückt, daß er nur noch als Lesezeichen zu verwenden war. Erich war, eingeklemmt zwischen ein Bett und einen Säulenofen, verhungert. Die Kleineren waren in dem Gewirr spurlos verschwunden. Der Jüngste, Pepi, war vom Vakuum-Reiniger, den man auch zur Unterstützung herbeigerufen hatte, aufgesaugt worden.

Schrecken, o Schrecken!

Das Klavier, das auf der Bleiche stand, fletschte die Tasten. Man hatte seinen Bauch geöffnet und auf Befehl Metas die Saiten herausgenommen, damit sie mit Schmirgel gereinigt wurden. Endlich mal.

Entsetzen füllte das Haus.

Auf das Dach flüchtete sich in seiner Bedrängnis und Not Vater Bender, wo er an den Schornstein geklammert die unglückliche Tante Hülsenkuff fand, die sich mit ihren letzten Kräften hier hinauf gerettet hatte.

Die wilden Truppen, die im Hause tobten, hatten es auf ihr Holzbein und den Kropf abgesehen. Ersteres sollte abgeseift und frisch lackiert und letzterer bronziert werden. Lieber tot, als das zugeben, war der Entschluß der Tante. Und sie hatte sich aufs Dach geflüchtet.

Im Hause aber wütete Mutter Benders Wille zum Hausputz.

Dann geschah das Schreckliche, das dem Tun der Wahnwitzigen ein jähes Ende bereitete.

Der Maschinist, der den Vakuum-Reiniger bediente, ging auf einen Augenblick weg, um gegenüber einen Schnaps zu trinken. Mutter Bender benutzte seine Abwesenheit und stürzte sich auf den Apparat. Sie drehte an den Ventilen, stellte die Regulierung auf die höchsten Ziffern und entfesselte in ihrer wilden Ekstase die ganze ungebundene Kraft der Maschine.

Ein furchtbares Brausen und Sausen erhob sich, das von Sekunde zu Sekunde anschwoll. Mit Sturmwindskraft und Schnelligkeit saugte die Maschine die Luft in sich hinein. Bilder und Spiegel wurden von der Wand gerissen. Gardinen flogen durchs Zimmer und verschwanden im Schlund des entsetzlichen Saugers. Dann wurde plötzlich Mutter Bender wie von unsichtbarer Hand gepackt. Sie mochte sich sträuben und mit den Gliedern strampeln, nach einem Stützpunkt verzweifelt die Hände strecken, – vergebens, der Vakuum-Reiniger sog sie heran und verschlang sie. Die drei Putzfrauen und den Franz traf das gleiche schreckliche Geschick.

Franz eilte, als er Frau Bender im Vakuum-Reiniger verschwinden sah, herbei, und es gelang ihm noch, das linke Bein der Frau zu fassen. Aber, wie er sich auch stemmte mit allen Kräften und die drei Putzfrauen sich an ihn klammerten, sie wurden alle hineingerissen in die entsetzliche Maschine.

Tante Hülsenkuff hatte sich auf dem Dach erkältet und starb an einer Influenza.

Vater Bender war trotz allem Zureden nicht zu bewegen, das Dach zu verlassen.

Wie es kompliziert war, bis ich in die Sommerfrische kam

Diejenigen, die in der Stadt zurückbleiben mußten, schämten sich sehr und schlichen scheu und verlegen mit gesenktem Blick durch die Straßen.

Alles, das etwas war, war in der Sommerfrische.

Mit wachsendem Neid hatte ich gesehen, wie ein Haus nach dem anderen in meiner Straße die Augen schloß zum Sommerschlaf: Jalousien, Rolläden, Blenden, Vorhänge wurden geschlossen. Die Eis, Bier, Milch und Gemüse abliefernden Männer hielten nicht mehr vor dem Haus: die Herrschaft war verreist.

Bei Bröselmanns nebenan war auch alles zu. Acht Tage waren sie weg; im Vorgarten lagen für achtmal dreißig Pfennig Brötchen. Man hatte vergessen, den Bäcker abzubestellen. Bröselmanns Bäcker war ein gewissenhafter Mensch. Sechs Wochen wollten die Herrschaften fortbleiben, dann würden sie bei ihrer Rückkehr für zweiundvierzigmal dreißig Pfennig Brötchen vor ihrer Tür vorfinden. Ich sah einmal ein Bild von Wereschtschagin, »Der Krieg«, eine Pyramide menschlicher Schädel. So ähnlich würde es vor Bröselmanns Tür nach sechs Wochen aussehen.

Oder aber Bröselmanns änderten ihren Plan und blieben noch länger aus. Ich grinste innerlich behaglich bei dem Gedanken und sah schon im Geiste die Bröselmannsche Tür vollständig von Brötchen verschüttet. Unentwegt bringt der gewissenhafte Bäcker

Tag für Tag für dreißig Pfennig Brötchen. Der Vorgarten liegt voll davon. Die Brötchen kollern auf die Straße. Tag für Tag bringt der Bäcker das einmal bestellte Quantum. Fußhoch liegt das Trottoir voll Brötchen, die Straße füllt sich mählich und mählich mit Brötchen. Meterhoch liegen sie bereits. Wagen bleiben in der Masse stecken, zwei Kinder und ein Foxterrier finden den Tod in ihr. Mutige versuchen, auf Stelzen durch die Brötchen vorzudringen. Tag für Tag bringt der Bäcker für dreißig Pfennig Brötchen. Die Feuerwehr wird alarmiert, die Dampfwalze rückt heran, die städtische Straßenbau-Kommission tritt zusammen.

Die ganze Stadt wird in Brötchen ersticken, begraben werden, ein zweites Pompeji*.

Unsere Lisette hatte es von Bröselmanns Köchin, daß man nach Ostende sei. O--o---osteride! Mich packte die Wut. Ich hatte enormen Zorn. Warum ich nicht? Sommerfrischen pumpen nicht. Man muß unbedingt über einen Fonds baren Geldes – weiß Gott: baren Geldes verfügen. –

Sinnend, grübelnd trottete ich über die menschenleeren Straßen. Auf der Schadowstraße sah ich ganz in der Ferne einen Menschen, der bei meinem Nahen schleunigst die Flucht ergriff. – Wie ausgestorben war die Stadt. Ich ging zu Richard Schwelginger, bei dem ich auf Grund seines Erfolges mit der »Prinzessin G'spusi« einiges Vermögen voraussetzte. Freilich: so ganz sicher war ich meiner Sache nicht.

* Die Kunst geht nach Brötchen, heißt es bei H. H. Schmitz. Red.

Er saß mit einer Netzjacke bekleidet am Schreibtisch und blickte mir mit tiefsinnig verschleierten Augen entgegen. Unter dem Eindruck dieses unerwarteten stummen Jammers vergaß ich zunächst den Zweck meines Besuches.

»Was ist Euch, greiser Meister?« fragte ich mit jenem Timbre in der Stimme, das aufrichtiges Mitgefühl verrät. »Vielleicht kann ich Euch helfen?«

»Daß ich kontraktlich einen Roman zu schreiben habe«, entgegnete der Dichter dumpf, »ist Ihnen nicht unbekannt, und daß die neuzeitlichen Verleger auf Temperaturextreme keine Rücksicht nehmen, darf ich bei Ihnen ebenfalls als bekannt voraussetzen … Das Leben ist eins der gemeinsten.«

Meine Kalamität fiel mir ein, ich wollte damit herausrücken, da gebot er mir aber Schweigen mit einer Geste, die Napoleons des Ersten würdig gewesen wäre.

»Dies aber nur nebenbei«, fuhr er fort. »Noch drückender als Kontrakt und Hitze empfinde ich das Dilemma –«

»Dilemma –!« warf ich ein, und Hoffnungslosigkeit breitete sich über mein Herz.

»– Dilemma gemischt ästhetischer und ökonomischer Art, in dem ich mich befinde«, erklärte er, ein Wölklein leichten Unwillens ob meiner Unterbrechung auf der Stirn.

»Für meine körperliche Wohlbeschaffenheit fürchte ich, für meine ebenmäßige Schlankheit. Dieweil ich reich geworden bin, reich wie Nabob, reich wie Krösus. Denn was tut man mit Geld anderes als Delikatessen dafür kaufen? … Es ist schröcklich.«

Freudiger Schreck war mir in die Beine gefahren,

daß ich mich auf die breite Ottomane setzen mußte, die unter der schiefen Dachwand stand.

»Können Sie mir nicht – sagen wir: hundert Mark pumpen –?« platzte ich heraus.

Wie Sonnenschein flogs über sein edles Antlitz, und sofort griff er zu einem blauen Büchlein.

»Wegen hundert Mark schreib' ich gar nicht erst einen Scheck«, sagte er nett, wohlwollend, befriedigt über meine Gefälligkeit. »Sagen wir zweihundert Mark.«

Kritzelte, riß ein Blatt aus dem Büchelchen, reichte es mir und entließ mich mit bedeutend erhobner Stimme:

»Und nun gehen Sie, und verzehren Sie den Mammon in Gesundheit!«

Hoch erhobenen Hauptes mit jenem elastischen Schritt, wie er nach Zeitungsberichten ganz besonders Fürstlichkeiten eigen ist, mit dem Stöckchen Terzen in die Luft schlagend, ein Liedlein vor mich hin trällernd, flanierte ich über die Königsallee. Ich drückte die Brust jedesmal sehr heraus, sobald ich das Knistern der Scheine in der Tasche hörte.

Nun flugs noch verschiedenes, zur Reise Nötiges eingekauft und heidi, dann »saust der Konrad los«. –

Einen Koffer, das heißt einen anständigen, muß man haben. Weiße Flanellanzüge, zwei Stück, damit man wechseln kann, muß man haben; sie sind kleidsam und in der Hitze angenehm. Gelbe Stiefel muß man haben. Einen Regenkragen, man weiß nie, wie das Wetter wird. Man muß einen Panamahut haben, weil er sich gut zusammenrollen läßt und fast gar keinen Platz im Koffer wegnimmt. Auch ist es gut, wenn man für alle Fälle eine Reiseapotheke mitführt, sie ist ja nicht billig, aber es ist eine nützliche Ausgabe, und man braucht sich, wenn etwas passiert, nachher keine Vorwürfe zu machen.

Eine Hängematte muß man kaufen, obgleich man weiß, daß nirgendwo passende Bäume zu finden sind; sollte man trotzdem das Glück haben, eine Gelegenheit zu ihrer Anbringung zu finden, kommt man doch nicht darin so recht zur Ruhe, da diese teuflischen Dinger stets im entscheidenden Moment umkippen oder reißen. Flanell-Sporthemden muß man haben, die weichen Kragen sind zu angenehm bei der Hitze, und die Troddel vorn am Hals ist so kleidsam.

Zwei Droschken voll Sachen hatte ich eingekauft. Ich war von einem wahnsinnigen Kauftaumel ergriffen, aus dem ich erst wieder zu mir kam, als ich bemerkte, daß mir von meinem schönen, so mühsam erheuchelten Geld noch gerade fünfundachtzig Pfennig übriggeblieben waren.

Ich schrie laut, raufte mir das Haar und den kurz geschnittenen englischen Schnurrbart. Ich trank aus der Reiseapotheke sämtliche Flüssigkeiten. Ich stopfte mir den Mund und die Ohren voll Verbandwatte. Dann zog ich alles, was ich mir gekauft hatte, übereinander an, legte mich in meinen neuen Rohrplattenkoffer und ließ mich bei mir zu Hause auf den Speicher stellen.

Hier stand ich vierzehn Tage, dann erinnerte man sich meiner; außerdem sollte der Koffer gebraucht werden. Ich hatte nur ganz wenig gelitten, sah fast noch wie neu aus.

So obenhin erzählt man mir, daß der Geldträger jeden Tag nach mir gefragt habe. Man habe mich nicht stören wollen, jetzt komme er nicht mehr, das Geld liege zum Abholen auf der Post bereit.

Ich sprang im Hechtsprung aus dem Koffer und rannte zur Post.

Für heute war es natürlich schon zu spät, die Post war geschlossen, »soeben«, wie man mir sagte. Am anderen Morgen war ich zwei Stunden, bevor die Schalter geöffnet wurden, zur Stelle. Als erster stand ich klopfenden Herzens vor dem Schalter mit der Aufschrift: Post-Anweisungen. Die Scheibe aus dikkem, geripptem Glas war noch heruntergelassen, so, jetzt war jemand hinter der Scheibe, der irgend etwas tat und Bücher auf und zu machte. Dann war die Gestalt wieder verschwunden. Ich klopfte bescheiden an das Fenster. Aus dem Nebenschalter guckte jemand heraus und rief, das sei ungehörig, Beamte seien auch Menschen. Ich meinte schüchtern, es sei schon eine Viertelstunde über die Zeit. Man könne nicht mehr wie arbeiten, rief irgendeine Stimme von ganz weit her hinter der Schalterwand.

Durch die Unterhaltung mit dem Beamten in Anspruch genommen, hatte ich nicht Obacht gegeben, und es hatten sich Leute vor mich gedrängt, so daß ich nun am Schluß der langen Reihe von Wartenden stand. Fast alle diese Leute davor hatten lange schmale Bücher in der Hand, in welchen dicke Pakken von Post-Anweisungen lagen. Der Schalter öffnete sich, eine Hand griff nach dem ersten Buch, und rasselnd schloß sich die Scheibe wieder.

Der Mann, dem man sein Buch weggenommen hatte, packte furchtbar viel Geld aus und baute es auf einem kleinen Tablett sorgsam auf.

Eine gute Stunde war vergangen. Vier Leute waren abgefertigt. Ich war eben einmal weggegangen, um zu sehen, ob vielleicht an einem der übrigen zwölf Schalter noch die Aufschrift »Post-Anweisungen« angebracht sei; an allen war ein Schild »Geschlossen«. Als ich wieder meinen alten Platz einnehmen wollte, standen fünf neuangekommene Leute vor mir, die nun auch noch vor mir darankamen.

Ich fühlte, wie mein Bart und Haupthaar wuchs, wie meine Kleidung langsam unmodern wurde. Ich hatte mich schon mit dem Gedanken vertraut gemacht, den Rest meiner Tage hier zu verbringen oder nur als Mummelgreis mit langem Turnvater-Jahn-Bart zu meinem Geld zu kommen, als ich mich plötzlich vor dem geöffneten Schalterfenster befand. Ich stammelte mein Begehr, nannte meinen Namen, die Namen meiner sämtlichen Familienangehörigen, die mit dem betreffenden Briefträger gesprochen hatten, gab vor lauter Angst mein Alter an und erging mich in Details. Der Beamte sagte gar nichts weiter als: »Der Folgende«.

Man schob mich unsanft vom Schalter weg und schimpfte hinter mir her. Ich fing an zu weinen.

»Sie müssen zur Hauptpost gehen, nur da werden Postanweisungen ausgezahlt«, beriet mich ein Mann. In glühender Dankbarkeit drückte ich ihm die Hand und stürzte zur Hauptpost.

Für heute war es selbstverständlich wieder zu spät, auch am folgenden Tage konnte man mir das Geld noch nicht auszahlen, da ich die erforderlichen Legitimationen nicht vorweisen konnte, – endlich am nächsten Tag zählte ein gütig aussehender Beamter dreihundert Mark in blanken Zwanzigmarkstükken vor mir auf.

Ich nannte den Beamten vor Freude einen Postdirektor, machte viele hundert Male die Kniebeuge, versuchte an einer Laterne die Fahne zu machen, gab in mancherlei seltsamen Bewegungen meinem Jubel Ausdruck.

Heidi, jetzt kann der Konrad sausen.

Im ersten Taumel hatte ich gar nicht darüber nachgedacht, von wem das Geld kam. Ich schaute nach dem Absender auf dem Abschnitt der Anweisung. Der Name eines alten Bekannten war angegeben; auf der Rückseite stand kurz: »Verzeih', daß ich Dir die mir seiner Zeit geliehene Summe nicht schon früher zurückerstattete«. Ich hatte ihm nie etwas gepumpt. Die Tendenz, überhaupt geliehenes Geld zurückzugeben, ließ mir zur Gewißheit werden, daß mein armer Bekannter von einem schweren Gehirnleiden befallen sein mußte. – –

Dann sauste also der Konrad los. Wie und wohin er sauste, davon demnächst einiges.

*Das verliehene Buch**

Es war ein prächtiges Buch mit Goldschnitt und Damasteinband, das in der guten Stube auf dem Tisch lag.

Es war ein sehr langweiliges Buch mit schlechten, sehr schlechten Illustrationen.

Es war der Stolz der ganzen Familie.

Nur der Vater durfte das Buch in die Hand nehmen. An Festtagen setzte sich der Vater sonntagsangezogen in die gute Stube und las der Mutter und den Kindern mit sonorer Stimme und falscher Betonung aus dem feinen Buch vor. Würdevoll und prätentiös wusch er sich vorher die Hände. Häufig unterbrach er das Vorlesen und erklärte die Abbildungen. Die Kinder machten verständige Gesichter und große, kluge Augen; sie kniffen sich heimlich gegenseitig in die Beine. –

Herr Mehlenzell war ein Bekannter des Vaters; er hatte einen Kolonialwarenladen und schrieb an.

Man brauchte viel im Haushalt, und das Gehalt des Vaters war klein.

Herr Mehlenzeil bat eines Tages den Vater, er möchte ihm das prächtige Buch leihen. Der Vater erbleichte; er konnte nicht gut »nein« sagen.

* Man setze sich, während man diese Skizze liest, in einen Stuhl mit festen Beinen und zuverlässiger Lehne. Nur so wird man dem tragischen Schauer widerstehen können.

»Auf ein paar Tage. – Bestimmt, selbstverständlich haben Sie es nächsten Sonntag zurück«, hatte Herr Mehlenzell gesagt.

Man sprach in der Familie nur über das Buch. Die Mutter meinte, man hätte es ihm nicht geben sollen. Der Vater war sehr ernst. »Bestimmt haben Sie es Sonntag zurück, hat Herr Mehlenzell gesagt«, verteidigte sich der Vater. »Wir wollen sehen«, brummte die Mutter.

Wo das Buch in der guten Stube gelegen hatte, war ein viereckiger Fleck auf der Tischdecke; der Plüsch war da nicht so verschossen.

Der Sonntag kam. Man war schon sehr früh aufgestanden. Es wurde Mittag; Herr Mehlenzell hatte das Buch nicht gebracht. Der Vater saß mit der Mutter in der guten Stube und war sehr ernst. Keinem hatte das Essen so recht geschmeckt. Um die Kinder kümmerte sich niemand. Man ließ sie im Garten über die Bleiche tollen und ungestört die unreifen Stachelbeeren essen. – Der Vater trank eine halbe Flasche Rum. Die Mutter hatte verweinte Augen. Die gute Stube wurde abgeschlossen.

Der Vater mußte Montag und Dienstag im Bett liegen. Die Mutter vernachlässigte den Haushalt. Die Kinder verwilderten.

Hundertundvierzig Mark bekam Herr Mehlenzell noch. Man durfte nicht wagen, ihn an das Buch zu erinnern.

Es war unheimlich im Hause, wie wenn jemand gestorben wäre. Den Vater sah man viel mit der Rumflasche hantieren. Die Familie ging zurück. –

Der dritte Sonntag kam, und das Buch war noch immer nicht da.

Es konnte so nicht mehr weitergehen.

Nach dem Mittagessen schrie der Vater nach seinem schwarzen Rock und den Manschetten, rasierte sich und ging zu Mehlenzells.

Frau Mehlenzell öffnete selbst.

Er fragte nach Herrn Mehlenzell.

Frau Mehlenzell war mürrisch und fragte, was es sei. Ihr Mann wolle nach dem Essen nicht gestört sein; was es sei.

Es sei sehr dringend, er müsse mit Herrn Mehlenzell sprechen, beharrte der Vater.

Frau Mehlenzell ging brummend in ein Zimmer und ließ den Vater auf dem Korridor stehen.

Frau Mehlenzell hatte die Tür nicht fest hinter sich zugemacht. Herr Mehlenzell schimpfte, man solle ihn ungeschoren lassen. Was denn der Hungerleider wolle? Dann wurde von innen die Tür zugeschlagen.

Nach eine Weile kam Frau Mehlenzell zurück; ihr Mann habe nicht viel Zeit, er möge sich kurz fassen. –

Herr Mehlenzell lag auf dem Sofa und rauchte eine Zigarre. Er stöhnte den Vater an und blieb ruhig liegen.

Er wolle ihm auf die Rechnung etwas abbezahlen, fing der Vater schüchtern an.

Herr Mehlenzell richtete sich auf und bat den Vater, doch Platz zu nehmen; er schob ihm auch das Zigarrenetui hin.

»Über wieviel darf ich quittieren, bitte?«

»Über zwanzig Mark.«

Herr Mehlenzell nahm das Zigarrenetui wieder an sich.

Im Nebenzimmer übte jemand sehr auf dem Klavier.

»... und dann, was ich sagen wollte«, quetschte der Vater hervor, »ich möchte mal nach dem Buch fragen, ob es Ihnen gefallen hat und ob Sie es vielleicht aushaben?«

»Welches Buch?«

»Sie wissen doch – das Buch von mir, das schöne Buch, was ich Ihnen vor drei Wochen geliehen habe.«

»Ach so, ja. Jetzt fällt es mir ein. – Ja, wo habe ich das?«

Dem Vater standen dicke Angstperlen auf der Stirn.

»Warten Sie einmal, da muß ich meine Frau fragen. Haben Sie denn das Buch so nötig?«

Herr Mehlenzell verließ murmelnd das Zimmer.

Im Nebenzimmer spielte man zum siebenten Male »Mädchen, warum weinest Du«.

Der Vater ging an die halb geöffnete Tür und schaute hinein. Lenchen Mehlenzell saß am Klavier.

Man hatte auf einen Stuhl Bücher gelegt, damit Lenchen hoch genug saß.

Der Vater war einer Ohnmacht nahe; Lenchen saß auf dem prächtigen Buch!

Der Vater war sonst nicht roh. Er stürzte aus dem Hinterhalt auf das nichtsahnende Kind und warf es von seinem Sitz, ergriff das Buch und floh.

Zu Hause. – Das Buch wurde geprüft, es hatte gelitten. Man hatte auf dem Deckel etwas geschnitten, etwas Fettiges, scheinbar Wurst. Es mußte häufig gefallen sein, die Ecken waren verbogen, und die Seiten saßen teilweise lose im Rücken.

Mit zitternder Hand blätterte der Vater in dem Buch.

Seite 1, 2, 3, 4, 5, 6, 7, 8, 9, 10, 11, 12, 40 – der Vater wurde stutzig … 41, 42, 43, 44, 13, 14, 15, 58, 59, 60, 61, 16 – der Vater wurde grün im Gesicht … 17, 18, 19, 20, 21, 22, 23, 24, 25, 105, 106, 107, 108 – dem Vater fiel sein Glasauge aus dem Kopf … 109, 110 – jetzt wurden die Seiten kleiner, sehr seltsam … 111, 112. Seite 110 schloß »Wanderburschen, wandert zu in die weite Welt hinaus«, und es ging weiter auf Seite 111 »mit der weißen, aristokratischen Hand durch das gewellte Haar und ging erregt auf Leonie zu.« In Vaters Buch kam keine Leonie vor. Der Vater bekam einen eiförmigen Kopf.

Der Vater erschlug die Mutter.

Aus dem Buch fiel eine Ansichtskarte an Frau Mehlenzell aus Saarbrücken und ein Zettel mit den denkwürdigen Worten: »2 Paar Socken, 3 Kragen, 1 Taschentuch, 1 Vorhemdchen, 1 Paar Manschetten.«

Der Vater sprang zum Fenster hinaus und brach das Genick.

Die Kinder verdarben. –

Schauderhaft, höchst schauderhaft. –

Vom Menschen innen & außen

Der Mann mit dem verschluckten Auge

»Zurück zur Natur, Natuur, Natuuur!« hatte die Sehnsucht in mir geschrien.

Ledig all der Fesseln einer entsetzlichen Konvention, ledig all des welschen Tandes unserer heutigen eines Nachkommen Teuts unwürdigen Kleidung, nur mit einem Schurzfell angetan, wollte ich durch die Wälder, über die Fluren stürmen, den selbst geschnittenen, knorrigen Eichast in der Rechten schwingend, die erschlafften Glieder stählen durch Sprung und Kletterkunst, das flinke Eichhorn verfolgen in die höchsten Gipfel, dem behenden Reh nachjagen und es im Laufe erhaschen, dem scheuen Wiesel nachstellen und es mit der Hand ergreifen. Wurzeln, Beeren und Bucheckern und ein Trunk aus der kühlen Quelle sollten tagsüber meine Atzung sein. Kein Schermesser durfte mehr mein Kopf- und Barthaar berühren; in Locken sollte das Haar über Nacken und Schultern fallen, als Zeichen und schönste Zier des freien Mannes, wallender Bart die Brust bedekken. Fort mit allem Schnickschnack einer weibischen Zeit, den wohlriechenden Seifen, Pasten, Pulvern, Wässern, der tändelnden Zahnbürste, dem Kamme und der Kopfbürste!

Keine Zeitungen, keine Bücher wollte ich mehr sehen. Keine Briefe bekommen oder schreiben. Ich wollte nichts mehr hören von der Welt da draußen.

Natuur, Natuuur, Natuuuur! Durch dich wollte ich wiedergeboren werden zum Menschen!

Gleich nach meiner Ankunft in Bullenbach war ich, nur mit einem Schurz aus Hasenfell umgürtet, in aller Frühe in den Wald gegangen. Ich schnitt mir eine junge Eiche zum Stecken zurecht und drang mit »Hojotohoh« in das Dickicht. Da stieß ich auf fünf Holz abfahrende Bauern, die sich sofort, als sie meiner ansichtig wurden, voller Wut auf mich stürzten und brutal festhielten. Auf meine Erklärungen über die historische Berechtigung und die hygienischen Vorzüge des Nacktgehens nannten sie mich eine gottverfluchte Sau und noch schlimmeres, und zum Schluß wurde ich mit meiner jungen Eiche elendiglich verhauen.

Dann machte ich schüchterne Versuche, mit einem bis zum Knie reichenden härenen Gewande umherzugehen. Man hetzte die Hunde auf mich, die Kinder bewarfen mich mit Kot, und die Wirtin erklärte mir, die Bullenbacher duldeten diese Maschkerad nicht, und sie hätte keine Lust, sich für die paar Mark, die ich zahlte, das ganze Dorf auf den Hals zu hetzen, und ich möchte sehen, wo ich ein anderes Unterkommen fände, bei ihr könne ich nicht länger wohnen.

So schnell wollte ich die Flinte nun doch nicht ins Korn werfen. Lieber die kleinen Unfreundlichkeiten und Mißverständnisse ertragen, die doch im Grunde nur eine charakteristische Note dieser urwüchsigen Naturkinder darstellten: die naive Abneigung gegen alles Neue, Fortschrittliche, das Festklammern an der Väterüberlieferung, als zurückkehren in die Hölle der Zivilisation.

Ich beschwor die Frau, mich doch wohnen zu lassen, und es gelang mir schließlich, sie durch eine Verdreifachung des bisher bezahlten Pensionspreises zu rühren.

Ich tat alles mögliche, mich mit den Bauern auf guten Fuß zu stellen, mich ihnen anzupassen. Abends im Wirtshaus saß ich mitten unter ihnen, soff unzählige Maß Bier, rauchte unter furchtbaren Qualen wacker den landesüblichen Tabak, aß allabendlich, meine Abneigung überwindend, heroisch das Nationalgericht der Bullenbacher: rohes Schweinegehacktes mit Pfeffer und Zwiebeln verwürzt, suchte stets in allen Dingen der Meinung dieser herrlich unzivilisierten Dörfler zu sein und wieherte jedem kräftigen Scherzwort zu, ob es mich auch selbst traf.

Obgleich mir jedes Kartenspiel entsetzlich verhaßt war und ich diese Beschäftigung, mit Schopenhauer, für den Bankerott aller Gedanken hielt, begeisterte ich mich für den Skat und das Sechsundsechzig der Bullenbacher und saß jeden Abend bis spät in die Nacht und schlug die fettigen Karten mit der meinen Partnern abgelauschten Kraftgeste auf den Tisch. Ich mühte mich nach Möglichkeit, nicht zu gewinnen, um diese leicht erregbaren Primitiven nicht unnötig zu verstimmen. Als ich nun eines Abends dennoch und sogar fünfmal hintereinander gewann, wallten die Leidenschaften auf, der *furor teutonicus* erwachte jäh, und man hatte mir, ehe ich mich dessen versah, einen Maßkrug um den Kopf geschlagen, mich vor den Bauch getreten und mich endlich durch die Füllung der Tür hinausgeschmettert.

Hochachtung vor dieser aus einem ehrlichen, ursprünglichen Empfinden für Recht und Unrecht und einem ungezügelten Temperament erwachsenen animalischen Kraft!

Mit dick verbundenem Kopf habe ich vierzehn Tage auf meinem Zimmer gesessen. Oh, die Verwirklichung des Rousseauschen Ideals war nicht so einfach. Ich entschloß mich, schlicht barfuß zu gehen wie alle Welt in Bullenbach. Nachdem ich mir aber einen rostigen Nagel in den Fuß getreten hatte, wurde mir klar, daß auch das nicht das Richtige war und das von mir so fanatisch gehaßte modische Schuhwerk doch seine Vorzüge hatte. Die Verletzung hatte natürlich eine Eiterung zur Folge, die mich wieder auf einige Zeit lahmlegte und mir Muße gab, über die erzielten Resultate meiner Therapie gegen den großen Kulturdegout nachzudenken.

Wenn ich so durch des Schicksals Tücke verdammt war, tagelang auf meiner schmucklosen Bude zu hocken, ohne die geringste Anregung und Zerstreuung, überkam mich immer häufiger eine grenzenlose Langeweile. Allein es gab jetzt kein Zurück mehr, es hieß durchhalten, wenn ich nicht mein Selbstvertrauen gänzlich einbüßen wollte. Ich mußte beweisen, daß ich eine Persönlichkeit war, eine Persönlichkeit mit genügendem inneren Gehalt, die all diese äußeren Dinge entbehren konnte und in der Beschäftigung mit sich vollauf ihr Genüge fand. Ich hielt mir als erstrebenswertes Beispiel den indischen Yogi vor Augen, der die reale Welt überwunden hat und es durch Konzentration aller seiner Kräfte auf sich selbst vermag, in sich eine Welt, herrlicher, als die, die wir sehen, zu schaffen.

Lediglich ein fortgesetztes Stieren auf den Nabel bringt bei dem Yogi diesen Zustand der Weltentrücktheit hervor. Ich habe es auch versucht und stundenlang auf dem Boden gekauert und meinen

Nabel betrachtet, mit dem einzigen Resultat, daß ich völlig dumm im Kopf wurde und meine Beine einschliefen, so daß ich nachher weder gehen noch stehen konnte. Von einem Aufgehen im Nirwana nicht die Spur.

Man muß sich üben, sagte ich mir und begann täglich mindestens eine Stunde lang meinen Nabel tiefsinnig zu fixieren. Das Nirwana blieb aus, nur glaubte ich eines Tages während der Meditation ein merkwürdiges Rumoren in meinem sonst so stillen Bauche zu verspüren. Ein eigenartiges Saugen, Kollern, wie ich es noch nie empfunden hatte. Dann hatte ich plötzlich das Gefühl, als ob ein dicker Knäuel im Leibe aufstiege bis zum Halse, dann ein seltsames, lustiges Prickeln in der Nase und noch sonst wo. Meine Gesichtsfarbe wurde fahl. Heißhunger wechselte ab mit Appetitlosigkeit.

Sollte das vielleicht der Übergang zur ersten Stufe hin zum Nirwana sein, die Umbildung des Organismus zu höheren okkulten Fähigkeiten?

Eine merkwürdige Unruhe packte mich, ich begann mich genauer zu beobachten. Die Zeichen wiederholten sich, auch wenn ich mich nicht in der Fakirstellung befand. Von Tag zu Tag wurden sie stärker.

Ich war stolz auf das erzielte Resultat meiner Meditation. Mein Aussehen wurde immer interessanter, dämonischer. Pergamentfarben war die Haut, tief lagen die blauumränderten Augen im Kopf.

Zufällig kam ich eines Tages mit dem Landarzt, der auf einer Fahrt über die Dörfer im Wirtshaus zu Bullenbach haltmachte, ins Gespräch. Ich brachte ganz unbefangen und harmlos die Rede so im allgemeinen auf die indischen Fakire und ihre geheimnisvollen okkulten Kräfte und dann schließlich auch auf meine Versuche. Ich erzählte ihm genau, was ich bisher auf diesem Gebiet erreicht hatte. Der Mann schaute mich aufmerksam an und bat mich, die beobachteten Symptome nochmals genau zu wiederholen. Ich tat es mit dem Erfolge, daß der Doktor in ein wieherndes Gelächter ausbrach, das kein Ende nehmen wollte.

Da war doch aber auch wirklich nichts zu lachen. Ich wurde wütend und schrie auf ihn ein: »Wenn Sie von solchen Sachen nicht mehr verstehen als Ihre Bauern hier, dann sagen Sie das doch vorher!« Damit stand ich auf und wollte weggehen.

»Warten Sie«, prustete der Doktor hervor, die Tränen liefen ihm über die Backen, »warten Sie doch um Gottes willen. Die Symptome, die Sie an sich bemerken, haben keine okkulte, sondern eine nur zu unangenehm reale Ursache, sie kommen nämlich von einem Bandwurm. Ist Ihnen nicht der Abgang von nudelartigen oder kürbiskernartigen platten Stükken aufgefallen?«

»Diese Erscheinung habe ich in der Tat schon verschiedentlich an mir konstatiert«, mußte ich kleinlaut zugeben.

»Haben Sie häufig rohes Fleisch gegessen?« fragte der Arzt.

»Eigentlich jeden Abend, seitdem ich hier bin«, stieß ich beklommen hervor.

Mein ganzes schönes Selbstbewußtsein ging in die Brüche. Ein Bandelwurm, der hatte mir zu allen meinen Enttäuschungen nur noch gefehlt, das war also die Krone meiner Flucht in die Natur.

»Na, besonders angenehm ist ja solch ein Logierbesuch nicht. Ich will Ihnen etwas aufschreiben, das nehmen Sie in drei Portionen ein. Dann werden Sie bald befreit sein. Das Mittel nüchtern trinken und dann im Zimmer bleiben. Genau Obacht geben, ob auch der Kopf mitgekommen ist.«

Die Medizin war abends angekommen. Das erste Drittel hatte ich dann am nächsten Morgen, das zweite Drittel mittags eingenommen. Nun hockte ich, umgeben von vielen Gefäßen, voller Hangen und Bangen auf meiner Bude in Erwartung der Katastrophe.

Unter der Einwirkung einer furchtbaren Augusthitze hatte ich mich so nach und nach vollständig entkleidet und saß nackt auf dem Prachtmöbel meiner Klause, dem Wachstuchsofa, und hatte einige Ablenkung darin gefunden, die erfrischende Wirkung einer solchen Sitzgelegenheit bei häufigem Wechseln des Platzes zu beobachten. Aber nur für kurze Zeit war diese Nuance in der Lage, mich zu zerstreuen.

Die flimmernde Schwüle des Augusttages, gesättigt mit den der Küche entsteigenden Spüldüften, kroch in das Zimmer und legte sich schwer auf mein Denken. Das Gefühl der Wirklichkeit schwand mehr und mehr. Das Leben um mich schien unter dem Einfluß der glühenden Sonnenstrahlen gänzlich ausgesetzt zu haben. Das ganze Haus war wie ausgestorben, nur ab und zu drang ein müdes Tellergeklapper aus der Küche herauf. Die Schweine, die sonst bestrebt waren, eine charakteristische Note durch ihr Gegrunze in die ländliche Symphonie zu bringen, schwiegen und lagen in todähnlichem Zustand auf dem Mist. Der bösartige Spitz, der sonst gewissenhaft um das Haus zu laufen und in Ermangelung einer feindlichen Erscheinung die harmlosen Hühner anzukläffen pflegte, lag irgendwo und rührte sich nicht. Die braven, fleißig legenden Hühner ließen apathisch, ohne Freudengegacker ihre Eier von sich gehen. Das monotone Gesumm der ein- und ausfliegenden Mücken und Fliegen und das müde Gekrieche dieser Insekten an den Wänden und Möbeln verstärkte noch das unheimliche Schweigen. Ein grenzenloses, lähmendes Nichts umgab mich. Wie ein Reif von warmen, feuchten, klebrigen Händen legte es sich mir um den Kopf.

Ich mußte mich unter allen Umständen beschäftigen, wenn dieser furchtbare Druck, den der glühende Augusttag gebar, nicht Macht über mich bekommen sollte, wenn ich nicht wahnsinnig werden wollte! Das Gehirn mußte in Tätigkeit bleiben!

Eine Schaustellung indischer Fakire, die ich einmal irgendwo gesehen hatte, fiel mir ein. Unter anderen war da ein Mann gewesen, der seine Augen aus den Augenhöhlen herausnehmen und einige Zentimeter vom Kopf entfernen konnte. Ein befreundeter Arzt, der damals bei mir war, hatte dieses für mich seltsame und eigentlich schreckliche Phänomen für höchst einfach erklärt. Es gehöre nur eine gewisse Willenskraft dazu und Überwindung des unangenehmen Gefühls beim Berühren des Augapfels. Bei Augenoperationen, zur Beseitigung eines Abszesses zum Beispiel auf der Rückseite des Augapfels, nehme man das Auge stets ohne irgendwelchen Schaden für den Patienten in dieser Weise heraus.

Die fixe Idee setzte sich in meinem zusammengeklebten Hirne fest, das auch einmal bei mir zu versuchen. Wie unter einem zwingenden Bann hob ich meine rechte Hand, führte sie zum rechten Auge und begann, mit dem Zeigefinger in der Ecke der Nasenwurzel am Auge zu bohren. So war nichts zu machen, ich wagte nicht stark zu drücken aus Furcht, das Auge mit dem Fingernagel zu verletzen. Ich umwickelte den Zeigefinger mit einem weichen Tuchlappen und setzte ihn wieder an der Nasenecke ein, den ebenfalls umwickelten Daumen von der Schläfe aus, drückte energisch, und »kllltsch« hatte ich das Auge zwischen den Fingern. Klopfenden Herzens entfernte ich das Auge vorsichtig ein wenig vom Kopf und konstatierte, daß der Sehnerv und die verschiedenen Muskeln wie Gummi nachgaben und die ganze Manipulation, wenn auch im Anfang etwas unbehaglich – ein Kältegefühl machte sich besonders bemerkbar –, so doch im allgemeinen völlig schmerzlos war.

Die Umwicklung der Finger störte und begann auch ein wenig zu scheuern. Ich feuchtete den Zeigefinger und den Daumen der linken Hand reichlich mit Spucke an und nahm behutsam das Auge in diese Hand. Jetzt fühlte ich keinerlei Beschwerden mehr.

Ich wurde mutiger und führte das Auge um den Kopf herum, guckte mir ins Ohr, sah mir mal meinen Hinterkopf aus dichtester Nähe an, hielt das Auge dann über den Kopf und beschaute mich aus der Vogelperspektive. Das war ja fabelhaft. Ich wurde noch tollkühner und hielt schließlich das Auge mit ausgestrecktem Arm vom Körper ab. Die Dehnbarkeit des Nervs und der Muskeln schien unbeschränkt.

Nachdem ich mich von allen Seiten genügend betrachtet hatte, kam mir der geniale Einfall, auch mal die Mundhöhle ein wenig zu inspizieren. Ich steckte das Auge in den weitgeöffneten Mund und mußte als erstes zu meinem größten Verdruß auf diese Weise erfahren, in welch schamloser Weise mich mein Zahnarzt betrogen hatte. Goldplomben hatte ich bezahlt, und mit Zement hatte er die Zähne angefüllt. Schau an, das war also das Zäpfchen. Gott, wie nett! Ich schob das Auge ein wenig unter das Zäpfchen, um mal zu sehen, wo der Kehlkopf war, von dem man so viel Wesens machte. Na, das war ja eine höchst einfache Sache.

Mich interessierte das alles so intensiv, daß ich ganz vergaß, das Auge genügend zwischen den Fingern einzuklemmen. Auf einmal, flitsch, war mir das Auge fortgeglitscht und im Schlund verschwunden.

Voller Spannung, am ganzen Körper bebend, erwartete ich, wie sich das entwickeln würde. Wenn es brenzlig wurde, konnte ich ja immer noch das Auge an den Muskeln, die aus der Augenhöhle wie ein Bündel gestraffter Darmsaiten in meinem Munde verschwanden, zurückziehen, sagte ich mir. Vorläufig fesselte mich das Schauspiel in meinem Inneren viel zu sehr, um diesem Genuß vorzeitig ein Ende zu machen.

Ein trautes, rötliches Halbdunkel herrschte hier. Man befand sich in der Speiseröhre, deren leichte, wiegende Bewegung das Auge allmählich weiterschob.

Dort das stampfende Ding links mußte das Herz sein, die große rasselnde und pustende Sache, die fast den ganzen Brustkorb anfüllte, wohl die Lunge. Es war ein gewaltiges Toben und Arbeiten hier drinnen, wie in der Halle eines modernen Fabrikbetriebes.

Immer weiter glitt das Auge abwärts, ich hatte so viel zu staunen, daß ich mir weiter keine Gedanken machte, wie das enden sollte, als ich plötzlich erschreckt auffuhr, da ich von einem Augenblick auf den anderen mit dem Auge nichts mehr sah. Gleichzeitig machte sich ein häßliches Sauggefühl und eine stechende Schärfe bemerkbar. O weh, da war das Auge in den Magen geraten! Siedendheiß überlief es mich. Jetzt würde ich wohl meine Neugierde mit einem verdauten Auge zu bezahlen haben. Ich versuchte krampfhaft, an den Muskeln das Auge aus dem Magen herauszuzerren. Vergebens! Die Muskeln längten sich wie Gummischnüre, weiter hatten meine Bemühungen keinen Erfolg. Das Auge blieb im Magen.

Plötzlich verspürte ich einen Stoß, und schon war die Dunkelheit einem Halbdunkel gewichen. Das Auge befand sich im Darm. Der Magen hatte es unverdaut von sich gegeben. Eine schauerliche Dämmerung herrschte im Darm. Unheimlich war es hier, lange nicht so schön wie im Brustkorb. Dazu ein unangenehmer, muffiger Geruch, die Wände glitschig und feucht. Tiefe Grabesstille, nur ab und zu unterbrochen durch ein fernes Glucksen. Der schwarze Gang schien schrecklichen Dingen zuzuführen. Eine Gänsehaut überlief das Auge. Mich packte das Grauen, und ich bereute dieses wahnwitzige Spiel.

In wellenförmigen Bewegungen, die ein der Seekrankheit ähnliches Gefühl hervorbrachten, glitt das Auge durch die unzähligen Windungen des Darmes weiter.

Halt! Was war das dort, das um die Windung glotzte? Das Auge stemmte sich angstvoll gegen die Darmwand und versuchte zu bremsen.

Ein schrecklicher, spitzer, fahlgelber Kopf streckte sich ihm aus dem Dunkel entgegen, und eine schleppende, schleimige Stimme fragte leise: »Ist da jemand?«

Ich zitterte vor Angst in Erwartung eines furchtbaren Dramas in meinen Tiefen.

Das Auge war im ersten Augenblick vor Schrekken sprachlos, faßte sich jedoch bald, ging auf die seltsame Erscheinung zu, machte eine tadellose Verbeugung und stellte sich vor: »von Auge!« Worauf es klebrig zurückklang: »Friedel Darmstädter, Bandwurm! Es ist mir eine große Ehre, Ihre Bekanntschaft zu machen, eine große, überaus große Ehre. Ich lege mich Ihnen zu Füßen. Womit kann ich Ihnen dienen? Sie müssen nur ein wenig Nachsicht mit mir haben, mein Verehrtester, ich fühle mich heute nicht so recht wohl. Es muß wohl am Wetter liegen, nichts will mir so recht schmecken.«

»Gott, das ist ja eigentlich auch kein Wunder in dieser Atmosphäre. Da wird ja ein Gesunder krank«, antwortete das Auge; »ich begreife Sie wirklich nicht, wie Sie es als ein Mann von Geschmack hier aushalten können.«

»Und Sie«, forschte der Bandwurm, »wollen Sie sich dauernd hier niederlassen?«

»Daß mich der Himmel bewahre! Nur auf der Durchreise, zum Vergnügen bin ich hier«, protestierte das Auge. Dann fing das Auge an, von der Welt draußen zu erzählen. Von dem Jagen und Hasten der Menschen nach Gold und Ehren. Von dem hohen Lied der Uniformen und der besternten, goldgestickten Fräcke. Von der Zukunft, die allen denen offen stehe, die ein gütiges Geschick ohne Rückgrat auf die Welt kommen ließ. Wie positives Können überhaupt keine Rolle mehr spiele. Wie Lavieren, Scharwenzeln, Kriechen, Schleim fressen, Schwanzwedeln die einzigen Fähigkeiten seien, die zum Fortkommen erforderlich.

Ich war entsetzt über diese gehässige Gesinnung meines Auges.

»Wissen Sie«, wandte sich plötzlich das Auge an den aufmerksam zuhörenden Bandwurm, »ich verstehe Sie wirklich nicht. Sie passen draußen in die Welt hinein wie selten jemand. Was haben Sie hier, Sie kriechen und kriechen und bringen es zu nichts. Sie wedeln Schwanz und fressen Schleim und haben keinen Lohn davon. Sie gehören in die Welt, mein Lieber.«

»Sie haben gut reden«, klagte der Bandwurm und lehnte elegisch den Kopf an die Darmwand, »ich fühle mich dem Kampf ums Dasein, dem offenen Kampfe nicht recht gewachsen. Ich bin nicht mutig. Das liegt einmal nicht in meiner Natur.«

»Offener Kampf, mein lieber Freund«, das Auge war an den Bandwurm herangetreten und hatte die Hand auf seine Schulter gelegt, »offener Kampf. Mann gegen Mann, Einsetzen der Persönlichkeit, Ringen um sein gutes Recht – ja, da würden Sie recht weit mit kommen heutzutage. Hintertüren, Intrigen, Verleumdungen, Geschmeidigkeit, geistiger Meuchelmord, das sind so einige der Faktoren, die in Frage kommen. Aufgerafft! Ich schwöre es Ihnen, Sie sind der Richtige dazu, in der Welt sein Glück zu machen!«

»Ich fühle es ja selbst, daß ich zu Höherem geboren bin«, antwortete der Bandwurm selbstbewußt. »Dieses Streben nach oben liegt einmal in unserer Familie. Meine Eltern lebten noch in einem Schwein, während ich hier in diesem Menschen das Licht des Darmes erblickte. Aber Sie müssen zugeben, es ist immerhin ein Entschluß, eine sichere Existenz, die ich doch hier habe, aufzugeben. – Was ist das nur eigentlich«, unterbrach er sich plötzlich, »diese unangenehme Flüssigkeit, die mich schon seit heute morgen belästigt und wohl auch schuld an meinem Unwohlsein ist? Merken Sie nichts, Herr von Auge?«

»Ich kann da schlecht urteilen, weil mir die sonstigen klimatischen und diätischen Verhältnisse hier nicht bekannt sind. Aber das wird wohl der Trank sein, den der Besitzer dieses Bauches sich holen ließ und seit heute früh trinkt. Als ich die Augenhöhle verließ, war noch ein kräftiger Schluck in der Flasche, den dieser Mensch, soweit ich ihn kenne, bestimmt nicht in der Flasche lassen wird. Das nennen Sie also eine sichere Existenz, wenn Ihr Wohlbefinden, ich möchte fast sagen Ihr Lebensglück, so direkt abhängig ist von dem, was dieser Mensch ißt und trinkt. (*Tout comme chez nous,* dachte ich mir.) Ich begreife wirklich Ihre Unentschlossenheit nicht. Gott, mir persönlich kann das ja gleichgültig sein, was aus Ihnen wird. Ich an Ihrer Stelle wüßte, was ich täte.«

»Und was Sie mir da soeben alles sagten, ist die lautere Wahrheit? Sie treiben keinen Scherz mit mir?« Prüfend schaute Friedel Darmstädter das Auge an.

»Ich meine, die Angelegenheit ist wohl zu ernst zum Scherzen«, erwiderte dieses kalt.

»Und Sie bürgen mir für die Richtigkeit dessen, was Sie mir sagten?« Ein verachtungsvoller, niederschmetternder Blick des Auges ließen den Bandwurm bereuen, diese vorlaute Frage gestellt zu haben.

»Mit meinem Ehrenwort«, klang metallisch die Stimme des Auges durch den Darm.

Mit einer tadellosen Verbeugung gegen das Auge machte der Bandwurm kehrt und verschwand hinter der nächsten Biegung des Darmes.

Das Auge platzte los vor Lachen und hielt sich die Seiten. Den hatte es angeführt. Neugierig, wie nun einmal Augen sind, gab es den Stützpunkt, den es während der Unterhaltung mit dem Bandwurm an der Abzweigung zum Blinddarm gefunden hatte, auf und ließ sich durch die Muskelbewegungen des Darmes weiterbefördern, um doch zu schauen, wo der Bandwurm bleiben würde.

Plötzlich machte sich ein frischer Luftzug bemerkbar, und mit einem Ruck befand sich das Auge im grellen Tageslicht. Unter sich sah es eine Schale stehen, in welcher sich der Bandwurm hilflos wand. Ein böser Blick traf noch das Auge, dann legte er den Kopf auf die Seite und verschied. –

So, den Bandwurm wäre ich auf diese unterhaltsame Weise losgeworden. Jetzt war es aber auch an der Zeit, dem Spiel mit dem Auge ein Ende zu machen und es wieder an seinen alten Platz zu bringen. Leichter gesagt, als getan. All mein Zerren an dem Muskelstrang war erfolglos, das Auge rührte sich nicht vom Fleck. Ich versuchte es auf alle mögliche Weise zu lockern, es war unverrückbar festgeklemmt. Eine wahnsinnige Verzweiflung packte mich. Mit aufgerissenem Munde, um den Nerv und die Muskeln nicht zu verletzen, rannte ich laut stöhnend durch das Zimmer. Dieses ungewohnte Schauen nach zwei Seiten verwirrte mich. Ich wußte nicht recht, ob ich vorwärts oder rückwärts gehen sollte. Eine furchtbare Angst vor mir selber packte mich. Ich mußte unter Leute. Ohne an das Seltsame der Situation zu denken, rannte ich blindlings wie von Hunden gehetzt nach unten zur Wirtin und streckte ihr stumm den Körperteil entgegen, den man sonst im allgemeinen Damen nicht darzubieten pflegt, und wies verzweifelt auf mein Auge, das flehend von dieser ungewohnten Stelle in die Welt schaute.

Laut kreischend floh die Wirtin und stürzte ins Dorf. Und nicht lange dauerte es, so kamen aus allen Richtungen mit Dreschflegeln, Sensen, Knüppeln die Bullenbacher Bauern herbeigeeilt, um die der Wirtin zugefügte Schmach auf der Stelle zu rächen.

Ich war wieder hinaufgestürzt in mein Zimmer, hatte die Tür fest verriegelt und mit Möbelstücken verbarrikadiert. Zitternd stand ich am Fenster hinter den Gardinen und beobachtete die Zusammenrottung meiner Feinde. Furchtbare Drohungen wurden ausgestoßen. Der Haß eines ganzes Dorfes war entfesselt.

Plötzlich zerschmetterte ein Ziegelstein mein Fenster und flog dicht an meinem Kopf vorbei ins Zimmer. Ich verkroch mich in den äußersten Winkel des Zimmers. Töten würden sie mich, wehrlos erschlagen. Doch halt! Ich hatte doch meine beiden Browning-Pistolen irgendwo in meinem Koffer. Bebend durchwühlte ich den Kofferinhalt. Donnernde Schläge fielen gegen die Tür. So leichten Kaufs sollten mich diese wilden Tiere nicht erschlagen. Die Errungenschaften moderner Technik in Gestalt meiner zehnschüssigen Brownings hatte ich ihren primitiven Waffen entgegenzusetzen.

Krachend fiel die Tür ins Zimmer, und über die umgestürzte Möbelbarrikade stürzte die Schar herein. In jeder Hand eine Browning, nahm ich mir die beiden ersten aufs Korn. Ein baumlanger Mensch, der gleiche, der mir seinerzeit beim Kartenspiel den Bierkrug um den Kopf geschlagen hatte und jetzt mit einem wutverzerrten Gesicht und einer Sense auf mich eindrang, und ein untersetzter, stiernackiger Bursche, der damals mit dabei gewesen, als man mich im Walde so verhauen hatte, und nun bestrebt war, mir mit einem Dreschflegel die Hirnschale zu zertrümmern, fielen mitten ins Herz getroffen zu Boden. Schuß auf Schuß aus meinen guten Brownings. Mann auf Mann traf das tödliche Blei. Aber immer neue Kerle traten an ihre Stelle, unaufhaltsam wälzten sich die Feinde die Treppe herauf. Nur noch zwei Schuß waren mir geblieben, in jeder Waffe noch einer. Danach war ich verloren. Ich hatte mich wakker gehalten.

Plötzlich bemerkte ich mit dem deplazierten Auge, daß ein krummbeiniger, kleiner Kerl versuchte, mit einem langen Messer von hinten heimtückisch gegen mich vorzudringen. Gleichzeitig bedrängte mich von vorne ein Mensch, dessen Augen blutunterlaufen waren, mit einer Mistgabel. Die Linke mit der Browning nach hinten gerichtet, die andere Browning in der vorgestreckten Rechten, die beiden Schurken aufs Korn genommen – und aufschreiend wälzten sie sich in ihrem Blute.

Entsetzt über meine Aktion in zwei Fronten wichen die Angreifer, wie vor einem schauerlichen Spuk, vor mir zurück und ergriffen die Flucht.

Ich war gerettet.

Ich kletterte über die Leichen hinweg und verließ, nur in einen Havelock gehüllt, voller Schaudern diese Stätte des Blutes.

In dem Landstädtchen, das ich nach qualvollem Umherirren erreichte, war es mein erstes, einen Arzt aufzusuchen, um das Auge wieder einrenken zu lassen. Alle seine Bemühungen waren indessen vergeblich. Ich wandte mich an die bedeutendsten Professoren, aber auch deren Kunst war nicht imstande, mir zu helfen. Das Auge blieb an der so ungeeigneten Stelle. Der einzige Ausweg wäre ja Abschneiden der Muskeln gewesen, aber dazu konnte ich mich nicht verstehen. Man verliert doch nicht gern ein Auge.

Ich ließ mir zwei Schneidezähne aus dem Unterkiefer ausbrechen und legte in die entstandene Lücke den Muskelstrang, der auf diese Weise nicht mehr Gefahr lief, beim Sprechen oder Essen verletzt zu werden.

Dann lernte ich zu meinem Glück eines Tages meinen jetzigen Chef, Herrn Barnum kennen, der mich sofort mit einem Monatsgehalt von 10000 Dollar auf Lebenszeit für sein Unternehmen verpflichtete.

Erst wurde ich mit Rücksicht auf die delikate Art meiner Abnormität in einer Extraabteilung nur einem Herrenpublikum gezeigt. Als aber Herr Barnum auf die glückliche Idee kam, mir diese rote Samthose machen zu lassen, in deren Hosenboden ein Loch geschnitten ist, gerade groß genug, das Auge, aber auch nur das Auge, sichtbar zu machen, wurde ich eine dezente Schaunummer, zum Besuch für Familien und Schulen geeignet. Leider bemerke ich seit einiger Zeit, daß ich auf dem deplazierten Auge ein wenig kurzsichtig werde, aus welchem Grunde ich mich beim Lesen eines Monokels bediene.

Das ist meine Lebensgeschichte. Die Vorstellung ist zu Ende. Ich bitte neuen Besuchern Platz zu machen und unser Unternehmen in Freundes- und Bekannten-Kreisen geneigtest zu empfehlen.

Der Blinddarm – ein Fluch!

Man hat mich in eine Irrenanstalt gesteckt, und ich bin doch wirklich nicht irrsinnig. Bitte, meine Herren Psychiater, das kann ich doch wohl selbst beurteilen. Dritte reitende Feldartilleriebrigade – – Donaudampfschiffahrtsgesellschaft – – Artaxerxes kann ich ohne Silbenstolpern fehlerfrei sagen. Ich meine, das genügt. – Was?

Gott ja, ich gebe zu, ich war damals ein wenig heftig. Aber wer die Tragödie meines Lebens kennt, wird mich verstehen. Das Wort Blinddarm soll man in meiner Gegenwart nicht aussprechen! Dann kribbelt es mir in allen Gliedern, und ich kann verdammt unangenehm werden. Aber deswegen gehöre ich noch lange nicht in eine Irrenanstalt! Ich bin ein beklagenswertes Opfer der Psychiater.

Einst war ich ein Mensch, der glücklich und froh war, seine 250 Pfund wog und dessen schwerste Sorge die war, daß um Gottes willen die Poularde zu Mittag weich und köstlich und der Moselwein recht spritzig war.

Man nannte mich ein Faultier und einen Tagedieb. Aus Neid natürlich. Ich lebte eben ganz nach meinem Gusto. Und mein Gusto war: nichts tun, gut essen und trinken, schlafen und träumen. Wer sich das nicht leisten konnte, wurde natürlich leicht ein gehässiger Kritiker meines Lebenswandels.

Gott, ich hatte wirklich auch recht schwere Jahre

hinter mir, wo es hieß, für das tägliche Brot zu sorgen. Das war eine üble Zeit. Pfui Teufel, wenn ich daran zurückdenke! Der Kampf ums Dasein ist mir verflucht schwer gefallen. Jede Art von Betätigung war mir bei meinem angeborenen Hang zur Beschaulichkeit ein entsetzlicher Greuel.

Da kam eines Tages das Glück. Meine Tante Hieronima Ameisenei in Altenbeken starb, und mir fiel aus der Erbschaft eine jährliche Rente von zehntausend Mark zu.

Geld verdienen, sich abhasten, Ellenbogen benutzen: diese häßlichen Worte spielten keine Rolle mehr. Ich war frei und unabhängig. Meinen Traum von jeher, die Sehnsucht meines Lebens, mein Dasein fern vom Getriebe der Welt in süßem Nichtstun zu verbringen, sah ich erfüllt.

Ich schaffte mir eine Köchin an, um die mich Brillat-Savarin beneidet hätte. Herrliche Weine lagen in meinem Keller. Ich besaß ein fabelhaftes Bett und das Wunder eines Diwans, geräumig, mit weichen, kosenden, indischen Decken belegt.

Bis in den Tag hinein schlief ich. Wenn ich mich nicht den Sensationen kulinarischer Genüsse hingab, lag ich rauchend und träumend auf meinem herrlichen Diwan.

Oh, ich war vollkommen glücklich zu jener Zeit!

Monatelang verließ ich nicht meine Behausung. Ich kam aus dem Pyjama nicht heraus.

Meine *splendid isolation* von allen Störungen des Alltags, von jedem Mißklang in der Harmonie meiner Tage war vollkommen. Alle wohlmeinenden Bekannten mit Ratschlägen, verdächtigen Altruismen und ehrlicher Freundesentrüstung hatte ich mir allmählich vom Halse geschafft. Man gab mich auf und sprach schlecht von mir.

Was kümmerte mich das? Ich hatte den Alltag überwunden. Ich lebte das Vergessen der Miseren des Lebens.

Dann platzte eines Tages mein alter Schulfreund Sebald in mein Idyll. Ich hatte ihn seit Jahren nicht gesehen.

Es war gegen zwölf Uhr vormittags, ich lag noch im Bett und sann wollüstig darüber nach, welche Leckerbissen mir meine Köchin wohl heute vorsetzen würde.

Sebald setzte sich ohne Umschweife an mein Bett und erzählte, er sei Arzt geworden und habe sich in dieser Stadt niedergelassen. Von alten Erinnerungen sprach er dann, leitete allmählich zu mir und meiner Lebensweise über, über die er genau informiert schien, und war auf einmal daran, mir in ernstem vorwurfsvollem Ton mein Leben vorzuhalten.

Ich wurde unruhig. Diese Anzapfung paßte mir sehr wenig. Aber Sebald sprach so ehrlich und herzlich. Ich versuchte ihm wissenschaftlich zu kommen und mein Leben im Hinweis auf die indischen Yogi zu rechtfertigen. Ich hätte die gleichen Maximen: Abrücken von dem Gehaste der Welt und allen Leidenschaften, Sichversenken in Meditationen und ins Nirwana. Ganz ginge ich natürlich nicht mit den Indern. Asketischen Unfug, Glas und Erde essen, mich mit dem Kopf nach unten aufhängen, auf nägelgespickten Brettern liegen und solche Sachen wies ich als aufgeklärter Mensch natürlich weit von mir. Ich käme ohne diese Gewaltmittel in die göttliche Trance allen Vergessens.

Meine Ausführungen machten keinerlei Eindruck auf Sebald. Er schüttelte den Kopf und machte ein recht bedenkliches Gesicht. Plötzlich nahm er meine Hand, fühlte den Puls und sah mir prüfend in die Augen.

Ich wurde nervös. Ich entzog ihm meine Hand und bat dringend, diese Faxen zu unterlassen.

Ob ich Schmerzen im Bauche hätte, in der rechten Seite, fragte er, ohne meinen ablehnenden Einwurf zu beachten.

Was sollte das? Ich brauste auf. »Ich habe dich nicht konsultiert. Verschone mich mit unerwünschten Ratschlägen. Mische dich bitte nicht in mein Leben. Außerdem finde ich es rücksichtslos und zudringlich, mich mitten in der Nacht zu überfallen. Ich will jetzt meine Ruhe haben.«

Sebald erhob sich verletzt, zuckte mit den Achseln und sagte: »Du tust mir leid, du wirst deinen Unverstand bereuen!« Damit schickte er sich an, das Zimmer zu verlassen. An der Tür drehte er sich noch einmal um: »Wenn du mich brauchst, so telephoniere Amt III, Nummer 3145. Du wirst mich bestimmt brauchen! Adieu!«

Was sollte dieser Blödsinn? Plumper Patientenfang! Ich verstand Sebald nicht, früher war er doch der ehrlichste und anständigste Mensch! Auch heute hatte sein Benehmen noch immer etwas Treuherziges.

Ich fühlte mich kerngesund. Aß, trank und schlief vorzüglich. Schmerzen im Bauch? Keine Spur.

Ich ertappte mich plötzlich dabei, wie ich schüchtern an meinem wohlgerundeten Bäuchlein herumzudrücken begann. In der Tat, wenn ich an eine

Stelle in der rechten Seite kam, glaubte ich ein gelindes Unbehagen zu verspüren! –

Dummes Zeug. Es war ja auch nicht nötig, am Bauch herumzuklopfen. Dennoch kam eine eigentümliche Unruhe über mich. Das wäre ja schrecklich, wenn ich nun doch tatsächlich krank wäre, ein Leiden in mir trüge! Jetzt, wo ich alles hatte, was mein Herz sich wünschte!

Zum ersten Mal wollte es mir nicht so recht schmecken, zum ersten Mal kam ich auf dem Diwan nicht zur träumerischen Ruhe. Der quälende Gedanke an eine Krankheit begann, sich in mir festzusetzen. Immer wieder befühlte ich meinen Bauch, und je mehr ich untersuchte und knetete, um so mehr empfand ich dabei, nicht nur an der rechten Seite, sondern überall ausgeprägte Schmerzen. Ich fühlte den Puls, beschaute mich im Spiegel, lief aufgeregt im Zimmer umher. Mit meiner göttlichen Behaglichkeit und Sorglosigkeit war es aus. Meine Köchin war fassungslos: selbst frische Langusten und gebackene Austern ließen mich kalt.

Was mochte das für eine Krankheit sein? Ich stöberte im Konversationslexikon herum und fand, daß in der rechten Seite der Blinddarm säße. Ein wahnsinniges Entsetzen packte mich. Blinddarmentzündung? Diese furchtbare Krankheit grassierte ja jetzt allenthalben und forderte unzählige Opfer. Warum sollte mich Sebald eigentlich in einer so ernsten Sache täuschen?

Mehrere Tage verbrachte ich in qualvollen Reflexionen. Schreckliche Visionen verfolgten mich. Die herrlichsten Leckerbissen ließ ich unberührt. Ich beschaute stundenlang meinen Bauch. Wenn es darin kollerte, zuckte ich jäh zusammen. Oh, wenn ich nur Klarheit hätte! Ich konnte den grauenhaften Zustand der Ungewißheit nicht mehr ertragen und ließ an Sebald telephonieren.

»Ich wußte, daß du dich melden würdest«, begann er überlegen, als er seinen Mantel ablegte.

Er untersuchte mich, drückte mit seinen kalten Händen an meinem warmen Bauch herum und nickte an der Stelle in der rechten Seite ernst und bedeutsam mit dem Kopfe. Ich verging vor Angst.

»Ja, ja, wie ich dachte! Schwere Blinddarmreizung! Eine Perforation ist jeden Augenblick zu befürchten! Eine sofortige Operation ist unbedingt geboten! Du hast wohl viel Kirschen mit Steinen gegessen?«

Ich hatte seit meiner Jugend keine Kirschen gegessen.

»Du wirst einen Kirschkern, Emaillesplitter vom Kochtopf oder ein Gummiteilchen vom Verschluß von Mineralwasserflaschen im Wurmfortsatz haben.«

Ich trank seit Jahren kein Mineralwasser mehr, und meine Köchin kochte nur in Reinnickel.

»Also, wie gesagt, da muß sofort operiert werden. Jeder Aufschub kann eine tödliche Komplikation zur Folge haben.«

Grün und gelb wurde es mir vor Augen. Mein ganzes Empfinden lehnte sich auf gegen den Gedanken an eine Operation. Lieber dann schon eingehen, als eine solche Marter ertragen! Mein Heim verlassen? Mich in das Grauen eines Krankenhauses begeben? Niemals.

Ich nahm meine ganze Kraft zusammen und

schrie: »Scher dich zum Teufel mit deiner Diagnose! Raus, raus!«

Sebald versuchte, mich in aller Milde und Geduld zu beruhigen und mir das relativ Harmlose einer Blinddarmoperation, die enorme Geschicklichkeit der heutigen Chirurgen auseinanderzusetzen. Ganz behaglich sei es in einem modernen Krankenhause, und nach der Methode von Professor Weichteil sei die ganze Affäre in acht Tagen erledigt.

Ich hatte für nichts ein Ohr. Mit jedem Wort, das Sebald sagte, wuchs mein sinnloser Zorn. Ich sah in Sebald lediglich den bewußten Störer meines harmonischen Daseins, den Vernichter meines Seelenfriedens, meiner göttlichen Ruhe. Wie ein wildes Tier brüllte ich auf ihn ein.

Dann wurde es ihm doch zuviel. »Ich lehne jede Verantwortung ab«, rief er. »Du tust mir leid in deiner Verbohrtheit. Mach meinetwegen was du willst!« Sebald warf die Tür ins Schloß und ging weg.

Stundenlang kauerte ich weinend in einer Ecke und stierte vor mich hin. Oder ich irrte wie ein von Gespenstern Verfolgter durch die Wohnung. Oder es packte mich eine wahnwitzige Wut, und ich stürzte mich auf irgendeinen Gegenstand. Eingetretene Schranktüren, zerschlagene Fischgläser und Lampen, zertrümmerte Fenster, Spiegel und Vasen, abgebrochene Stuhlbeine klagten von meinem Wüten. Ich warf mich dem Alkohol in die Arme und trank Kognak aus Biergläsern.

Dieser Zustand währte etwa drei Wochen. Ich hatte keinen Kognak mehr, und meine ganze Einrichtung war zerstört.

Da kam ich einen Augenblick zu mir. Das konnte

so nicht weitergehen. Dieser entsetzliche Zustand führte zum Wahnsinn. Dabei nahmen die Schmerzen im Bauche immer mehr zu. Mein Eigensinn war gebrochen. Ich schrie nach Sebald. Sebald war ein guter Kerl und kam.

Willenlos und ohne jeden Widerstand ließ ich mich von ihm in einer Droschke in das Krankenhaus des Herrn Professor Weichteil schaffen.

Mit großer Freundlichkeit empfing man mich im Krankenhause. Ich wurde stutzig. War das bemitleidende Güte, die man einem Aufgegebenen, einem Verlorenen entgegenbrachte?

Ich mußte Personalzettel ausfüllen. Die neugierigen Rubriken wollten das Unmöglichste wissen. Ob meine Amme eine gute Turnerin gewesen sei, ob mein Großvater Schuppen auf dem Kopf gehabt habe, ob in meiner Familie ein Neger sei.

Wildfremde Männer in weißen Mänteln kamen herbei. Sie rochen nach Äther, Karbol, Zigarren und Kognak. Ich mußte mich hinlegen, und sie tasteten mit ernsten Mienen und kalten Händen an meinem Bauch herum. Sie sprachen dann lateinisch mit bedenklichen Gesichtern. Einer klopfte mir auf die Schulter und sagte: »Nur Mut, wird schon werden!« Ein anderer lachte mich gütig an und sagte leise: *»Moribundus.«*

Von einem breitschultrigen Mann mit brutalen Zügen und Händen wurde ich mit rauher Unerbittlichkeit gewaschen, gebürstet, geseift. Er tat es mit dem Wohlbehagen eines sadistischen Henkers. Als er mein Zimmer betrat, hatte er ein amputiertes Bein bei sich, welches er in die Ecke stellte.

Dann legte man mich in ein blütenweißes Bettchen, über dem ein frommes Bild hing. Ich wurde wehmütig und weinte.

Die wildfremden Männer in weißen Mänteln kamen wieder und klopften an meinem Bauch herum. Kalte Hände hatten sie noch immer.

Plötzlich erschien ein langer Mann mit einem verwahrlosten Vollbart, einer Brille und einer schlechtsitzenden Hose. Es war der berühmte Professor Weichteil. Die weißen Männer machten ihm respektvoll Platz. Er trat an mein Bett, blickte zerstreut über mich weg und fragte so obenhin: »So, das ist also die Frau mit dem Tumor?«

Vorsichtig bemerkten die Männer, ich sei männlichen Geschlechtes. Weichteil hob ernst und stumm meine Decke auf, besah sich mein rechtes Bein und erklärte: »Ja, ja, die höchste Zeit, das Bein muß amputiert werden. Gute Nacht.« Die Männer klärten ihn unterwürfig auf, daß es sich wohl nach ihrer bescheidenen Ansicht um eine Appendizitis handele. Der Professor richtete sich auf und sagte fest und bestimmt: »Dann muß der Appendix heraus!« Die weißen Männer neigten demütig, zustimmend die Häupter, und alle entfernten sich.

Ich weinte die ganze Nacht. Womit hatte ich dieses gräßliche Geschick verdient? Ich war schon mehr tot als lebendig.

Am nächsten Morgen kam der Professor, gefolgt von den weißen Männern. Er untersuchte natürlich mit kalten Händen meinen Bauch und konstatierte: »Die linke Niere muß raus, muß sofort raus!« Ich richtete mich jammernd mit letzter Kraft auf und stöhnte: »Blinddarm, Blinddarm.« Darauf fiel ich in meine Kissen zurück. Es dauerte eine Weile, bis die weißen Männer Professor Weichteil richtig informiert hatten. Er wollte die Niere nur ungern fallenlassen.

Punkt elf schob mich der Henkersknecht, der mich geseift hatte, auf einem weiß angestrichenen Krankentransportwagen in einen großen, hellen Saal. Hier war es scheußlich heiß, und es roch übel nach Chemikalien. An den Wänden standen hohe Glasschränke mit bösartig glänzenden Instrumenten. Eine große Zange fiel mir besonders ins Auge, sie schien mich zu fixieren und ihre Kiefer nach mir zu weiten. Ein riesiges, nach Blut schreiendes Messer ließ mich erzittern. Die weißen Männer hatten sich weiße Mützen aufgesetzt und das ganze Gesicht vermummt.

Grause Furcht packte mich.

Plötzlich stülpte man mir heimtückisch von hinten etwas über die Nase, ohne daß ich darum gebeten hatte. Ein widerlich-süßlicher Geruch drang auf mich ein. Ich hörte, wie jemand neben mir sagte: »Drei Mark zwanzig habe ich gestern im Skat verloren.« Dann noch eine andere Stimme: »War es das linke oder rechte Bein?«

Ein gräßlicher Krampf schüttelte mich. Ich wollte schreien. Ich verlor das Bewußtsein.

Als ich wach wurde, lag ich in meinem Bett. Eine Krankenschwester saß neben mir und häkelte etwas, was durch das Klappern der Holzstäbchen immer länger wurde. Ich wollte fragen, ob ich tot sei, brachte aber keinen Ton heraus. Ich schlief wieder ein. Als ich aufs neue erwachte, saß die Schwester immer noch da und häkelte.

Professor Weichteil war ein unbedingter Vertreter

der Theorie der schnellen Heilung. Höchstens zwei Tage Bettruhe, dann aber schleunigst aufstehen. Vor allem hieß es jetzt, viel spazierengehen, turnen, namentlich Hochsprung schrieb er vor, schwere Lasten tragen. Sich von guten Boxern vor den Bauch boxen zu lassen, hielt er für vorzüglich nach einer Blinddarmoperation. All diese Übungen fielen mir verflucht schwer. Aber mit dem neuen Lebensmut, der sich allmählich einstellte, wuchs auch meine Energie. Wenn die Methode des Professors nur zur schnellen Heilung beitrug, nahm ich das Unangenehme gern in Kauf.

Leider sollte mir noch ein Mißgeschick passieren, das meinen Austritt aus dem Krankenhaus verzögerte. Bei einem Sprung aus der ersten Etage, mit 100 kg schweren Gewichten in der Hand, platzte der Bauch in der Naht, und die Gedärme quollen heraus. Sie hingen mir wie aufgegangene Schuhbändel auf die Füße. Ich bemerkte das Unglück erst nicht und bummelte noch durch den Stadtgarten. Kinder machten mich dann auf die auf die Schuhe baumelnden Eingeweide aufmerksam. Ich gab ihnen saure Bonbons, wurde am gleichen Tage wieder zugenäht mit doppelter Naht und mit Stahldraht, außerdem mit Markenpapier verklebt. Die Naht wurde noch, um ein übriges zu tun, mit Zigarrenkistchenbrettern vernagelt.

Das hielt, und bald schon konnte ich das Hospital verlassen. Geschwächt, aber guten Mutes und voll neuer Hoffnungen und Lebensfreude.

Mein Köchin hatte meine Wohnung in der alten Heimeligkeit und Bequemlichkeit wieder hergerichtet und die exquisitesten Zungen- und Gaumengenüsse zu meinem Empfang vorbereitet.

Ich begann, die schlimmen Tage zu vergessen und an ein neues Leben in aller Beschaulichkeit zu glauben. Alles war wie einst, wie in den glücklichen Tagen vor dieser Malefizblinddarmsache. Ich fühlte mich frei und sicher. Das Damoklesschwert war beseitigt: dort war es in dem kleinen Einmachglas. Man hatte mir den Blinddarm im Krankenhause in diesem Glase mitgegeben. Ich stellte ein Leiterchen hinein. Wenn es schlechtes Wetter war, saß der Blinddarm unten, wenn es aber gutes Wetter war, saß er oben.

So lebte ich mein Leben einige Wochen lang in meinen alten Gepflogenheiten, wunschlos, weltfern und glücklich.

Ich lag eines Tages nach einem allzu reichlichen Mahle auf meinem Diwan. Unruhige Gedanken an meine Blinddarmtragödie störten plötzlich mein Sinnieren. War ich nur wirklich gesund? Es war mir eigentlich nicht immer so, wie es hätte sein sollen. Ich fühlte mich häufig beschwert und hatte das Gefühl, daß es in meinem Bauche nicht so recht stimmte. Eine peinliche Sorge um meine Gesundheit quälte mich, die mit jedem Tag stärker wurde. Jede Indisposition geringster Art beschwor die schrecklichsten Vorstellungen und Vermutungen herauf. Ich begann, meinen Körper auf das peinlichste zu kontrollieren.

Ich abonnierte auf medizinische Fachblätter. Das hätte ich lassen sollen, es wurde mein Verderb. Denn eines Tages fiel mir der Aufsatz des berühmten Chirurgen Professor Langebühdel in Jena in die Hände, der unter Beigabe von genauen Statistiken und auf Grund dieser Zahlen nachwies, daß der Prozentsatz der Sterblichkeit unter Blinddarmamputierten erheblich höher sei als unter normalen Menschen mit Blinddarm. Weiterhin habe er einwandfrei bei strenger Kontrolle und Beobachtung einer großen Anzahl von Operierten konstatiert, daß die Gehirnfunktionen durch die Amputation des Appendix in starkem Maße in Mitleidenschaft gezogen würden. Er resümierte seine verblüffende Theorie: Blinddarmamputation bewirkt vorzeitige Sterblichkeit, ferner Irrsinn und in allen Fällen eine außergewöhnliche Schwächung des ganzen Organismus. Eine Blinddarmoperation sei ein Verbrechen an der Menschheit. Aber er bringe auch den Unglücklichen, die sich in ihrem Unverstand hätten operieren lassen, noch Hilfe mit seiner phänomenalen Erfindung des künstlichen Blinddarmersatzes. Langebühdel setzte an Stelle des amputierten Darmes einen aus bestem Gummi hergestellten Blinddarm ein. Auf diese Weise werde das Gleichgewicht des Bauchorganismus wiederhergestellt, und die Spannung im Nervensystem aufgehoben.

Ich brach zusammen unter dieser Eröffnung. Die Sorge um mein Leben wuchs ins Ungeheuere.

Eines Tages saß ich im Zuge nach Jena. Professor Langebühdel schilderte in den schwärzesten Farben die mir drohende Gefahr. Nach schweren inneren Kämpfen gab ich mich ihm in die Hände und ließ mir in einer komplizierten Operation einen Gummiblinddarm »Langebühdel« einsetzen.

Sehr geschwächt, übernervös, achttausend Mark leichter, verließ ich nach einigen Monaten die Klinik in Jena.

Erst nach Monaten begann der Wille zur Beschaulichkeit allmählich die schwarzen, beunruhigenden Reflexionen über meine Gesundheit mehr und mehr zu verdrängen. Ich segelte fast völlig wieder im Fahrwasser köstlicher Harmonien.

Nur selten noch griff ich zu den medizinischen Blättern. Unglücklicherweise mußte mir durch Zufall eines Tages nun doch wieder eine Nummer in die Hände fallen. Ich Unglücklicher! Ich fand einen Artikel des bekannten Geheimrates Möhrenfeind, der als Unterleibspezialist einen anerkannten Ruf hatte. Er vertrat den gleichen Standpunkt wie Langebühdel über die gefährlichen Konsequenzen einer Appendixoperation, bekämpfte aber entschieden, als direkt lebensgefährlich, den Ersatz aus Gummi nach Langebühdel. Nur ein Ersatz aus animalischer Materie könne in Frage kommen. Seine epochale Erfindung: »Blinddarmersatz aus Schafsdarm« sei die Lösung dieses Problems. Die Träger von »Langebühdel«-Blinddärmen befänden sich in fortgesetzter Lebensgefahr durch die unbedingt eines Tages eintretende Zersetzung des Gummis.

Ich warf mich vom Diwan und wälzte mich laut schreiend auf dem Boden herum.

Ich flüchtete mich in das Dunkel des Kellers und vergrub mich dort in den Kohlen. So blieb ich drei Tage in Stumpfsinn und völliger Apathie. Dann löste sich plötzlich die Starre. Neue Lebensenergien regten sich mit Gewalt. Was, jetzt sterben? In den besten Jahren, mit einer Rente von zehntausend Mark?

Hals über Kopf reiste ich, gepeinigt von schrecklichen Ängsten, zum Geheimrat Möhrenfeind.

Wiederum ließ ich mich überzeugen. Ich sah meine einzige Rettung und Hoffnung in einem Blinddarm aus Schafsdarm nach Möhrenfeind.

Fünf Monate lag ich bei Möhrenfeind. Das kostete achtzehntausend Mark.

Gealtert, abgemagert kehrte ich nach Hause zurück. Was war aus mir geworden? Was hatten die Ärzte aus einem sorglosen, glücklichen Menschen gemacht? Ein schrecklicher Haß gegen die ganze Gilde stieg in solchen grüblerischen Stunden mit Macht in mir auf, eine besondere Wut gegen meinen Schulfreund Sebald.

Es kamen wohl Tage, an denen ich über köstlichen Gerichten und schönen Weinen meine Sorgen vergaß. Aber immer wieder bekam die Angst um meinen Leib die Oberhand und ließ keine harmonische Behaglichkeit aufkommen. Der Gedanke: war mein Darmersatz nun das Richtige? quälte mich unablässig.

Mein böses Geschick mußte mich in den Vortrag des berühmten amerikanischen Arztes, des Professors W. C. Manhattan Cover-Coat führen. Dieses mein furchtbares Geschick, weh mir!

W. C. Manhattan Cover-Coat war eine weltberühmte Appendix-Autorität. Er hatte unlängst die fünfhunderttausendste Blinddarmamputation vorgenommen und war aus diesem Anlaß zum Ehrenvorsitzenden sämtlicher Blindenanstalten der Welt ernannt worden.

Seine Vortragsreise galt einer energischen Propaganda gegen die Theorie der künstlichen Blinddärme.

Die Mehrzahl sämtlicher Ärzte ständen hinter ihm. Er führte aus seiner Praxis unzweifelhafte Fälle an, wo die betreffenden Patienten dieser verrückten Erfindung zum Opfer gefallen waren. Er erklärte die Vertreter und Anhänger dieser Therapie für Mörder. Er halte es für seine Pflicht als Mensch und Arzt, mit allen Kräften gegen einen derartig lebensgefährlichen Irrsinn vorzugehen und das Publikum aufzuklären. Den Voreiligen, die bereits Langebühdel oder Möhrenfeind in die Hände gefallen waren und diesen Unglücks-Blinddarmersatz mit sich herumschleppten, könne er nur den Rat geben, sofort diese furchtbare Gefahr entfernen zu lassen. Eile sei unbedingt geboten.

Professor W. C. Manhattan Cover-Coat sprach eindringlich und überzeugend.

Wie ein Keulenschlag traf mich diese Eröffnung. Wie ein Blöder irrte ich zwei Tage durch die Stadt. Ich stand am Fluß mit Selbstmordgedanken. Ich ging in den Wald und aß Moos und Rinde. Ich wollte in Höhlen hausen, fand aber keine.

Dann trieb mich meine Angst willenlos ins Krankenhaus von Professor Weichteil. Raus mit dem Schafsdarm Möhrenfeinds!

Im Krankenhaus war alles wie damals.

Man schob mich nach den bekannten Vorbereitungen auf dem weißlackierten Krankenhauswagen in den noch immer ungemütlichen Operationssaal. Eine Wut quoll in mir auf gegen die Instrumente, die Ärzte, die Schwestern, die ganze Umgebung. Das war alles medizinische Materie, und die haßte ich gründlich.

Einer von den weißen Männern, der sich mit dem Professor überworfen hatte und in den nächsten Tagen das Spital verlassen mußte, trat an mich heran und flüsterte mir zu, daß ich damals bei der ersten Operation überhaupt nichts am Blinddarm gehabt habe. Man habe sich in der Diagnose geirrt.

Nichts am Blinddarm gehabt? Die ganzen Aufregungen und Quälereien wegen einer falschen Diagnose dieser Ärzte? Eine sinnlose Wut, ein irrsinniger Jähzorn packte mich. Mein ganzes Leben verhunzt durch diese Nichtswisser!

Ehe es sich jemand versah, sprang ich auf, packte ein großes, blitzendes Operationsmesser und erstach den Professor, die weißen Männer und eine Krankenschwester.

Ein armer Kranker, der auf einem Krankenwagen liegend, auch eine Operation erwartete, bekam in der Aufregung mehrere Stiche mit. Es war ihm aber egal, da er taubstumm war, außerdem darüber starb. Ich zerschlug noch die Glasschränke, warf die Instrumente zum Fenster hinaus und trank alle Gläser mit Chemikalien aus.

Plötzlich wurde ich von hünenhaften Krankenwärtern gepackt und überwältigt.

Ich kam in das Irrenhaus, wo ich jetzt noch bin.

Ich gebe zu, ich war ein wenig nervös. Wer wäre das nicht geworden, bitte? Aber irrsinnig bin ich nicht, keineswegs, keineswegs!!

Man erwähne nur das Wort »Blinddarm« nicht.

Von meiner Lunge

Ich habe keine Lunge mehr. Ich bin eigentlich tot oder aber ein anatomisches Phänomen.

Ich muß wohl schon letzteres sein, da mir das Totsein niemand so recht glauben will. Meine Gläubiger zum Beispiel wollen nichts davon wissen. So habe ich meinem Schneider, der die verfluchte Manie hat, für längst verschlissene Anzüge beharrlich Geld zu fordern, durch meine Aufwartefrau sagen lassen, ich sei gestorben. Ich hätte keine Lunge mehr, ich hätte das schwarz auf weiß. Und ohne Lunge könne man nicht leben, das sei doch eine klare Sache.

Der Mann hat mich verklagt, und man hat mir meinen Phonographen, die Kuckucksuhr, einen Haussegen und acht Flaschen Eierkognak gepfändet.

Gut, bin ich also ein anatomisches Phänomen.

Ich gehöre von Rechts wegen in ein Museum, auf ein Podium oder in einen Glaskasten. Mein rätselhafter Zustand müßte von allerersten medizinischen Autoritäten des In- und Auslandes begutachtet und beglaubigt sein, Fürstlichkeiten der höchsten Häuser nebst Familien müßten mich besichtigt und ihre Anerkennung ausgesprochen haben. Ich müßte genannt werden mit den Schwestern Blaczek, dem Mann mit dem Stiernacken, der bärtigen Dame, dem Mann mit dem Straußenmagen, mit Lola Hirschtalg, der Pantherdame usw. Ich bin aber ein furchtbar bescheidener Mensch, und es gelüstet mich nicht nach Ruhm.

Es ist möglich, sehr leicht möglich, daß man eines

Tages unter ein Auto oder die Elektrische kommt, oder daß einem der Propeller eines Luftschiffes oder ein Geraniumtopf aus der dritten Etage auf den Kopf fällt, oder daß man von einer Hutnadel aufgespießt wird, oder sich über eine Dame im Hosenrock kaputtlacht, oder auf irgendeine andere Weise einen plötzlichen Tod findet. Man kann nie wissen. Und es wäre wirklich ein Verlust für die medizinische Wissenschaft, wenn mein Fall unbekannt bliebe. Darum halte ich es als fanatischer Arbeiter an dem großen Werk der menschlichen Erkenntnis und Aufklärung für meine Pflicht, meinen Fall in Nachstehendem niederzulegen. Auf Anfragen von Ärzten wegen einer eingehenden Untersuchung gebe ich keine Antwort. Ich lasse mich nicht untersuchen, ich bin nämlich wahnsinnig kitzlig. –

So kam es also, daß ich meine Lunge verlor:

Ich lebte seiner Zeit in Marseille und hatte eines Tages einen starken Husten und schmerzhafte Stiche in der Brust. Mein Urgroßvater war an Altersschwäche gestorben, meine Großmutter am Knochenfraß, ein Mann, der neben uns wohnte, am Delirium, und eine Waschfrau meiner Eltern an einem Magenleiden. Das gab mir zu denken. Da hieß es rechtzeitig vorbeugen.

Ja, damals hatte ich noch Sorge um mein Wohlergehen. Damals lebte ich noch in bangen Ängsten um den nächsten Tag, setzte alles auf Wechsel auf die Zukunft. Der Tod war mir eine schreckliche Katastrophe und nicht die befreiende, erlösende Antwort auf den Scherzrebus »Leben«.

Schleunigst eilte ich zu einem Arzt, der mir als weltberühmter Lungenspezialist allseitig aufs wärmste empfohlen worden war. Er wohnte am Boulevard Baille und hieß Jean Maurice Ragoût-Fin. Ein eigentümliches Lärmen klang mir aus dem palaisartigen Gebäude entgegen. Ein Bellen, Krächzen, Schnaufen; Tiere konnten nur solche Töne hervorbringen.

Voller Grauen betrat ich das Haus. Sechs Diener nahmen mich in Empfang und führten mich in einen riesigen Saal, aus dem das unheimliche Getön herausschallte.

Ein tolles Gehuste, ein Chaos von Grunzen umfing mich und verwirrte meine Sinne. Einige hundert Menschen befanden sich in diesem Saal, die fortgesetzt husteten und diese merkwürdigen Geräusche von sich gaben. Sie warteten alle auf Jean Maurice Ragoût-Fin.

Vier Tage habe ich in dem Wartesaal gesessen, bis ich dran kam. Es war schon ein recht ungemütlicher Aufenthalt inmitten der vielen hundert Hustenden, die sich immer wieder durch neue Ankömmlinge ergänzten. Es war wie ein wildes, kakophonisches Tonstück; es hätte von Strauss sein können. Ich wundere mich überhaupt, daß der Komponist der »Elektra« derartige animalische Geräusche in seinen Tondichtungen noch nicht praktisch verwandt hat. Wird schon noch kommen.

Also nach vier Tagen kamen zehn Diener zu mir und führten mich in das Studierzimmer ihres berühmten Herrn.

An einem Schreibtisch, so groß wie das Fürstentum Reuß, saß ein hagerer, glattrasierter Mann mit blitzenden, stechenden Augen. Sein Alter war schwer zu taxieren. Er konnte seine dreißig sein, mit der gleichen Möglichkeit indessen mochte er auch fünfzig oder sechzig Jahre auf dem Rücken haben. Es gibt solche Typen, die vor allen Dingen in gern gelesenen Romanen öfters vorzukommen pflegen. Im Leben sieht man sie nie.

Seine schmale, ein wenig krampfige, natürlich elfenbeinweiße Hand, deren Zeigefinger mit einem grünen Malachitring geschmückt war, wies stumm auf einen roten Saffianledersessel, in dem ich ein wenig verschüchtert Platz nahm.

»Ihr Urgroßvater starb an Altersschwäche, Ihre Großmutter am Knochenfraß, der Mann, der neben Ihnen wohnte, am Delirium, eine Waschfrau Ihrer Eltern an einem Magenleiden. Bei Ihrem Fall kommt ohne Zweifel eine Prädisposition, direkte Heredität in Frage«, begann er mit leiser, verschleierter Stimme, und seine Augen prüften mich scharf und durchdringend.

»Sie haben etwa 40 Halsweite, Reife für Unterprima, eine Freimarkensammlung, sind glattrasiert und haben eine schwere Lungensache«, fuhr dieser unheimliche Mensch fort; »ja, eine schwere Lungensache. Ich sage meinen Patienten stets die Wahrheit. Ich hoffe, Sie sind Philosoph, Fatalist. Finden Sie sich mit Ihrem Schicksal ab. – Sie kennen meine Taxe?« warf er in einem andern Tonfall plötzlich ein.

Ich griff bebend nach meinem Scheckbuch und fragte devot: »Wieviel?«

»Drei«, war die lakonische Antwort.

Ich klappte mein Scheckbuch zu und suchte in meinem Portemonnaie, hocherfreut über den geringen Honorarsatz, nach drei Franken. »Tausend, mein Herr. Dreitausend, mein Herr«, riß mich Jean Maurice Ragoût-Fins Stimme aus meiner angenehmen Verwunderung.

Zitternd füllte ich einen Scheck über 3000 Franken aus und reichte ihn dem Doktor.

»Stellen Sie sich bitte gegen diesen Apparat«, wies mich Ragoût-Fin gegen einen großen Kasten, an dem eine komplizierte Sache mit gebogenen Glasröhren und blanken Metallkugeln angebracht war. Dann machte es einige Sekunden »zisch«, und ein bläulicher Schein füllte das Zimmer.

Der Doktor saß am Schreibtisch, hatte einen großen Bogen Papier vor sich ausgebreitet und zeichnete, immer scharf nach mir herüberschauend, etwas auf.

»So«, er erhob sich plötzlich, prüfte noch einmal seine Zeichnung und reichte sie mir. »Hier sehen Sie Ihre Lunge, genau in Ihrem jetzigen Zustand. Die Lungenspitzen sind schon sehr mitgenommen. Die rechte Spitze fast ganz weg. Sie können nun nach meiner Methode den Fortschritt der Auszehrung genau verfolgen, wenn Sie strikte nach nebenstehender Skala, es würde ungefähr alle drei Tage sein, mit Rotstift, ich habe so die kranken Stellen bereits markiert, eine Linie breit von der Lunge abstreichen. Sie sind auf diese Weise völlig über den Fortschritt Ihrer Erkrankung orientiert und haben einen bestimmten Anhaltspunkt über den Termin Ihrer Auflösung. Ich taxiere, daß die noch vorhandene Lungenmaterie in etwa 4½ Monaten verbraucht ist. Es ist doch glänzend, so über sich im klaren zu sein! Sie werden sich nicht überflüssigerweise einen neuen Anzug bestellen oder bereits für den nächsten Winter ein Schlittschuhbahn-Abonnement nehmen. Schauen Sie, das ist der enorme Vorzug meiner Methode. Bitte sehr«, er reichte mir die Zeichnung, drückte auf eine Schelle, und fünfzehn Diener erschienen, die mich zur Tür führten.

Da stand ich nun, ein völlig gebrochener Mensch, auf der Straße mit meinem Todesurteil in der Hand und 3000 Franken ärmer. In 4 1/2 Monaten sterben! Tränen schossen mir in die Augen. Ich dachte an die Lieben zu Hause, an meine sechs Verhältnisse, besonders an Margot, an meine Freimarkensammlung, an meine Braut, an meinen Teckel Toni, an alles, an dem mein Herz hing. Diese entsetzliche Galgenfrist von $4^1/_2$ Monaten! Leben mit dieser schrecklichen Perspektive!

Irgendwo auf einer Terrasse eines Cafés in der Rue Cannebière habe ich mich an einem Marmortisch niedergelassen, mein Lungenporträt vor mir ausgebreitet und die schauerliche Zeichnung angestiert und dazu einen Absinth nach dem anderen getrunken.

So bin ich mehrere Tage umhergeirrt im Taumel vieler, vieler Absinthe und hatte das Empfinden meiner Tragödie im Alkohol überschrien. Aber ein großer Kater kam, ein momumentaler, moralischer. Fast mehr über mein würdeloses Benehmen diesem Schicksalsschlag gegenüber. Diese hündische, bürgerliche Angst, diese Hilflosigkeit einer Tatsache gegenüber!

Ich habe mich zu den Philosophen des Ostens und Indiens geflüchtet und habe mich mit meinem traurigen Geschick heldenhaft abgefunden. Ich habe den Willen zum Leben mit dem Gefühl absoluter Wurschtigkeit gegen alles, was das Morgen betraf, erschlagen. Ich habe mir einen Rotstift gekauft und genau nach der Skala und Vorschrift an meiner Lunge abgestrichen.

Ein seltsames, starkes wissenschaftliches Interesse für die Theorie Ragoût-Fins erwachte und schob die Gedanken an mich selbst völlig in den Hintergrund. So wollte es mir gar häufig erscheinen, als handele es sich überhaupt um einen anderen wildfremden Menschen.

Alle drei Tage ließ ich meinen Rotstift von der Lunge fressen.

Dabei lebte ich intensiv mein Leben, eigentlich glücklicher denn je. Ich trank den Becher bis zur Neige. Das Morgen starb, es lebe das Heute!

Ich hatte noch für etwa drei Wochen Lunge, als ich von meiner entzückenden Freundin Margot aus Deutschland Bescheid bekam, sie werde mich in etwa drei Wochen in Marseille besuchen.

Das durfte nicht sein, daß sie einen Toten vorfand.

Ich fing an, nur jede Woche einmal abzustreichen.

Zwar schlug mein wissenschaftliches Gewissen bei diesem Betrug.

Als Margot kam, hatte ich noch für etwa zehn Tage Lunge.

Sie war schöner und liebenswerter denn je. Meine Philosophie der Negation erlitt elend Schiffbruch, und eine Gier nach Leben, ein Hunger nach Jahren voll Genießens nahm von mir Besitz.

Ich versündigte mich schwer an der Wissenschaft. Ich habe, als die Lunge abgestrichen war, noch ein Stück angemalt und die Lunge dann immer wieder vergrößert und schließlich, als der Bogen zu klein wurde, neues Papier angeklebt und die Lunge nach Bedarf ausgedehnt.

Schließlich war meine Lunge so groß wie eine Tischplatte und laut Theorie des Doktors Jean Maurice Ragoût-Fin völlig zersetzt.

Und als Margot mir mit einem reichen Amerikaner eines Tages durchbrannte und ich beim besten Willen meine Lunge nicht weiter – aus rein wissenschaftlichem Schamgefühl – mehr zu vergrößern wagte, habe ich mir ein reines Nachthemd angezogen, habe mein Testament gemacht, zwei Kränze an mein Bett gestellt, eine schwarze Schleife an die Tür gemacht, habe mich ins Bett gelegt, die Hände gefaltet und den Tod erwartet. Ohne Lunge konnte ich nicht weiterleben. Das war doch klar.

Nach einigen Tagen merkte ich, daß ich nicht tot war und mich in demselben fidelen Zustand befand, der mir unter der Bezeichnung »Leben« bekannt war.

Da bin ich zur Überzeugung gekommen, daß ich ein Phänomen sein müsse: Der Mann ohne Lunge. Etwas noch nie Dagewesenes.

Die Zeichnung Jean Maurice Ragoût-Fins, ergänzt von mir, kann bei mir als Beweis für meine Lungenlosigkeit jederzeit eingesehen werden.

Im Sanatorium

Hat man als Junggeselle sein Leben recht ergötzlich verbracht, so kommt früher oder später der Moment, wo man sich den intensivsten Anstrengungen eines lustigen Lebemanndaseins nicht mehr so recht gewachsen fühlt, da heißt es, entweder heiraten oder auf einige Zeit in ein Sanatorium gehen.

Eine Kur in einem Sanatorium ist einer Heirat unbedingt vorzuziehen, sie verpflichtet zu nichts, ist billiger (hä,hä) und gilt, was wohl das Wesentlichste ist, heute für schick.

Dieser Ansicht war auch Scharleß Nulpe. Als sich jener kritische Zustand bei ihm mehr und mehr einstellte, dem man mit dem schmerzlichen Seufzer: »Ich kann verflucht nichts mehr vertragen«, Ausdruck zu geben pflegt, beschloß er, sich auf einige Zeit in ein Sanatorium zurückzuziehen.

Er hatte eine enorme Sorge um sein Leben, außerdem mußte er als moderner Mensch, der peinlichst in allem *up to date* bleiben wollte, so gut wie man sich in der Saison in Monte Carlo, St. Moritz, Baden-Baden oder Ostende sehen ließ, auch seine Zeit im Sanatorium gesessen haben.

Er empfand dieses Manko schon lange als eine unangenehme Lücke in seinem peinlichst abgestimmten Kavalierleben.

Zwar hatte ihm ein vernünftiger Arzt geraten, weniger zu bummeln, weniger Burgunder und Sekt zu trinken, seine Nächte in seinem friedlichen, braven Bett anstatt in den Bars, Ballokalen und an derartigen Orten nervenzehrender Tendenzen zu verbringen. Das wäre für ihn die einzig richtige Therapie. Er wäre kerngesund und litte nur an einem chronischen Kater.

Von dieser uninteressanten Diagnose wollte Scharleß Nulpe indessen nichts wissen. Er hatte sich auf eine regelrechte, zeitgemäße Neurasthenie kapriziert und trug als absoluter Gent diese neueste Note wie seine Londoner Krawatten und seine Schuhe aus Wien.

Wie zu einer schicken Krawatte die gleichfarbigen Strümpfe gehören, so verlangt eine elegante Neurasthenie eine entsprechende Kur.

Er schrieb an unzählige Sanatorien und Heilanstalten, die er in Zeitungen und Almanachen angegeben fand, und ließ sich Prospekte kommen. Ballenweise wurden sie ihm zugeschickt. Er wurde ganz wirr über dem Studium der detaillierten Anpreisungen. Physikalisch-diätetische Heilweisen, Wasserheilverfahren, Trockendiätkuren, Liegekuren, Terrainkuren, orthopädische Behandlung, der Teufel sollte wissen, was nun gerade das Richtigste und zur Zeit das Modernste war.

Er hörte überall bei maßgebenden Bekannten herum und kam zur Erkenntnis, daß der Schrei »Zurück zur Natur« das zeitgemäße Schlagwort einer koketten Morbidezza war.

Also in eine Naturheilanstalt mußte er gehen, um einwandfrei modern zu bleiben.

Dem Prospekt einer Naturheilanstalt in M., die Weltruf genoß und von allerhöchsten Herrschaften frequentiert wurde, war eine Sammlung von Urteilen und Dankschreiben geheilter Patienten beigefügt.

Ein Oberstleutnant von C. in P. schrieb: »Ein langjähriges Nervenleiden ließ mich an meinem Leben verzweifeln. Ich hatte jede Hoffnung einer Heilung bereits aufgegeben, als mich ein glücklicher Zufall in Ihre Anstalt führte. Vier Wochen Ihrer Behandlung haben mich völlig gesund gemacht. Ich bin wie neu geboren. Das Zucken um den Mund, an dem ich jahrelang litt, ist völlig verschwunden. Meine ganze Konstitution ist so gekräftigt, daß ich kürzlich mit einem 400 Pfund schweren Rucksack auf dem Rücken, ohne Führer, den Montblanc bestiegen und dabei noch stundenlang einen großen Bernhardinerhund, der sich in den Bergen verlaufen hatte, getragen habe. Das danke ich alles der Wunderkur des Sanatoriums ›Bizepsheil‹ in M.«

Ein Fräulein F. in L. schrieb: »Ich war jahrelang taubstumm und konnte meinem Beruf als Sängerin nur schlecht nachkommen. Freunde machten mich auf das Sanatorium ›Bizepsheil‹ aufmerksam. Die berühmtesten Spezialärzte hatte ich konsultiert, aber bei keinem Heilung gefunden. Ich verfiel in die tiefste Melancholie und trug mich mit Selbstmordgedanken. Völlig verzweifelt und hoffnungslos kam ich nach ›Bizepsheil‹, und heute komme ich meinem Berufe wieder voll und ganz nach, und mein Ruf erfüllt die Welt. Mein Sprachvermögen hat sich in derartiger Weise entwickelt, daß ich selbst fremde Sprachen, die ich früher nicht beherrschte, jetzt fließend spreche. Ich danke mein Lebensglück der Naturheilanstalt ›Bizepsheil‹.«

Herr D. aus D. schrieb: »Ich hatte seit frühester Jugend keine Beine und nur einen Arm, den linken. Da mich meine Eltern zum Akrobaten bestimmt hatten, so störte mich das Gebrechen sehr an der Ausübung dieses Berufes. Vier Wochen in ›Bizepsheil‹ haben mich zum völlig normalen Menschen mit gesunden, wohlgeformten Gliedmaßen gemacht. Die fehlenden Glieder sind unter der Wunderkur von ›Bizepsheil‹ gewachsen; es war wie ein Zauber. Heute bin ich das gewandteste Mitglied des bekannten Akrobaten-Ensembles *›The five huit brothers Geschwister fratelli frères Webbers‹*.«

Frau Bierfilzfabrikantengattin A. in R. schrieb: »Ich war etwa neun Jahre tot, als mir der Prospekt des Sanatoriums ›Bizepsheil‹ in die Hände fiel. Heute, nach sechswöchentlicher Kur, laufe ich wieder gesund, fidel und frisch in der Welt herum und trage mich, da sich mein Gatte in meiner Abwesenheit eine zweite Frau genommen hat, ernstlich mit Heiratsgedanken. Ich bin jederzeit bereit, genaue Auskunft über meine Kur in ›Bizepsheil‹ und über meine persönlichen Verhältnisse usw. zu geben.«

Das waren ja ganz außergewöhnliche Erfolge.

Scharleß Nulpe entschied sich für »Bizepsheil«. Hauptbestimmend war für ihn auch der Umstand, daß der Fürst von Printe-Hefeteil-Hubbelrath mit seiner ganzen Familie alljährlich diese Anstalt beehrte.

Scharleß meldete sich in »Bizepsheil« an und bestellte ein Zimmer von dreißig Mark pro Tag. Eigentlich schien ihm der Preis reichlich hoch, zumal in »Bizepsheil« nur mit der Natur als Heilfaktor gearbeitet wurde. Aber Gott ja, Natur war heute eine rare Sache. In den dreißig Mark war ja wohl auch alles inbegriffen. Oh, der Tor! Er hatte seine Ankunft angemeldet und wurde von dem Wagen der Anstalt am Bahnhof abgeholt.

Gleichzeitig mit ihm war noch eine uralte Dame, die sehr stark schnaufte, fortwährend Haarnadeln verlor und hinkte, und ein Herr in mittleren Jahren von fahlem Aussehen und mit einem zu kleinen Strohhut angekommen. Mit diesen beiden teilte er den Wagen.

Der fahle Herr stellte sich sofort als Regierungsrat Hifthorn von Hosenboden vor und begann von einer Geschwulst zu reden, die er im Leibe habe. Er habe bereits unzählige Ärzte konsultiert, und alle rieten zu einer Operation. Er wolle aber noch vorher einen letzten Versuch mit »Bizepsheil« machen. Und ob er auch eine Geschwulst im Leibe habe? wandte er sich interessiert an Scharleß Nulpe.

Nulpe bedauerte fast, daß er das nicht bestätigen konnte, denn es wäre ohne Zweifel interessanter gewesen als seine einfache Neurasthenie. Aber er gab sich Mühe, sein Leiden in den grellsten Farben auszumalen, so daß er wohl dem Regierungsrat mit der Geschwulst gegenüber bestehen konnte.

Am Portal einer pompösen Villa standen zwanzig Herren in Gehröcken mit Seidenaufschlägen. Sie begrüßten die Ankommenden in englischer Sprache, um diese Leute zu ehren und bei ihnen den Glauben zu erwecken, man hielte sie für Ausländer. Wenn das Echo dann, wie in diesem Falle, verschämt deutsch klang, verstanden sich die zwanzig Gehröcke dazu, auch in diesem Idiom zu reden.

Man wurde in das Bureau geführt, einen großen Saal, in dem ein sinnverwirrendes Geräusch herrschte. Schreibmaschinengeklapper, Hin- und Herlaufen von Beamten, Telephonklingel, Zurufe wie: Nr. 39 Lebergeschwulst, Packung 10 Mark; Nr. 62 Grützebeutel 8 Mark; Nr. 104 70 Mark usw. Unverständliche Bemerkungen für den nicht Eingeweihten.

Man bekam wahnsinnig neugierige Fragebögen, die selbst die Halsweite des Vaters wissen wollten, zum Ausfüllen vorgelegt. Dann erhielt man verschiedene Drucksachen in die Hand gedrückt, unter denen ein dickes Heft als die Hausordnung bezeichnet wurde. Ja, was die Hausordnung nicht alles vorschrieb! Vor allem stand darin, daß man im voraus zu bezahlen habe, und wenn man dann zu diesem Zweck an die Kasse geführt wurde, erfuhr man, daß man für die vereinbarten dreißig Mark lediglich ein Bett zu beanspruchen hatte, während die Verpflegung, ärztliche Behandlung, Bedienung, Bäder, Benutzung der Turngeräte, der Gartenanlagen usw. besonders verrechnet wurden. Das hörte man nicht gern. Aber Gott ja, es war eine *First-class*-Anstalt, und der Fürst von Printe-Hefeteil-Hubbelrath kam alljährlich mit seiner ganzen Familie nach »Bizepsheil«.

Das Zimmer! (Hihi). Man bekam ein Bett in einer sogenannten Lufthütte. Alte, früher wohl als Selterswasserbuden benutzte baufällige Bretterbuden, die unschön auf einer Wiese standen, waren die Lufthütten, durch die der Wind pfiff und die außerdem feucht waren, also in jeder Beziehung zur Abhärtung geeignet schienen.

In der Aufnahmeuntersuchung durch den Chefarzt (kostete extra), die in seinem fürstlich eingerichteten Studierzimmer stattfand (alle Räume, die nicht für die Patienten bestimmt waren, waren äußerst komfortabel eingerichtet), wurde dann der Kurplan festgelegt, die Diät (kostete extra), die Bäder (kosteten extra), die Turnübungen (kosteten extra), Atemgymnastik (kostete extra), Übungen im Zandersaal (kosteten extra extra), Luftbäder (kosteten extra), Spazierengehen (kostete extra) usw. (kostete alles extra) bestimmt.

Scharleß Nulpe schwindelte es, so kam er täglich auf etwa 150 Mark. Wenn auch die Erfolge in »Bizepsheil« außerordentliche waren und Fürst von Printe-Hefeteil-Hubbelrath jährlich hierher kam, das war doch zu toll.

Und wie erstaunt und fassungslos war er, als er am ersten Kurtage auf seinem Platze am Frühstückstisch lediglich zwei Bucheckern, eine rohe Kartoffel und ein Glas Wasser vorfand. An den übrigen Plätzen lagen ähnliche Leckerbissen. Ein schwacher Trost für Nulpe!

Mittags gab es fünf Bucheckern, eine Haselnuß, etwas Weiches, das aussah wie Stockfarbe und auch so schmeckte, eine Prise Salz und zwei Wiesenschaumkrautblüten. Abends war das Menu ähnlich, nur weniger Bucheckern und keine Stockfarbe und anstatt Wiesenschaumkraut Huflattich.

In dem Riesenspeisesaal – man saß aus hygienischen Gründen auf einfachen Holzbänken – waren die verschiedenen Kranken nach ihren Leiden an einzelnen Tischen sortiert.

So hatte man den Tisch der Magenleidenden, den Tisch der Nierenbankerotteure, den Tisch der Nervösen, den Tisch der stärker Nervösen, den Tisch der schon ein wenig Blöden, den Tisch der schlicht Blöden, den Tisch der absolut Blöden, den Tisch der aussichtslos Blöden (die mußten am meisten bezahlen).

Scharleß Nulpe saß zur Probe an dem Tisch der

Nervösen. Nach acht Tagen bat er, ihn an den Tisch der stärker Nervösen zu setzen.

Seine Kur setzte sich aus kombinierten physikalischdiätetischen Maßregeln zusammen.

Alles, was im Sanatorium mit ihm geschah, bekam ihm schlecht, und er begann, sich ernstlich in seiner Haut unbehaglich zu fühlen. Aber, was so teuer war und von Fürsten in Anspruch genommen wurde, mußte doch Qualitäten haben. Er litt vielleicht nur unter der anfänglich stets auftretenden Reaktion dieser ungewohnten Lebensweise.

Nach dem Frühstück mußte er vierzig Minuten auf dem Kopf stehen (kostete extra) mit einer Mohrrübe im Mund (kostete extra), dann mußte er, den linken Zeigefinger in der Nase (kostete extra), auf einem Bein herumhupsen (kostete extra). Er wurde dann abwechselnd in kochendes und eiskaltes Wasser getaucht (kostete extra) und mußte sich bis Mittag in der zur Anstalt gehörigen Ökonomie mit Mistabfahren beschäftigen (kostete extra). Nachmittags wurde geturnt. 286 Kniebeugen (kosteten extra 5 Mark pro Stück), 652 Rumpfbeugen (kosteten extra 5 Mark pro Stück). Mit andern Leidensgenossen mußte er ein Reservoir leer atmen, das als Vakuumentstauber Verwendung fand (kostete extra). Er mußte die tollsten und ihm gänzlich unverständlichen Verrichtungen machen. Alles drehte sich ihm im Kopf.

Vor dem Abendessen trafen sich die Patienten im Lesezimmer zum Plauschestündchen (kostete extra). Man erzählte sich umständlich von seinen Leiden, und Frohsinn und trautes Behagen herrschten in dem, wie alle für die Gäste bestimmten Räumen recht ungemütlichen Lesesaal, der aus hygienischen Gründen, um eine radikale Abhärtung durchzusetzen, feucht und zugig war.

Nach einer weiteren Woche bat Nulpe, man möge ihn an den Tisch der ein wenig Blöden setzen.

Es wurde täglich schlimmer mit seinem Zustand. Eine bedenkliche Reizbarkeit zeigte sich bei jeder Gelegenheit.

Eine harmlose Szene hatte schreckliche Folgen. Die taube Witwe eines Schlachtenmalers hatte ihm gegenüber gesessen. Er hatte sie in Unkenntnis ihres Gebrechens so ebenhin gefragt, ob sie schon früher in »Bizepsheil« gewesen sei.

»Im vergangenen Jahr stand das Grumt um diese Zeit besser«, bekam er zur Antwort.

»Ich meine, waren Sie schon mal in dieser Anstalt?« wiederholte Scharleß seine Frage.

»Gestern sah es nach Regen aus«, war jetzt die Entgegnung.

»Machen Sie schon lange die Kur hier und merken Sie einen Erfolg?« brüllte jetzt Scharleß plötzlich los.

»Ja, es ist ein feuchter, ein recht feuchter Sommer«, bekam er zu hören.

Eine wahnsinnige Wut kam über Nulpe. Er sprang auf und boxte die Witwe des Schlachtenmalers auf das Auge.

Mit jedem Tag wurde es schlimmer mit ihm. Er litt gräßlich unter der Diät. Seine Seife, zwei Tuben Zahnpasta, ein Paar Glacéhandschuhe, vier Bleistifte, eine Schachtel Heftzwecken und zwei Flaschen Kopiertinte hatte er verstohlen hinuntergeschlungen.

Wäre er nie auf diese Sanatoriumidee verfallen! Aber nun hatte er schon für Wochen bezahlt. Und dann galt es doch für schick.

Eines Tages sagte der Chefarzt zu ihm: »Herr Nulpe, mein lieber Herr Nulpe, nur Geduld, nur Geduld, Sie sollen mal sehen, nur Geduld. Morgen wollen wir mal anfangen zu zandern.« (Zandern kostete extra.) Der Doktor hätte Nulpe nicht zandern lassen sollen.

Nulpe saß bereits an dem Tisch der absolut Blöden. Wenn ihm irgendwas überzwerch ging, konnte er in wildes Toben verfallen.

Im Zandersaal. Alle Apparate waren in Bewegung. Es war ein groteskes Bild. Dort hatte eine sehr korpulente Dame die Arme eingespannt und schwenkte sie mit schauerlicher Regelmäßigkeit im Kreise. Einem langen, dürren Herrn wippte ein Apparat die Beine in marionettenhafter Weise hin und her. Ein Mensch, ganz kahlköpfig, wurde durch einen Zandermechanismus veranlaßt, unaufhörlich, schauerlich den Kopf zu rollen. Eine Greisin mit einem Eikopf und gallertartigem Wackelkinn saß auf dem Kamelrittapparat und hupste, daß ihr die Zähne wie weiße Bohnen aus dem Munde flogen.

Nulpe fühlte sich durch alles dieses Merkwürdige sichtlich beunruhigt.

Nur ungern ließ er sich in einen komplizierten Stuhl drücken. Dieser Apparat hatte den Zweck, bestimmte Stellen im Rücken durch kurzes, regelmäßiges Klopfen eines Gummifingers zu massieren. Das sollte enorm gesund sein.

Plötzlich bekam Nulpe von hinten einen leichten Stoß in den Rücken. Wütend schaute er sich um.

Niemand war in seiner Nähe, der ihn gestoßen haben konnte.

Was war das für eine Frotzelei? Da wieder stieß ihn etwas an der gleichen Stelle. Das war ja eine maßlose Unverschämtheit. Eine tolle Wut packte ihn. Er sprang auf und bemerkte jetzt den Gummifinger, der mit unheimlicher Regelmäßigkeit aus dem Apparat herausschnellte.

Haßerfüllt stürzte sich Scharleß Nulpe auf diesen gespensterhaften Angreifer. Ein entsetzliches Ringen entspann sich zwischen Nulpe und der Maschine. Räder, Haare, Zähne, Schrauben flogen, bis plötzlich der Stuhl, Apparat und Nulpe umflogen und sich in einem wilden Chaos am Boden wälzten.

Nulpe gelang es, wieder auf die Beine zu kommen. Vor sich sah er einen anderen Apparat, der drohend seine Arme gegen ihn schwang. Drauf los! Und ein Rasen packte den Unglücklichen, und in jedem Apparat, der im Zandersaal seine blanken Fühler reckte, wie eigentümliche Untiere ihn zu höhnen schienen, erblickte er entsetzliche Feinde. Drauf los! Und er focht einen furchtbaren Kampf, bis er an die Halsmassagemaschine kam. Die kannte keinen Spaß, sie packte ihn mit ihren Fühlern um den Hals und erdrosselte ihn.

Alle Verwandten von Scharleß Nulpe waren bei der Beerdigung, nur Onkel und Tante Siebenborn aus Euskirchen fehlten.

HERMANN HARRY SCHMITZ
Das Buch der Katastrophen

erscheint als dreizehnter Band der
BRIGITTE-EDITION
ERLESEN VON ELKE HEIDENREICH

Lizenzausgabe für BRIGITTE-EDITION

Ausstattung und Gestaltung von
Groothuis, Lohfert, Consorten, Hamburg
Herstellung:
G+J Druckzentrale, Hamburg
Prill Partners producing, Berlin
Satz: Dörlemann Satz, Lemförde
Druck und Bindung: GGP Media GmbH, Pößneck
Printed in Germany

ISBN 3-570-19521-X

Dem Werk von Hermann Harry Schmitz hat sich die
Hermann-Harry-Schmitz-Societät mit Sitz in Düsseldorf
(www.Hermann-Harry-Schmitz.de) verschrieben,
eine literarische Gesellschaft katastrophiler Menschen.
Dieser danken wir dafür, dass wir den Titel
»Das Buch der Katastrophen« übernehmen durften.

DIE BRIGITTE-EDITION
IN 26 BÄNDEN
ERLESEN VON ELKE HEIDENREICH

1 | PER OLOV ENQUIST *Der Besuch des Leibarztes*

2 | PAULA FOX *Was am Ende bleibt*

3 | T.C. BOYLE *América*

4 | NIGEL HINTON *Im Herzen des Tals*

5 | RUTH KLÜGER *weiter leben*

6 | RICHARD FORD *Unabhängigkeitstag*

7 | JANE BOWLES *Zwei sehr ernsthafte Damen*

8 | ARNON GRÜNBERG *Phantomschmerz*

9 | JIM KNIPFEL *Blindfisch*

10 | DOROTHY PARKER *New Yorker Geschichten*

11 | DIETER FORTE *Das Muster*

12 | WISŁAWA SZYMBORSKA *Die Gedichte*

13 | HERMANN H. SCHMITZ *Das Buch der Katastrophen*

14 | HARUKI MURAKAMI *Gefährliche Geliebte*

15 | CARL FRIEDMAN *Vater/Zwei Koffer*

16 | BORA ĆOSIĆ *Die Rolle meiner Familie in der Weltrevolution*

17 | MARLEN HAUSHOFER *Die Wand*

18 | JOHN UPDIKE *Gertrude und Claudius*

19 | ANNE MICHAELS *Fluchtstücke*

20 | STEWART O'NAN *Das Glück der anderen*

21 | CHRISTA WOLF *Kein Ort. Nirgends*

22 | MAARTEN 'T HART *Gott fährt Fahrrad*

23 | ALESSANDRO BARICCO *Seide*

24 | ISABEL BOLTON *Wach ich oder schlaf ich*

25 | RADEK KNAPP *Herrn Kukas Empfehlungen*

26 | ANTONIO TABUCCHI *Erklärt Pereira*